KB115288

蒼龍魂 창룡혼

매은 新무협 판타지 소설

FANTASTIC ORIENTAL HEROES

창룡혼 4

매은 新무협 판타지 소설

초판 1쇄 찍은 날 § 2014년 1월 10일
초판 1쇄 펴낸 날 § 2014년 1월 17일

지은이 § 매 은
펴낸이 § 서경석

편집부장 § 권태완
편집책임 § 박가연

펴낸곳 § 도서출판 청어람
등록번호 § 제1081-1-89호
등록일자 § 1999. 5. 31
어람번호 § 제2-2446호

주소 § 경기도 부천시 원미구 심곡2동 163-2 서경B/D 3F (우) 420—822
전화 § 032-656-4452 팩스 § 032-656-4453
http://www.chungeoram.com
E-mail § chungeoram@chungeoram.com

ISBN 978-89-251-3668-4 04810
ISBN 978-89-251-2750-7 (세트)

청람
도서출판

4

蒼龍魂

창룡혼

매은 新武俠 판타지 소설 FANTASTIC ORIENTAL HEROES

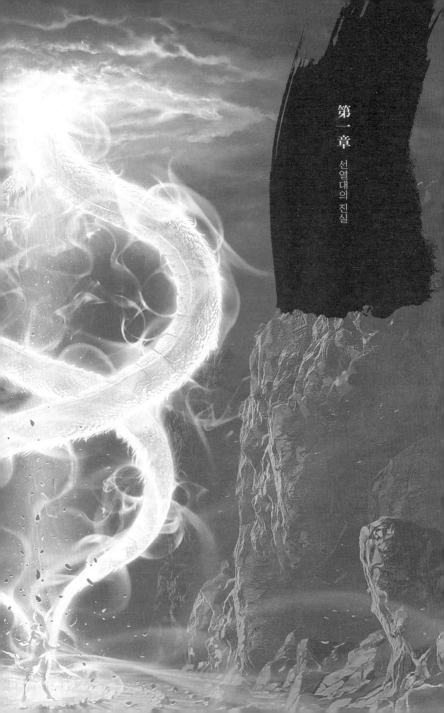

第一章

선열대의 진실

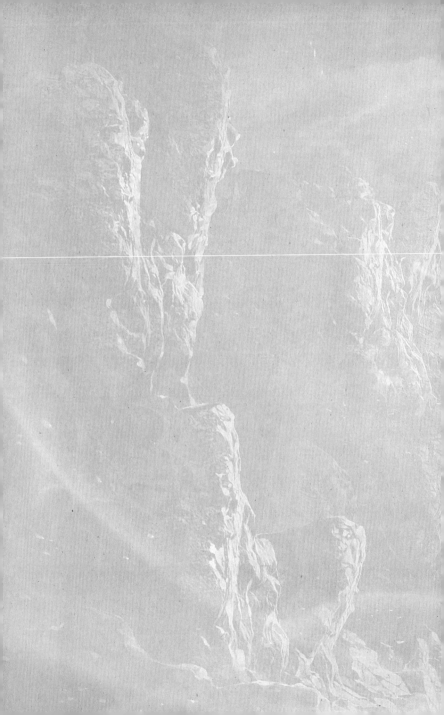

蒼龍魂 창룡혼

1

"너는 예외다. 이.극."

혼공이 직접 지목하여 말하자 이극은 물론 모두의 걸음이 멈췄다. 얼굴이 다소 굳어진 이극을 향해 혼공이 말을 이었다.

"항주에서 큰불을 냈다지? 네놈의 이름과 용모파기가 절강 일대에 뿌려진 지 오래더군. 왜 저 계집과 함께였는지는 모르 겠다만, 아무튼 무림맹이 네놈을 찾느라 혈안이 되어 있다니 순순히 보내줄 수야 없지."

혼공은 고개를 돌려 초무열을 향해 말했다.

"안 그러냐?"

혼공의 말은 뱀의 혀같이 축축하게 초무열의 귀를 휘감았다. 혼공의 의사는 명확했다. 무사히 나가고 싶다면 이극을 버려라. 너희에게도 과히 손해 보는 장사가 아닐 것이다.

"으음……."

초무열의 다문 입에서 신음이 새어 나왔다. 이극과 특별한 의리가 있는 게 아니니 여기서는 혼공의 말을 따르는 게 옳을 것이다. 그러나 한시가 급한 판국에서도 유서현이 구하자고 나선 자다. 과연 이극을 버리고 가자는 결정을 유서현이 순순히 따를지, 초무열이 염려하는 지점은 그곳에 있었다.

"안 돼요!"

역시 유서현의 입에서 나온 말은 강력한 반대였다. 초무열은 미간을 찌푸리며 말했다.

"소저! 신중히 생각하고 말씀하시오. 우리는 저들의 손에 대주도 남겨두고 가는 이들이오. 일단은 귀환해야 소저의 오라비도 구하고, 저자도 구할 수 있다는 걸 왜 모르시오?"

"어찌 그런……!"

초무열의 말이 무언가 잘못됐다는 것을 느끼면서도 유서현은 말을 잇지 못했다. 그것을 바로 이 자리에서 말로 풀어내기가 어려웠던 탓이다.

유서현의 반대가 초무열에게는 결심을 공고히 하는 촉진

제가 되어주었다. 초무열은 얼른 반박하지 못하는 유서현에게 강한 어조로 말했다.

"이러고 있을 시간이 없소. 어서 이리 오시오."

이때 초무열과 양화규, 정신을 잃은 왕수림 세 사람은 마인들의 포위망 바깥으로 나온 상태였다. 유서현은 손짓하는 초무열과 포위망 안에 남아 있는 이극을 번갈아 보았다.

망설이는 이 순간이 소녀에게는 크나큰 고통이리라. 이극은 이러지도 저러지도 못하고 있는 유서현을 바라보고 크게 한숨을 쉬었다.

'이놈이나 저놈이나… 짜증 나게 구는군.'

이극은 오랫동안 씻지 못해 떡진 머리를 마구 헤집으며 초무열을 불렀다.

"어이!"

"……?"

"그래도 구해준 빚이 있어서 점잖게 대해줬더니, 사람이 그래서 쓰겠어?"

초무열은 감히 이극의 눈을 똑바로 보지 못하고 시선을 돌렸다. 이극을 구해준 것은 어디까지나 유서현이었지, 초무열의 의사는 아니었다. 더구나 이극이 아니었다면 이미 마인들의 손에 잡혔을 몸이다. 굳이 저울질하자면 오히려 초무열이 이극에게 은인 대접을 해도 모자랄 것이다.

그럼에도 일단 이곳을 빠져나가기 위해 이극을 버리려 한 것이다. 금수가 아니고서야 이극의 눈을 똑바로 바라볼 수 있을 리 없다.

'그래도 염치는 있군.'

항주의 뒷골목에서 인간답지 않은 종자들을 워낙에 많이 겪어왔던 이극이다. 시선을 돌리는 걸 보니 오히려 초무열에 대한 반감이 수그러드는 것이다.

그러나 반감이 줄어들었다고 어처구니없는 상황을 감내할 이유는 없다. 이극은 혼공을 향해 말했다.

"당신도 말이야, 뭘 믿고 그렇게 당당해? 당신이 남으라면 내가 아이고 여부가 있겠습니까, 당연히 남아드려야지요. 이럴 줄 알았나?"

이극의 대응이 예상 밖이었는지 혼공은 당황한 기색이 역력했다.

"무슨 수작을 부리는 게냐! 지금 네놈이 어떤 처지인지 보이지도 않느냐?"

이극은 두 손을 허리에 얹고 주변을 한 바퀴 둘러봤다. 초무열들이 빠져나갈 통로를 만들어주기는 하였으나 마인들이 형성하고 있는 포위망은 여전히 견고해 보였다.

눈과 손에 일렁이는 자색 기운에서 일류고수를 상회하는 공력이 느껴진다. 비록 정해진 투로를 펼치는 데 지나지 않으나 그것만으로도 충분히 위력적이다. 하물며 그 수가 수십을 헤아리니 어떤 절정고수라도 태연할 수 없다.

그러나 이극은 태연히 말했다.

"물론 알지. 알아서 아끼는 가만히 있었는데, 이제 상황이 변했잖아. 상황이 변했는데 계속 가만히 있을 순 없는 거 아니야?"

"이놈! 무슨 헛소리냐!"

"아까야 전부 다 지킬 자신이 없었으니까 가만히 있어준 거지. 저 사람들이 날 먼저 버렸으니 나도 지켜줄 이유가 없잖아. 나 말고 한 사람. 그 정도면 이따위 포위망쯤은 문제도 아니거든. 못 믿겠으면 시험해 보든가."

그리 말을 마치고 난 이극의 신형이, 어느새 유서현의 곁에가 있었다. 이극은 놀란 눈의 유서현을 끌어당겨 제 뒤에 놓고 살기를 북돋아 사방에 뿌렸다.

"……!"

흡사 해일 같은 기운이 주위로 퍼져 좌중을 압도했다. 그 압력이 어찌나 거대했는지 이지를 잃은 마인들조차 움찔하여 몇 걸음 뒤로 물러나는 것이었다.

'내, 내가 무슨 짓을 한 거지?

이극의 살기를 받은 초무열은 얼굴이 하얗게 질려 말도 꺼내지 못할 지경이었다.

저 마인들을 상대하는 모습은 분명 대단했지만, 그조차 이극이 본 실력을 내보이지 않았으리라고는 생각지 못했던 초무열이다. 한데 지금 이극이 뿜어내는 살기는 그가 일찍이 경험해 보지 못한 것이었다.

"꿰엑!"

포위망을 형성하고 있던 마인 중 몇몇이 괴성을 지르며 이극에게 달려들었다. 머릿속 이지와 달리 마인이 되어서도 여전히 살아 숨 쉬고 있던 가슴속 투쟁의 본능이 이극의 살기에 자극을 받은 것이다.

"멈춰라!"

혼공이 크게 외쳤지만 이미 살기를 일으킨 마인들에게는 먹히지 않았다. 모두 네 명의 마인이 각기 다른 방향에서 이극을 덮쳐 왔다.

"아저씨!"

유서현이 이극의 소매를 잡으며 다급히 불렀다. 이극의 살기에 감응한 걸까? 덮쳐 오는 기세가 이전에 이극이 상대했던 마인들과는 사뭇 달랐다.

[가만히 있어.]

그때, 이극의 전음이 들려왔다. 뭐라 할 틈도 없이 이극은 왼손으로 유서현을 품어 보호하고 오른손을 휘둘렀다.

파바박!

이극의 오른손이 그린 궤적이, 사방에서 들이닥친 여덟 개의 손바닥을 쳐냈다. 네 명의 마인이 각기 달려든 방향을 역행하여 물러났고, 이극은 그중 정면에서 들이닥쳤던 마인을 향해 몸을 날렸다.

"하압!"

이극은 짧은 기합 소리를 내지르며 팔을 뻗었다. 단순히 내지르는 손바닥이었지만, 마인은 피할 엄두도 내지 못하고 쌍장을 내밀었다.

콰콰쾅!

세 손바닥이 마주친 지점에서 폭음이 터지고 곧이어 마인의 신형이 허공에 떠올랐다. 마치 투석기로 던져진 것처럼 완만한 곡선을 그리는 마인은 온몸이 기묘한 모양으로 뒤틀려 있었다.

"아저씨!"

유서현의 외침이 이극의 귀를 때렸다. 나머지 세 마인이 동료의 죽음(?)에도 일말의 동요 없이, 오히려 그를 이용해 이극을 공격해 온 것이다.

최초의 합격이 격퇴당한 것을 기억하는지 세 마인이 공세를 취하는 방향과 시점이 절묘했다. 각기 다른 방위에서 동시에 공격을 해오니 제아무리 이극이라도 유서현을 보호하면서 이들의 공격을 막아내기가 쉽지 않아 보였다.

[놀라지 마!]

전음과 동시에 생소한 감각이 유서현의 몸을 휘감았다. 소녀를 짓누르는 무게가 모두 사라진 듯, 강력한 힘이 유서현을 하늘 높이 쏘아 올린 것이다.

스스로 뛰어올랐을 때와는 전혀 다른 감각에 유서현은 당황했지만, 곧 침착하게 공력을 기울여 이극에게 배운 경공술을 펼쳐냈다. 수리가 활공하듯 허공에서 미끄러져 내려오는 유서현의 눈에 세 명의 마인을 상대하는 이극의 모습이 들어왔다.

지상에서 바라본 마인들은 기괴한 모양도 모양이거니와 제어할 줄 모르는 살기, 막대한 공력 등 담대한 유서현도 두려움을 느끼고야 마는 존재였다. 그러나 수장 높이에서 내려다보니 지상에서는 보이지 않는 것들이 눈에 들어왔다. 물론 그 위력이 유서현이 감히 당해낼 수 없는 것이야 마찬가지였지만 상대적으로 뻣뻣한 팔다리와 직선적인 움직임은 분명 커다란 약점이었다.

이극은 그 약점을 교묘히 파고들어 세 마인의 합격을 무력화시키고 있었다. 그러면서도 상대의 장기라고 할 수 있는 장력의 대결로 적을 제압하는 모습은 유서현이 아무리 손을 뻗어도 닿을 수 없는 그런 것이었다.

공중에 떠올랐던 유서현의 발이 다시 흙을 밟았을 때에는 이미 상황이 종료되어 있었다. 무시무시한 마인들은 마치 지푸라기로 만든 인형처럼 팔다리가 기묘한 방향으로 꺾여 널브러져 있었다.

"네놈… 네놈……!"

순식간에 네 명의 마인을 잃은 혼공은 떨리는 목소리로 이극을 불렀다. 노회한 혼공의 두 눈에 분노의 불길이 타오르고 있었다.

이극은 고개를 돌려 혼공과 눈을 맞췄다. 석옥에 갇혀 열흘 가까이 굶었던 탓일까? 얼굴에 핏기가 없고 호흡은 흐트러져 쉬이 돌아오지 않았다. 하지만 눈빛만큼은 형형하여 혼공의 기를 죽이기에 충분했다.

"어때? 이 정도면 내 말을 믿을 수 있겠지?"

"……."

혼공은 당장에라도 잡아먹을 것 같은 눈으로 이극을 노려봤다. 아주 잠깐, 소리의 공백이 두 사람 사이의 공간을 차지한 순간 유서현은 알 수 없는 위화감을 느꼈다.

'전음을 보내고 있다?'

이유는 몰라도 유서현은 혼공이 이극에게 전음을 보냈다는 걸 알 수 있었다. 곧바로 이어진 이극의 말이 그런 소녀의 생각에 힘을 실어주었다.

"당신이 생각하는 그게 맞을 거야. 그러니 지금은 여기서 끝내는 게 피차 좋지 않겠어?"

빈정거리는 이극의 모습은 몹시도 밉살스러웠지만 정작 혼공의 얼굴은 그보다 다른 감정으로 가득 차 있었다. 커다란 분노와 끝 모를 두려움이 적절한 비율로 혼재되어 주름 가득한 혼공의 노안을 일그러뜨리는 것이었다.

이극은 도발하듯이 두 어깨를 들썩이며 말했다.

"응?"

혼공은 한참 말이 없었다.

태연하게 웃는 이극을 제외한 이들에게는 영겁과도 같은 시간이 지나고서야 혼공은 손을 들어 열린 포위망을 더 크게 열었다.

"그래. 그래야지."

이극은 만족스럽게 웃으며 고개를 끄덕였다.

2

반나절을 꼬박 걸었어도 일행은 숲을 벗어나지 못했다. 혼공의 거처는 그만큼 깊은 곳에 위치해, 초무열의 안내가 없었다면 길을 잃고 숲을 헤매다 쓰러졌을지도 몰랐다.

날이 어두워지자 일행은 걸음을 멈추고 노숙 준비를 했다. 마른 가지를 모아 불을 피우고 그 주변에 각자 자리를 잡았다. 여름이지만 숲 속의 공기는 차가웠고, 여전히 정신을 차리지 못하는 왕수림이 있어서였다.

"……."

숲 속에서 불을 피우고 옹기종기 모여 앉았으니 놀러 나온 분위기일 법도 하건만, 입을 여는 이는 아무도 없었다. 나뭇가지 타는 소리와 풀벌레 울음소리만이 사람들의 머리 위를 무겁게 짓눌렀다.

유서현은 초무열이 나눠준 건량을 씹으며 말없이 앉아 있는 이극의 옆모습을 바라봤다. 작은 불길이 움직일 때마다 이극의 얼굴에 드리운 그림자도 함께 움직였다. 마치 악령의 손길이 어루만지는 것처럼, 그림자는 이극의 얼굴 위에서 춤을 추고 있었다.

초무열과 양화규는 그런 이극의 눈치를 보는 데 급급하여 입을 열지 못하고 있었다. 그래도 염치가 있으니 다행이라고 해야 할까? 유서현은 아주 작게 고개를 좌우로 젓고 이극에게 말을 건넸다.

"괜찮으세요?"

"뭐가?"

짧지만 평소와 다름없는 어투였다. 유서현은 안심하고 이어 말했다.

"뭐… 이것저것."

"괜찮아."

이극은 짧게 대답하고 다시 입을 다물었다. 이극의 시선은
아까부터 불길 속에 머물러 다른 곳을 향하지 않았다. 초무열
들에게 부담을 주지 않으려는 배려일까? 유서현이 다시 물었
다.

"무슨 생각 하세요?"

자신의 몸을 불사르는 나뭇가지에 시선을 고정한 채 이극
이 말했다.

"글쎄… 그냥, 옛날 생각."

"옛날 생각이라면 제가 아나요?"

말이란 항상 후회라는 후임을 남기고 입 밖을 나서게 마련
이다. 말을 내뱉고 나서야 자신이 너무 집요하고 무례했다는
후회가 일었지만, 정작 질문을 받은 당사자는 딱히 신경 쓰지
않는 눈치였다.

이극은 비로소 고개를 돌려 유서현을 바라봤다.

"구하고자 했던 사람들에게 버림받는다는 게 이런 기분이
구나, 하는 생각이 들었어. 한편으로 사부님도 이런 기분이었
을까? 싶었고."

"……."

들으라고 한 말은 아니었지만 지척이라 듣지 않을 수도
없었다. 건너편의 두 사람, 특히 초무열의 낯빛이 하얗게 질

렸다.

그러나 이극은 초무열을 신경 쓰지 않는 듯, 시선을 다시 불길에 던지며 말했다.

"추 아줌마랑 주 대인이 말해준 대로라면 정신을 잃었을 때 당하셨다니깐 당신이 배신당했다는 것도 모르셨겠지. 하지만."

이극은 마른 침을 삼켰다.

오랫동안 속으로 삭여온 이야기다. 외인에게 할 만한 성질의 것이 못 된다는 생각에서였다. 추영영이나 주일원도 모를 것이다.

그러나 어째서일까? 이 소녀에게는 말을 하게 된다. 아니, 말을 하고 싶어진다.

"하지만 사부님은 알고 계셨을 거야. 결국, 그렇게 쓰이고 버려질 거라고."

이극을 바라보는 유서현의 얼굴 위에서도 붉고 검은 것들이 춤추기 시작했다. 유서현은 입을 다물고 이극의 말을 기다렸다.

"사부님이 남기고 가신 말씀이 그랬거든."

─본 문은 강요하지 않는다. 명맥이 끊이지만 않으면 그것으로 족하니라. 기실 끊어진다 한들 상관없을지도 모르지.

―왜죠?

―그것은 말이다. 극아, 너는 왜 무공을 배우고 익히느냐?

―사부님이 가르쳐 주시니까요.

―본 문의 무공은 강력하다. 아마 무림에서도 또래 중 너보다 뛰어난 성취를 거둔 아이는 없을 게다. 하지만 무공의 고하가 무슨 소용이겠느냐? 중요한 것은, 네가 이 무공을 가지고 어떻게 사느냐란다.

―어떻게 살아야 하는데요?

―어려운 질문이구나.

―사부님께도 어려운 게 있나요?

―네가 어떻게 살아야 하는지는 나에겐 어려운 문제란다. 정답은 천하에 오직 너만이 알 수 있는 거니까 말이다.

―그런가요?

―본 문의 무공은… 네가 원하는 삶을 살 수 있게 해줄 게다.

―원하는 삶이요?

―그래. 네 사부가 약초 캐는 늙은이로 있을 수 있는 것처럼 말이다.

―흐음.

―네 사조 가운데에는 점괘를 치는 역학자도 있었고 모두를 오시했던 미친 중도, 천하를 위해 일생을 바친 여협도 있었단다. 하지만 누구도 선대의 삶을 따르지 않았고 후대의 삶을 강제하지 않

았지. 스스로가 원하는 삶을 사는 것. 그것이 본 문의 법도이니라.

―본 문에도 법도가 있었군요?

―그러니 너도 꼭 지켜야 할 게다.

―그거야 어렵지 않죠.

―그럼 이 사부가 네 질문에 답해주지 못하는 이유도 알겠지? 너는 네 삶을 주체적으로 선택해야 하고, 그만한 힘도 가지게 될 게다. 다만⋯ 그러기 위해서는 우선 살아야 한다.

―에이⋯ 또 당연한 말씀을 하시네.

―살아라. 부디 살아라. 살아야 이기는 것이니라.

사부의 마지막 말은 항상 이극의 머릿속을 맴돌아 떠나지 않았다.

사부의 말은 틀렸다.

사문의 무공은 결코 원하는 삶을 살도록 내버려 두지 않았다. 힘이 없었다면 사부는 당신이 원했던 삶, 무림에 관여치 아니하고 촌구석에서 약초 캐는 늙은이로 살다가 죽을 수 있었을 것이다. 힘이 없었다면 곽추운을 비롯한 무림인들이 사부를 부르지도, 버리지도 않았을 것이다.

사부는 분명 알고 있었다.

곽추운이 자신을 이용하고, 또 버릴 것을 말이다. 하지만 그럼에도 사부는 은거를 깨고 나아가 그들의 뜻대로 대마신 철염을 상대해 천하를 구하고, 그들의 뜻대로 죽어 천하를 안정시켰다.

오직 사부만이 대마신 철염과 맞서 싸울 수 있기 때문이다. 그런 힘이 있었기 때문에 사부는 곽추운의 청을 뿌리치지 못했다. 결국 사부도 사문의 법도를 어기고 당신이 가진 힘에 휘둘린 것이다.

'저승에서 사조님들이 파문 선고를 내리시지 않았을까?'

구전 외에는 마땅한 기록도 남기지 않는 사문이다. 사부를 통해 단편적으로 들었을 뿐인 몇 안 되는 사조를 떠올리며 이극은 사부가 파문 선고를 받는 광경을 상상했다.

사부의 말에 따르면 사부는 파문 선고를 받아 마땅하다. 유언도 아닌 그저 살라는 말로 제자의 삶을 강제하지 않았는가? 사부가 죽은 지 십오 년이 흘렀지만 그 말은 저주처럼 남아 이극을 속박하고 있다. 이극은 복수도 죽음도, 무엇하나 적극 모색하지 못하고 그저 숨 쉴 뿐인 삶을 이어올 뿐이었다.

"그랬었지."

"예?"

새어 나온 혼잣말에 유서현이 반응했다.

이극은 고개를 돌려 유서현을 바라봤다. 눈은 마음의 창이라고 했던가? 소녀의 눈은 투명하여 속내를 고스란히 비추고 있었다. 유서현은 초무열에게 배신당한 이극을 진심으로 걱정하고 있었다.

오빠를 눈앞에 두고 돌아서야 했을 심경이 얼마나 처참했을까? 그럼에도 유서현은 오래된 이극의 상처를 걱정하고 있는 것이다. 나이로 보나 무엇으로 보나 보살핌을 받아야 하는 소녀이건만, 도리어 이극이 위로와 관심을 받는 모양새가 심히 우습고 또 기묘했다.

"아니, 아무것도 아니야. 그보다……."

이극은 빙그레 웃고 초무열을 향해 말했다.

"입에서 쉰내 나겠소. 인제 그만 입 좀 여시지?"

"……!"

이극이 갑자기 자신을 향해 말을 건네자 초무열은 당황함을 감추지 못했다. 순간 말문이 막힌 초무열의 머릿속에 오만 가지 생각이 떠올랐지만, 말이란 결국 더해봤자 좋을 게 없는 속성을 띠고 있다.

초무열은 고개를 숙였다.

"미안하오."

이극은 손을 휘휘 내저었다.

"사과 따윈 필요 없고. 당신들이 가지고 있는 물건이 뭔지나 말해보시오."

"그건 곤란하오."

"왜?"

"그게……."

초무열은 얼버무리며 시선을 피했다. 하지만 늑대를 피하다 범을 만난다고, 돌아간 눈앞에 유서현이 있었다.

"말씀해 주세요. 다른 사람은 몰라도 저는 알아야 하지 않겠어요?"

유서현의 눈빛에는 말해주기 전까지는 절대 물러나지 않겠다는 결의가 담겨 있었다. 이극을 버리는 선택을 함으로써 정신적 균형을 잃고 흐트러진 초무열에게 유서현의 결연한 눈빛은 독이나 다름없었다. 결국 견디지 못하고 초무열은 한숨을 내쉬었다.

"알았소. 알았으니까 그런 눈으로 보지 마시오."

'내 눈이 뭐가 어때서?'

유서현은 눈살을 찌푸렸지만 입을 다물고 초무열의 말을 기다렸다.

"괜찮겠습니까?"

"어쩔 도리가 없잖은가. 그리고 지금은 이게 도리인 것 같기도 하고."

초무열은 걱정스레 묻는 양화규를 안심시키고 이극과 유서현을 향해 말하기 시작했다.

"그 물건이 무엇인가를 말하기에 앞서 미리 이야기해야 할 것이 많소. 우선… 우리에 대해서 말해야겠군. 선열대가 무엇인지는 알고 있소?"

"아니요."

유서현은 고개를 저었다. 동승류는 선열대라는 이름만을 말해줬을 뿐, 무슨 일을 하는지는 알려주지 않았다.

초무열의 말이 이어졌다.

"우리 선열대는 맹주 직속의 비밀 기관으로, 주 업무는 두 분이 잡혀 있었던 혼공이라는 자와 맹주 사이를 오가며 서로의 뜻을 전하는 것이었소. 고작해야 그런 일이었느냔 표정은 하지 마시오. 이는 절대 외부에 알려져서는 안 되는 특급 기밀 사안이었으니까. 왜냐하면……."

초무열은 말을 잇지 못하고 머뭇거렸다. 이극이 날카로운 눈으로 말했다.

"혼공이 마종이기 때문이오?"

억! 소리가 양화규의 입에서 튀어나왔다. 초무열도 사색이 되어 입을 뻐끔거리다가 겨우 소리를 토해냈다.

"그걸… 어, 어찌 알았소?"

"그게 중요한가?"

"……!"

나직이 말하는 이극의 눈이 몹시도 싸늘했다. 초무열은 뼛속 깊이 스며드는 한기에 몸서리를 쳤다.

천하제일인 곽추운이 대마신 철염의 목을 베었지만 모든 마종의 구성원을 해치운 것은 아니었다. 물론 대부분은 항쟁 당시 죽음을 면치 못했지만 일부 몸을 피한 자가 있었던 것이다.

곽추운을 중심으로 정사를 불문하고 하나로 뭉친 중원무림은 이후로도 꾸준히 마종 구성원의 색출 작업을 벌여왔다. 마종에 대한 일반의 공포와 혐오감도 한몫을 단단히 하여 몸을 숨긴 자들은 쉽게 발각되고 목숨을 잃었다.

그러나 마종이라는 조직은 방대하였고 구성원들의 신심은 깊었다. 그들 중 적지 않은 수가 중원에 스며들어 정착하는 데 성공했고, 색출 작업은 서서히 그 동력을 잃어갔다. 수괴를 잃고 뿔뿔이 흩어진 외부의 적보다 어제의 동료였던 자들이 더 큰 위협이었던 것이다.

하지만 그럼에도 마종이라는 이름은 천형(天刑)처럼 사람들의 뇌리에 새겨져 좀처럼 사라지지 않았다. 마종이라는 두 글자는 공포와 혐오의 대상이 되었고, 때로는 정적을 거꾸러뜨리는 전가의 보도로 사용되기도 했다. 지금이야 그러한 경향이 다소 옅어지기는 하였으나 얼마 전까지만 해도 마종의 잔당이라는 혐의만으로 죽거나 재산을 몰수당하는 일이 비일비재했던 것이다.

적지 않은 시간이 흘렀지만 여전히 마종이라는 이름이 가진 힘은 유효했다.

한데 다른 누구도 아닌 천하제일인, 무림맹주 곽추운이 마종의 잔당과 연통을 하고 있었다는 것은 실로 엄청난 일이다. 만약 이 일이 밝혀진다면 곽추운이 이제껏 쌓아올린 명성과 지위가 한꺼번에 무너질 것이다.

아니, 겨우 그 정도로 그칠 리 없다. 곽추운은 하루아침에 천하제일인에서 무림공적으로 격하될 것이다. 그리고 온 무림이 그를 주살하려 들 것이다.

"그리고 곽추운의 목을 벤 자가 새로운 무림맹주로 추대되겠지."

이극은 못 먹을 것을 씹은 얼굴로 내뱉었다. 어차피 그놈이 그놈이다. 곽추운이 마종의 잔당과 내통하고 있다는 사실이 밝혀졌을 때 무림이 어떻게 돌아갈지, 이극은 자신의 예상이 한 치도 어긋나지 않을 거라 확신했다.

"그렇다면 오라버니가 지금 마종의 손에 잡혀 있다는 말인가요……?"

떨리는 목소리를 듣자 이극은 아차 싶어 미간을 찌푸렸다. 이극에게는 놀라울 게 없는 일이지만 유서현은 다르다.

초무열이 황급히 소녀를 달랬다.

"너무 걱정하지 마시오. 놈들은 대주님의 터럭 하나도 어쩔 수 없을 것이오."

"그걸 어떻게 확신하죠? 그 물건이라는 게 대체 뭐길래?"

혈육의 안위가 경각에 달린 공포 속에서도 유서현은 핵심을 놓치지 않고 있었다. 이극은 무심코 손뼉을 칠 뻔했다. 저 올곧은 심지야말로 소녀가 가지고 있는 가장 귀한 보물일 것이다.

'나는 죽었다 깨어나도 가질 수 없겠지.'

이극은 쓴웃음을 지으며 말했다.

"말한다 해놓고 계속 머뭇거리기만 하니, 날이 새도 이야기가 끝나지 않겠군."

"후……. 이 문제는 정말 쉽지 않소."

초무열은 깊은 숨을 내쉬며 고충을 토로했다. 이극은 머리를 긁으며 대꾸했다.

"세상에 쉬운 문제가 어디 있나? 다 어렵지."

"쉽게 말하지 마시오!"

"그래서 어렵게 나를 버렸소?"

변명의 여지도 없는 지점을 이극의 혀가 찔렀다. 초무열의 얼굴이 수치심으로 달아올라 모닥불의 불길로도 숨길 수 없었다.

'더 뭐라고 했다가는 자진할지도 모르겠군. 적당히 할까?'

이극은 초무열에게 버림을 받았다고 상처 입을 만큼 여린

감성의 소유자가 아니었다. 다만 그 상황이 사부와 겹쳐졌기 때문에 잠깐 흔들렸을 뿐.

'아니야. 이래선 안 되지.'

하지만 이극은 마음을 고쳐먹고, 날 선 목소리로 초무열을 몰아세웠다.

"그럼 어렵게 대답해 보시오. 선열대의 진정한 존재 의의가 뭐였소?"

3

"진정한 존재 의의라뇨?"

유서현이 눈을 크게 뜨고 물었다. 이극은 소녀에게 편안한 미소를 보이며 말했다.

"내가 앞서 갔군. 일단 저 아저씨한테 물어보자고."

이극은 시선을 돌렸다.

"선열대의 존재 이유가 뭐요?"

초무열은 잔뜩 굳어버린 얼굴로 대답했다.

"아까 말했잖소? 맹주와 마종의 잔당과의 연통을 위해 만들어진 게 선열대요."

"겨우 그걸 위해 사람을 뽑아서 '대'를 조직했다고? 그걸 지금 나더러 믿으라는 소리요?"

타닥타닥.

초무열은 다시 입을 다물었다. 풀벌레 울음소리도 잦아들어 소리라고는 마른 가지가 타들어가는 소리뿐이었다.

잠시 기다렸지만 초무열의 입이 열릴 기미가 보이지 않자, 이극은 제 머리를 강하게 헝클어뜨리며 말했다.

"입 다물고 있어서 해결될 일이 아니잖아! 당신네들이 뭐하는 자이고 저 혼공이라는 마종의 잔당과 곽추운은 무슨 관계가 있는지를 알아야 할 거 아냐!"

"…그걸 왜 당신이 알아야 하는데?"

반문은 초무열의 입이 아닌 다른 곳에서 나왔다. 이제껏 듣고만 있던 양화규가 입을 연 것이다.

"화규!"

초무열은 양화규를 부르며 황급히 손을 뻗었다. 양화규는 입을 막으려는 초무열의 손을 피하며 말했다.

"부대주님도 너무 기죽어 있지 마십시오. 이자가 대단한 고수고 또 우리가 잘못을 했다 해도 그것과 이것은 엄연히 별개의 문제 아닙니까? 물건이든 관계든 이자에게 알려줄 이유는 없습니다. 안 그렇습니까?"

말이야 바른 말이다. 하나 어디 강호에서 바른말 하는 자가 살아남는 법이 있던가? 더구나 이유가 무엇이든, 강자가 원하면 약자는 따르는 게 무림의 법도다. 당장 이극이 완력을 쓰고자 한다면 꼼짝없이 당할 수밖에 없는 게 현실이다.

그러나 이극은 초무열의 예상을 한참이나 벗어나는 반응을 보였다. 양화규의 말을 들은 이극은 잠시 심각한 표정으로 생각에 잠기더니, 고개를 끄덕이며 혼잣말처럼 중얼거리는 게 아닌가?

"맞아… 그렇게 생각하는 게 당연하지."

이윽고 이극은 초무열과 양화규를 보며 말했다.

"질문을 했으니 답을 주지. 당신네 대주를 구하기 위해서요. 이 정도면 충분한가?"

"당신이 뭔데 대주님을 구하겠다는 건데?"

양화규는 초무열의 만류에도 아랑곳하지 않고 두 눈을 부릅떴다. 일개 대원이지만 기개가 있는 것으로 치자면 오히려 부대주보다 나은 면이 있었다. 이극은 흔쾌히 대답했다.

"여기 이 아가씨가 오라비를 찾는다고 난리를 피우는 통에 내 인생이 엉망이 되었거든. 이만하면 댁네 대주님을 구할 자격으론 충분하지 않겠소?"

"이자의 말이 맞습니까?"

확인하는 양화규의 눈에 불신이 가득했다. 기실 그로서는 유서현 역시 오늘 처음 본 터라, 무턱대고 유순흠의 여동생이라 믿기가 어려웠던 것이다. 물론 한눈에 유순흠과 동기간이라는 것을 알아볼 수 있을 정도로 외모가 흡사하기는 하다.

그러나 고작 눈에 보이는 것으로 믿기에 강호는 비정한 공간이 아니던가?

유서현은 고개를 끄덕였다.

"맞아요."

유서현의 대답을 듣고도 양화규는 의심스러운 눈초리를 풀지 않았다. 그러나 그 또한 마인을 상대로 이극이 펼쳐 보인 무위의 목격자다. 납득하지는 못해도 감히 말을 더 하지 못하고 입을 다물 수밖에.

양화규가 입을 다물고 물러서자, 자연히 이극과 유서현의 시선은 초무열에게로 향했다. 초무열은 고개를 끄덕이며 말했다.

"좋소. 내 말하리다."

*　　　　*　　　　*

한낮의 햇살이 공기를 데우고 갔으나 실내는 어쩐지 서늘했다. 십여 대 넘는 횃불이 환하게 비추고 있는 넓은 방 가운데에는 커다란 평상 비슷한 것이 자리 잡고 있었다.

그 위에는 여러 구의 사체가 누워 있었다. 모두 일곱 구의 사체는 팔다리가 꺾이고 살이 터져 있는 등 상태가 과히 좋지 않아서 웬만큼 담대하지 않고는 잠시도 바라보기 어려울 정도였다.

그러나 그 앞에 서 있는 노인, 혼공은 안력을 돋우어 사체를 뚫어지라 바라보고 있었다. 일곱 구의 사체에 남은 흔적이라면 그게 무엇이든 손톱자국 하나까지도 놓치지 않을 듯이.

"으음……."

한참 동안 사체를 살펴보던 혼공이 돌연 낮은 신음을 내며 휘청거렸다. 몇 보 뒤에서 대기하고 있던 수행원들이 놀라며 뛰어가 혼공을 부축했다.

"혼공! 괜찮으십니까?"

"놔라!"

혼공은 자신을 부축하는 수행원들을 강하게 뿌리쳤다. 젊고 건장한 수행원 서넛이 혼공의 손짓 한 번에 바닥을 굴렀다.

"크크큭… 그래, 그래… 이제야 꼬리를 드러냈구나……!"

금방이라도 쓰러질 듯 위태로운 자세로 서 있는 혼공의 입에서 불길한 웃음소리가 새어 나왔다. 바닥에 나뒹군 수행원들은 즉시 일어나 무릎을 꿇었다.

한참 뜻 모를 중얼거림을 반복하던 혼공이 갑자기 고개를 돌렸다. 그리고 무릎을 꿇고 고개를 숙인 수행원 중 하나를 지목했다.

"이서(二西)!"

"예!"

"우리가 누구냐?"

당황스러울 수도 있는 질문이었지만 이서라는 수행원은 거침없이 대답했다.

"위대한 대마신의 종자이며 새로운 세상의 밀알입니다!"

"……."

혼공은 이서를 비롯한 수행원들을 차례로 둘러봤다. 모두 이십대 초중반, 한창때의 젊은이다. 그들을 보는 혼공의 얼굴에 분노와 안타까움이 동시에 떠올라 기괴한 표정을 자아냈다.

말없이 수행원들을 바라보던 혼공이, 갑자기 무릎을 꿇었다. 수행원들을 향해 무릎을 꿇은 혼공은 이마를 바닥에 강하게 찧었다.

쾅! 쾅!

이마가 찢어지며 혼공의 주름진 얼굴과 돌로 된 바닥이 피로 흥건히 젖었다.

"혼공……!"

뜻밖의 행동에 수행원들은 돌처럼 굳어 혼공을 만류하지도 못했다. 혼공은 그 후로도 몇 차례 더 바닥에 이마를 찧은 후 고개를 들었다.

찢어진 이마에서 흐르는 피는 몇 줄기로 나뉘어 아래로 흘렸다. 그 가운데에는 동공을 붉게 물들이며 눈 속에 차올랐다가 넘치는 피가 있어, 이서의 눈에는 혼공이 피눈물을 흘리는 것처럼 보였다.

"못난 선조를 용서해라. 모두 내 능력이 모자란 탓이다."

"무슨… 어째서 그런 말씀을 하십니까?"

이서가 당황하며 대답했다. 그러나 혼공은 고개를 지으며 한을 토하듯이 말했다.

"본래 너희는 새로운 세상의 밑알이 아니다. 너희야말로 위대한 대마신의 종복이 되어 새로운 세상을 누려야 할 아이들이었느니라. 그것을… 그래야 할 것을!"

오랫동안 눌러 담았던 비통함이 목구멍으로 치솟아 올랐다. 혼공은 말을 멈추고 한 줌 선혈을 토해냈다. 이서들이 다가가려 하는 것을 막고, 혼공은 말을 이었다.

"우리는 이미 십오 년 전 새로운 세상을 열 수 있었다. 철종사의 인도 아래 중원을 집어삼키고 거대한 혈겁을 일으켜 대마신을 깨우고 천하에 새로운 세상을 열 수 있었단 말이다! 하지만, 하지만……!"

차마 소리로 낼 수 없었을까? 혼공은 입술을 깨물었다. 이마에서 흘러내린 피가 혀끝에 닿아 비릿한 맛을 냈다.

그때의 기억은 아직도 눈앞에 생생하다. 당시 자리에 있던 모든 사람의 손짓 하나, 숨소리 하나까지 혼공은 기억해 낼 수 있었다. 아니, 잊을 수 없었다.

천 년 마종의 역사 속에서도 감히 비교할 자가 없다. 마종의 숙원, 중원을 피로 물들여 새로운 세상을 열고 대마신을 부활시킬 수 있는 자가 있다면 다른 누구도 아닌 그일 것이다.

바로 당대 마종의 종사, 철염의 이야기였다.

어리석은 중원인들은 철염을 대마신이라 불렀지만 그는 엄연한 인간이었다. 다만 가지고 난 능력이 인간의 그릇을 뛰어넘었기에 무지한 자들의 눈에는 그리 보였으리라. 같은 마종의 일원인 혼공 역시 철염이 과연 인간이 맞는지 의심했을 정도니 중원인들은 오죽했으랴?

제아무리 중원이 커도 철염과 대적할 자는 없었다. 소림에 갇혀 있었다는 종려라는 자가 그나마 백초지적이 되었을까? 상대하기 어려움은 있을지언정 이미 결정된 승패가 뒤집힐 정도는 아니었다.

중원무림의 태산북두. 모든 무공의 원류이자 정신의 중심이었던 소림을 무너뜨린 후 모두가 꿈을 꿨다. 천 년 마종의 숙원이 자신들의 대에서 비로소 이루어진다는, 손을 뻗으면 닿을 것 같이 가까워진 꿈을 말이다.

그러나 꿈은 이루어지지 않았다.

인간을 벗어난 자. 거대한 해일과 같이 중원을 집어삼키던 철염을 누군가 가로막고 섰던 것이다.

희끗희끗한 머리에 추레한 차림이었던 노인이었다.

그리고 그 노인을 만난 순간 혼공은 또 다른 꿈에 빠졌다. 철염과 함께 꾸었던 그 달콤한 꿈이 아니다. 오랜 세월이 지나도록 깨지 못하는 꿈. 흘리지 못한 피눈물이 가슴속에 쌓여 상할 대로 상해도 죽을 수 없는, 고통과 치욕을 딛고도 살기 위해 허우적거려야 하는 악몽이다. 원수도 되지 못할 곽추운에게 목숨을 구걸해야 하는 그런 악몽이었다.

철염을 쓰러뜨리고 모든 마종의 일원을 악몽의 구렁텅이에 등 떠민 원수.

그 편린을 오늘에야 비로소 발견한 것이다.

손발을 놀리는 동작. 눈에 보이지 않는 공력의 빛깔. 그 모든 것이 십오 년 전 혼공이 보았던 것과 다르지 않았다. 일곱구 마인의 사체에 남은 흔적 또한 혼공의 기억이 틀리지 않았음을 뒷받침해 주고 있었다.

그리고 설마 하며 날린 전음의 대답.

'박가라는 자를 아느냐?'

'당신이 생각하는 그게 맞을 거야.'

"…크크큭!"

선열대의 진실 39

비통하게 울부짖던 혼공의 입에서 다시 웃음소리가 흘러나왔다. 박가라는 노인이 곽추운과 그 무리에게 토사구팽 당하였음은 혼공도 익히 알고 있는 사실이었다. 하여 갚을 길 없이 요원해진 원한이었다. 그런데 박가의 전인이라는 놈이 나타났으니 어찌 기쁘지 않을까?

온통 피로 물든 얼굴을 일그러뜨리며 혼공은 웃었다. 그 광기에 기가 눌린 수행원들의 머리 위로 혼공의 명이 떨어졌다.

"당장 각지에 연통을 넣어라! 진정한 복수의 길이 열렸음을 널리 알려라! 오래된 원한이 비로소 풀리게 되었음을 함께 기뻐하자꾸나!"

철염이 죽고 마종이 와해되어 중원 각지에 숨었을 때 이들은 고작 칠팔 세에 불과했다. 자연 그들의 원한과 분노는 선대에 의해 학습된 것이지 날것은 아니었다. 그러나 혼공의 광기와 희열은 이서들의 가슴으로 고스란히 전해졌다.

"존명!"

혼공의 수행원이 아닌, 마종의 젊은이들이 입을 모아 외쳤다.

*　　　*　　　*

"마종의 잔당은 중원 전역에 퍼져 있소. 그 중심에 혼공이 있기는 하나, 비슷한 규모의 집단이 여럿이지. 그들은 자신을 복회(復會)라는 이름으로 부르며, 십오 년 전의 혈겁을 다시 일으키고자 힘을 축적하고 있소. 선열대는 중원 각지에 흩어진 마종의 잔당, 즉 복회에 맹주의 뜻을 전하고 또 관리하는 임무를 띠고 있소."

초무열의 입에서 나온 것은 실로 충격적인 이야기였다.

혼공이라는 마종의 잔당과 연통을 하고 있다는 것만으로 무림 전체가 흔들릴 사건이다. 그런데 연락을 취하는 마종의 잔당이 하나가 아니라 여럿이며, 그들이 '회'라는 이름으로 구축되어 지난날 혈겁을 다시 일으키도록 힘을 모으고 있음을 누가 상상이나 할 수 있었겠는가?

"……!"

그 말의 무게가 어찌나 압도적인지 유서현은 저도 모르게 손으로 입을 막았다. 그러지 않았다면 날카로운 비명이 밤의 고요를 깨뜨렸으리라.

그러나 지금의 충격은 별것 아니라고 일깨우듯이 이극의 목소리가 유서현의 귀를 두드렸다.

"그게 끝이 아닐 텐데?"

"그게 무슨 뜻이오?"

반문하는 초무열의 음성이 떨리고 있었다. 이극의 말은 보이지 않는 정(釘)이 되어 굳어 있는 초무열의 표정을 깨뜨렸다.

"마종의 잔당들이 자생하여 회를 조직해 놓고 무림맹주에게 관리를 받는다는 게 말이 되는 소린가? 다른 사람도 아니고 곽추운은 과거 마종을 무너뜨린 장본인이잖소. 아니, 그게 문제가 아니잖아. 마종의 잔당들이 몸을 낮추고 힘을 키우는 이유가 뭐겠소? 당신이 말한 대로 재차 중원에 혈겁을 일으키기 위해서 아니오? 그러면 가장 걸림돌이 무림맹인데, 존재를 숨기고 뒤통수 칠 생각을 해야지 적의 수장과 연락을 취하고 관리를 받는다는 게 말이 안 되잖소."

"…으음."

맨살을 후벼파인 것처럼 초무열의 얼굴이 고통으로 일그러졌다. 유서현은 입에서 손을 떼고, 초무열과 양화규를 번갈아 바라봤다. 두 사람의 얼굴이 수치심으로 붉게 물들어 있었다.

"대체 무슨 말을 하고 싶은 거죠?"

심정적으로 궁지에 몰린 초무열과 양화규의 앞을 유서현이 막아섰다. 이극은 유서현의 눈을 잠시 바라보다가 한숨을 내쉬며 말했다.

"아가씨한테도 아픈 이야기가 될 텐데… 그래도 들어야겠지?"

초무열과 양화규가 말 못할 일이라면 반드시 유순흠과 관계가 있을 것이다. 논리를 발전시킬 시간은 없었지만 소녀는 직감적으로 이극이 추궁하다가 또 저어하는 이야기, 즉 선열대의 진실이 자신의 오빠와 관계있음을 알아차렸다.

결코 들어서 좋을 이야기가 아니리라. 그러나 그것이 진실이라면 들어야 한다고, 유서현은 마음을 다잡았다. 소녀는 마른 침을 삼키고 힘겹게 대답했다.

"…예."

이제 망설임은 이극의 차례였다.

이극은 이제껏 무림맹을 조사하며 머릿속에 채워 넣었던 자료와 초무열의 이야기를 바탕으로 하나의 결론에 도달했다. 이극은 아직 추론에 지나지 않는 그 결론이 무한히 진실에 수렴하리라는 자신이 있었다. 무엇보다 초무열과 양화규의 반응이 그를 뒷받침해 주고 있었다.

그러나 진실이 반드시 옳은 것은 아니다.

이극은 참과 거짓은 현상에 불과하며 선악(善惡)과 미추(美醜)를 내재하고 있지 않다고 생각했다. 때로는 진실을 외면할 때, 더 많은 이의 이익을 보장하기도 한다. 어떤 자들에게는 진실을 마주하는 일이 몹시 고통스럽기도 하다.

지금의 무림맹이 그렇고, 또 이극이 그랬다.

대마신 철염을 제거하고 무림을 구한 영웅은 당연히 기존 무림의 인사여야 했다. 평생 약초나 캐던 무명 촌로여서는, 대마신은 쓰러뜨릴 수 있을지언정 무림을 혼돈에서 구해낼 수는 없었을 것이다. 적어도 어떤 이들은 그렇게 믿었을 것이다. 그래서 그들은 사부의 존재를 부정했으리라.

그렇게 사부를 부정하고 거짓으로 무림을 구한 영웅이 곽추운임을 알았을 때, 이극은 고통스러웠다. 어린 이극에게 파검룡협 곽추운은 동경의 대상이었고 무림을 구할 대영웅이었다. 사부가 끝까지 은둔하며 강호의 위기를 외면할 때, 이극은 곽추운의 힘이 되어달라고 설득하기도 했었다.

곽추운이 사부의 목을 베었다는 진실은 이극에게 두 가지 서로 다른 고통을 안겨주었었다. 하나는 소년이 동경하던 대협 곽추운은 허상에 불과했음이며, 다른 하나는 사부의 죽음에 이극 또한 책임이 있음이었다.

그 고통에서 벗어나기까지 얼마나 많은 시간이 필요했던가? 당시 이극의 나이 열다섯. 지금 유서현과 크게 차이가 없다. 어린 자신의 환영이 소녀의 위에 겹쳐졌다.

"……."

그러나 유서현은 이극이 아니다. 소녀는 당시의 이극보다 훨씬 어른스럽고 굳은 심지를 가지고 있다. 어쩌면 아직도 이리저리 재기만 하는 이극보다 한 곳만 바라볼 줄 아는 유서현이 더 강할지도 모른다.

무엇보다 진실을 갈구하는 유서현의 눈을 이극은 감히 외면할 수 없었다. 타오르는 모닥불이 소녀의 얼굴에 그림자를 드리워도 형형한 두 눈만은 어찌할 수 없었다.

이극은 입을 열었다.

"마종은 대마신 철염과 함께 수뇌진 대부분을 잃었고, 세력은 궤멸 직전에 이르렀지. 그 상황에서 중원 각지로 흩어진 자들은 제 한 몸 보전하기도 어려웠겠지. 그런 자들에게 세를 규합하고 힘을 축적할 여력이 있었을까? 물론 시간이 흐르긴 했지. 하지만 십오 년은 결코 긴 시간이 아니야. 거처를 세우고, 사람을 모으고, 한 번 와해되었던 조직을 다시 체계화시키기에는 더더욱 모자란 시간이지."

"그럼… 외부의 조력이 있었을 거란 말인가요?"

"조력의 수준이 아니야. 전적으로 의지할 수 있는 힘이어야 하지. 우리가 잡혀 있던 산채를 떠올려 봐. 그 정도 규모의 시설과 조직을 세우고 운영하려거든 얼마나 큰 자금이 필요할지, 가늠이 안 되지?"

유서현은 조심스럽게 고개를 끄덕였다. 이극은 마주 고개를 끄덕이며 말했다.

"당금 강호에 그만한 자금을 은밀히 융통할 수 있는 조직이나 개인이 얼마나 될까? 더구나 마종의 잔당임을 뻔히 안다면, 그들을 제어할 수 있다는 자신감도 있어야겠지. 자금과 무력, 두 힘을 고루 갖춘 존재만이 가능한 일이야."

쿵! 쿵!

둔중한 북소리와 함께 심박 수가 늘어나고 혈류가 가속한다. 이극의 논리가 향하는 표적은 명백해, 유서현도 손에 잡힐 듯 알 수 있었다.

열기에 상기된 얼굴을 감추며 유서현이 말했다.

"그게 꼭 맹주님이라고 말하고 싶은 건가요?"

"각지에 흩어진 마종의 잔당을 찾아 규합하고 자금과 인력을 지원해서 조직으로 육성할 수 있는 자가 당금 천하제일인 외에 누가 있겠어?"

"그럼… 선열대는……?"

소녀가 듣고 싶지 않을 말을 해야 한다. 이극은 마른 목을 긁어 소리를 냈다.

"맹주의 뜻대로 마종을 육성하고 관리하는 조직. 맹주의 의사를 전달하고 마종의 요구를 보고하여 처리하는 조직. 그게 선열대가 만들어진 의의겠지. 어때, 내 생각이 틀렸소?"

이극은 시선을 돌려 초무열을 봤다. 초무열은 어깨를 축 늘어뜨리고 대답했다.

"그 말이 맞소."

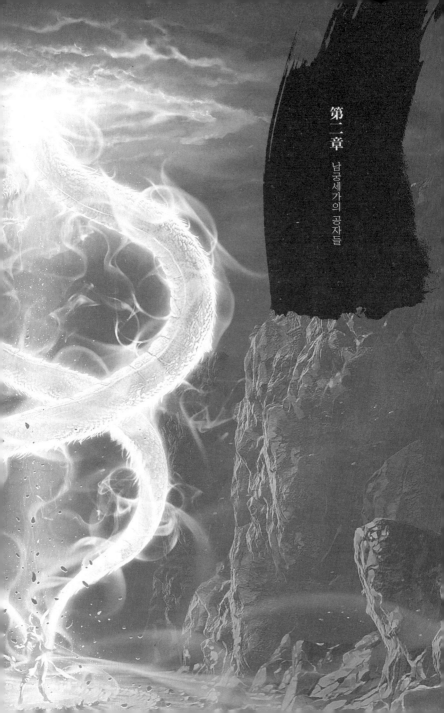

第二章 남궁세가의 공자들

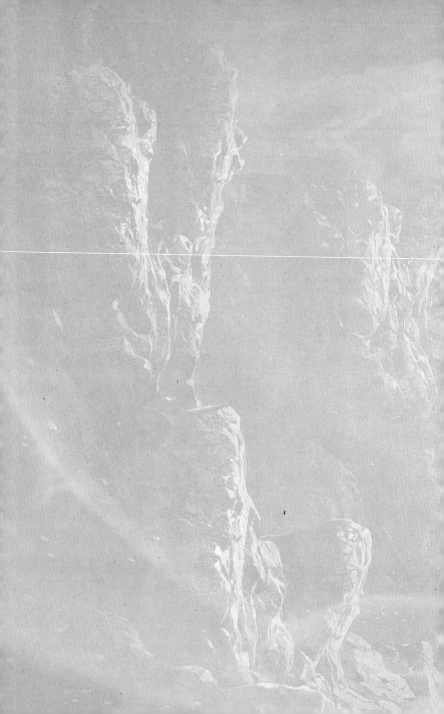

蒼龍魂 창룡혼

1

"오고 있어."

노래하듯 낭랑한 목소리가 막 문을 연 조능설의 귓가에 울렸다. 조능설은 조심스럽게 문을 닫고 방 안으로 들어왔다.

"오고 있다니? 뭐가 말이니?"

조능설은 미소 지으며 한쪽 벽에 붙어 있는 침상으로 다가갔다. 침상 위에 앉아 창밖을 바라보고 있던 소년이 조능설을 돌아봤다.

"내 사람."

소년은 뜻 모를 대답을 던지고 다시 고개를 돌렸다. 창밖으로 내민 팔에는 서너 마리 새가 줄지어 앉아 있었다. 소년은 창틀에 머리를 비스듬히 기대고 제 팔 위에 올라탄 새들을 바라봤다.

열셋, 혹은 열넷 정도 되었을까? 어디에서나 볼 수 있는 평범한 소년이다. 한 가지, 새하얗게 빛나는 은색 머리카락을 제외하면.

소년의 은빛 머리카락은 어깨를 타고 굽이쳐 허리를 지나, 침상 위에 부채꼴 모양으로 퍼져 있었다. 창으로 들어오는 햇빛이 소년의 머리카락에 부딪혀 사방으로 튀었다. 조능설은 눈을 가늘게 뜨며 소년에게 다가갔다.

"밥때가 지났는데 배고프지 않니?"

조능설은 소년의 옆에 앉으며 가지고 온 만두를 내밀었다. 은발의 소년은 고개를 끄덕이며 몸을 틀었다. 자연스럽게 창밖으로 늘어뜨렸던 팔이 안으로 들어오고 그 위에 앉아 있던 새들이 일제히 날갯짓했다.

소년은 제 주먹보다 큰 만두를 크게 한입 베어 물었다. 조능설은 자신이 사 온 만두를 맛있게 먹는 소년을 보며 일견 뿌듯하고, 또 한편으로는 안타까운 마음이 들었다.

'이렇게 보면 참 평범한 아이인데…….'

만두 하나를 뚝딱 해치운 소년은 남은 만두를 양손에 들었다. 그리고 하나를 조능설에게 내밀었다.

"난 괜찮으니까 너나 다 먹으렴."

소년은 고개를 저었다.

"아기가 있잖아."

무심코 던진 소년의 말이 조능설을 놀라게 했다. 정확한 날짜는 모르나 아이를 가진 지 오래되지 않아 조능설의 몸은 처녀나 다름없었다. 눈썰미가 남다른 부대주만이 알아봤을 뿐, 종일 같이 있는 동료들도 눈치채지 못한 것을 소년은 아무렇지도 않게 말한 것이다.

"소유(素流), 너 그건 어떻게 알았니?"

소유라고 불린 소년은 재차 만두를 들이밀며 대답했다.

"그냥. 자, 어서."

조능설은 엉겁결에 만두를 받아 들었다. 소유는 만족스러운 미소를 띠며 다른 손에 든 만두를 먹었다.

소유는 만두를 베어 물며 다진 고기와 야채를 버무린 속을 조금 떼어 창밖으로 내밀었다. 떠나간 줄 알았던 새들이 금방 돌아와 소유의 손을 쪼았다. 소유는 얼굴을 찡그리면서도 아프다는 소리 하나 없이 새들이 먹는 모습을 바라봤다.

'유 가가.'

그런 소유의 옆모습을 보며 조능설은 유순흠을 떠올렸다. 동료와 동생을 구하겠다며 떠난 지 열흘도 지나지 않았건만,

정인의 빈자리는 조능설의 생각보다 컸다.

조능설은 두 손으로 아랫배를 감쌌다. 그녀가 품고 있는 유순흠의 분신이, 일부나마 어미의 공허를 채워주고 있었다. 조능설은 눈을 감고 제 안에 있는 아이를 생각했다.

"…오고 있어."

처음과 같은 말이 조능설을 일깨웠다. 소리의 형태는 같았지만, 그 울림의 폭이 확연히 달랐다.

눈을 떠서 본 소유의 얼굴은 형용하기 힘든 미묘한 표정을 짓고 있었다. 굳이 표현하자면 껄끄러움이랄까? 생리적으로 맞지 않는, 꺼려지는 사람이나 상황과 맞닥뜨렸을 때의 심경이 고스란히 표출된 얼굴이라고 할 수 있었다.

"누가 또 오고 있다는 거니?"

소유는 대답하지 않았고 조능설도 더 묻지 않았다. 원체 신비스러운 아이다. 이전에도 조능설이 알아듣지 못할 이야기를 때때로 했으니, 새삼스러울 것도 없었다.

"쉬렴."

남은 만두를 치우고 조능설은 방을 나갔다. 소유는 가볍게 고개를 끄덕이고 창밖으로 머리를 내밀었다. 창 아래 좁은 길은 인파가 가득해 마치 검은 바둑돌로 채워 넣은 것 같았다.

꿈틀거리는 바둑돌들을 무심히 내려다보던 소유는 곧 흥미를 잃었는지 창틀에 팔꿈치를 올려 턱을 괴고 시선을 돌렸다. 여름치고도 후덥지근한 공기와 흐린 하늘이, 금방이라도 비를 쏟겠노라 말하고 있었다.

"누가 먼저 올까?"

소유는 상대가 있는 것처럼 허공에 대고 물었다. 대답하는 이는 없었지만, 대신 새들이 날개를 펴덕였다. 소유는 웃으며 고개를 끄덕였다.

"나도 그랬으면 좋겠다."

희고 푸른 깃털 몇 가닥이 넘실거리며 창 안으로 들어왔다.

*   *   *

합비(合肥)는 삼국지에 자주 등장하여 사람들에게 친숙한 지명이다. 유서현도 오빠의 영향을 받아서인지 어려서부터 연의에 심취했던 터라 합비라는 두 글자가 낯설지 않았다.

"여기가 합비군요."

성 안으로 들어온 유서현은 신기한 듯 서서 주변을 두리번 거렸다. 항주에 비할 바는 아니어도 합비 또한 안휘성(安徽省)의 성도로 손색이 없는 대도시였다. 전후좌우 사방으로 뻗은 길과 바쁘게 오가는 사람들이 시골 출신인 유서현에게는 그저 신기하기만 한 광경이었다.

"진정해. 그렇게 두리번거리면 촌에서 온 줄 안다고."

이극은 어깨를 두드리며 유서현을 진정시켰다. 그러나 유서현은 다소 상기된 얼굴로 웃으며 대꾸했다.

"사실이잖아요. 저 촌에서 온 거 맞는데?"

"…그 말이 맞긴 하네."

대답이 궁색하여 이극도 따라 웃었다. 유서현의 말마따나 촌에서 왔으니 큰 도시가 신기해 이리저리 둘러보는 것이 당연하지, 부끄러워해야 할 이유가 없는 것이다. 오히려 그런 것을 우습게 보는 시각이야말로 부끄러워해야 하는 게 아닌가?

"그래도 일단은 참는 게 좋을 거야. 여기도 무림맹은 있으니까. 눈에 띄는 행동을 해서 좋을 게 없잖아?"

곽추운이 직접 대소사를 주관하는 무림맹 본영이 항주를 근거지로 하여 절강성 일대에 영향력을 행사하는 것처럼, 중원 각지에는 무림맹 장로회 소속 장로들을 수장으로 하는 지부가 설치되어 있다. 안휘성의 성도인 이곳 합비에도 열두 지부 중 하나가 자리 잡고 있었다.

"알았어요."

이극의 경고가 이치에 맞아 유서현은 고개를 끄덕였다.

"착하군."

이극은 커다란 손으로 유서현의 머리를 쓰다듬으며 칭찬했다. 그로서는 별 뜻 없이 한 행동이었는데, 유서현의 반응이 뜻밖이었다. 정색하고 이극의 손을 뿌리치는 것이었다.

"애 취급 좀 하지 마세요!"

유서현이 강한 어조로 자신의 의사를 전달하자 이극은 당황했다. 애 취급이라니?

"난 그런 적 없는데?"

"지금 한 게 애 취급이지, 그럼 뭐예요?"

드물게 표독스러운 눈으로 쏘아붙이는 유서현을 보며 이극은 헛웃음을 지었다.

유서현의 나이 방년 십팔 세. 여염집 처자였다면 시집을 가고도 남았을 나이니 결코 어리다고만 할 수는 없었다. 하지만 이극의 눈에는 한참 어리게만 보이는 게 사실이었다.

'하긴… 그런 것에 민감할 나이긴 하지.'

이극은 속으로 고개를 끄덕였다. 그 나이에 애 취급을 받아서 좋아한다면 그게 더 문제일 것이다.

"오공이 대하듯이 한 건데?"

"뭐라고요?"

숫제 짐승 취급을 당한 격이니 유서현은 어이가 없고 한편으로 더욱 화가 났다. 하지만 곧 사라진 오공에 대한 걱정이 앞서 울적해지고 마음이 무거워졌다.

"……."

울컥하며 화를 내려던 유서현이 갑자기 어깨를 축 늘어뜨리니 당황스러운 것은 오히려 이극이었다. 이극은 허리를 살짝 굽혀 유서현과 눈높이를 맞추고 물었다.

"왜 그래? 무슨 일 있어?"

"…오공이 생각나서요. 잘 있을까요?"

오공은 어려서부터 사람 손을 탔고, 비교적 먹이를 구하기 쉬운 대도시에서 자라났다. 이극과 유서현이 납치당했던 객잔에서 무사히 도망쳤다 한들 야외에서 살아남을 수 있을지는 이극도 부정적이었다.

그래도 어른이라면 의연한 모습을 보여야지 않겠는가. 이극은 유서현의 어깨를 두드리며 힘주어 말했다.

"아가씨, 뭐 그런 걸 걱정하고 있어? 그 녀석이 얼마나 영악한 녀석인 줄 모르나 본데, 우리보단 훨씬 잘살고 있을 테니 걱정하지 말라고. 걱정하려거든 아가씨 본인이나 오라비를 걱정하는 게 낫지 않아?"

"오빠는 걱정하지 말라고 한 게 아저씨잖아요. 인제 와서 딴소리하기예요?"

"내가 언제? 난 그런 말 한 적 없어."

"분명 그랬거든요?"

"꿈에서 들은 거 아냐? 난 그런 말 한 적 없다니깐."

너스레를 떨었지만 이극이 모를 리 없다. 어제만 해도 혼공에게 붙잡힌 유순흠을 걱정하지 말라고 몇 번이나 위로했으니 말이다. 하지만 이극은 시침을 뚝 떼고 태연히 거짓말을 했다.

이극이 눈에 보이는 거짓말을 하자 유서현은 발끈하여 언성을 높이려 했다. 그러나 눈에 띄는 행동은 하지 말라는 주의를 받은 게 바로 조금 전이다. 그리고 강경히 나가봤자 이극을 상대로는 본전도 못 찾을 것이다. 타고난 성격도 그렇거니와 살아온 시간과 경험의 차이는 무엇으로도 메울 수 없으니, 아주 사소한 시비도 결국 먼저 발끈한 유서현의 패배로 끝났던 기억이 몸에 밸 정도였다.

하여 유서현은 마음을 다스리고 평소 이극의 화법을 빌렸다. 이른바 '그대의 수법을 그대에게 되돌리는' 전략이었다.

"하긴 슬슬 기억력이 감퇴할 나이죠? 제가 이해하죠, 뭐."

"뭐?"

"농담이에요."

뒤통수를 한 대 얻어맞은 얼굴이 된 이극을 보며 유서현은 회심의 미소를 지었다. 유서현은 살짝 혀를 내밀며 이극의 손목을 잡고 앞으로 끌었다.

"이러고 있지 말고 약속 장소로 가요. 어서."

"허 참."

이것도 성장이라면 성장일까? 이극은 쓴웃음을 지으며 유서현이 이끄는 대로 발걸음을 옮겼다.

곽추운을 배신하고 몸을 숨긴 선열대는 새로운 본거지를 이곳 합비에 마련했다.

무림맹의 지부가 설치되어 있고, 장로회의 일원인 남궁호(南宮浩)의 근거지인 합비에 숨어든다는 것은 일견 이해할 수 없는 결정이었다. 하지만 그 이야기를 들었을 때 이극은 오히려 탁월한 선택이라며 고개를 끄덕였다.

선열대는 맹주 직속으로, 무림맹에 정식으로 속해 있지 않은 비인가(非認可) 조직이다. 그들의 역할은 전적으로 맹주 개인의 의사에 국한되어 있으며, 맹 전체의 이익과 반하는 것이다. 맹주와 마종의 잔당과의 연결 고리이니, 그 존재가 드러나는 것만으로 곽추운에게 커다란 타격을 입힐 수 있음은 불을 보듯 뻔한 일이다.

더구나 합비 지부를 책임지고 있는 장로 남궁호는 태양선협 상관우의 추종자로, 장로회 내에서도 대표적인 반 맹주파였다. 곽추운의 정치적 입지를 흔들 수 있는 아주 작은 요소라도 군침이 도는 먹잇감일 터. 곽추운으로서는 반대파들에게 선열대의 존재가 드러날 수 있는 극히 미세한 빌미도 애초에 제공치 말아야 했다. 중원 전역을 뒤덮은 무림맹이라는 거대 조직의 수장인 곽추운이 사라진 선열대를 찾는 데 어려움을 겪는 것도 이러한 부담이 컸기 때문이었다.

하지만 남궁호의 눈에 띄어 좋을 게 없는 것은 선열대도 마찬가지였다. 하여 합비에 도착한 후에도 초무열들은 각기 흩어져서 성 안으로 들어갔다. 일단 그네들끼리 모여 전열을 재정비한 후 이극과 유서현에게 연락을 취하겠다는 게 초무열의 의사였다.

"어서 옵쇼!"

객잔에 들어서자 큰 소리로 인사하며 점소이가 다가왔다. 유서현보다 서너 살 어려 보이는 점소이는 싹싹한 태도로 두 사람을 안내했다.

"두 분이십니까? 자리로 안내해 드리겠습니다."

이극과 유서현은 점소이를 따라 자리를 잡고, 간단한 요깃거리를 주문했다. 그런데 주문을 받고 돌아서서 주방으로 갈 때까지 점소이가 자꾸 훔쳐보는 게 아닌가?

"왜 저래? 내 얼굴에 뭐 묻었어?"

얼굴을 문지르며 이극이 묻자, 유서현은 구겨진 종이뭉치를 내밀었다.

"이거 때문인 거 같아요."

받아서 펴 보니 바로 이극의 용모파기가 포함된 수배 전단이었다. 항주에 커다란 불을 내서 수많은 인명과 재산 피해를 내고 도주했다는 설명이 친절히 곁들어 있었다.

"이건 어디서 났어?"

"굴러다니던데요? 발에 치이던 걸 주웠어요."

"끄응……."

자신의 수배 전단을 보며 이극은 앓는 소리를 냈다.

다행스럽게도 화공의 솜씨가 문제인지 합비의 수배 전단에 그려진 이극의 용모는 실물과 큰 차이가 있었다. 몇몇 특징을 살리긴 했으나 항주의 그것과 비교하면 천지 차이였으니 점소이도 눈앞에 두고 알아보지 못한 채 '어디서 봤던 사람인가?' 싶은 얼굴만 하는 것이다.

곤란해하는 이극에게 유서현이 말했다.

"너무 걱정하지 마세요. 방에 붙어 있지도 못하고 쓰레기로 나뒹구는데, 사람들이 기억이나 하겠어요?"

"아가씨… 그런데 왜 그렇게 실실거리지?"

"어머, 제가 그랬어요?"

놀라는 척하면서도 유서현의 입가가 연신 실룩거렸다. 이극은 눈살을 찌푸리며 고개를 저었다.

"신경 쓰이면 면사라도 사다 드려요?"

"됐어."

이극은 고개를 저으며 거부했다. 그 모습이 우스운지, 유서현은 결국 참지 못하고 큰 웃음을 터뜨렸다.

"까르르르! 깔깔깔!"

뭐가 그렇게 즐거운지 유서현은 손뼉을 치며 시원스럽게 웃어재꼈다. 유서현의 목소리는 여자치고는 다소 낮은 편에 속했지만, 십대의 소녀가 한껏 기분이 좋아 깔깔거린다면 굳이 옥구슬이 은쟁반 위를 구르지 않아도 듣는 이를 상쾌하게 만드는 법이다.

'좋을 때다, 좋을 때야.'

자신이 웃음거리가 됐으면서도 이극은 이상하게 싫지 않았다. 아니, 오히려 편안해지는 것이었다.

혼공의 손아귀에서 벗어나 합비에 도착하기까지 유서현의 표정은 내내 먹구름이 낀 듯 어두웠다. 가장 사랑하고 존경해 마지않는 자랑스러운 오빠가, 저 사악한 마종의 잔당들과 연통하는 조직의 수장이었으니 얼마나 충격이 컸을까?

어쨌든 계속 어두운 표정으로 풀죽어 있던 유서현이 모처럼 배가 아프도록 웃으니 이극도 마음이 놓였다.

하지만 마음을 놓을 수 있는 것도 잠시뿐이었다. 이극의 예리한 촉이 다른 방향으로 위험 신호를 감지한 것이다.

'저것 봐라? 어디서 저런 삼삼한 계집이 굴러들어 왔지?'

'크아~ 어린 게 아주 탱탱하구만!'

말로 하지는 않아도 대충 이런 뜻을 품은 시선이 도처에서 날아들어 유서현에게로 꽂혔다. 술판을 벌인 몇몇 탁자에서는 노골적으로 음탕한 시선을 보내기도 했다. 그나마 점심때가 지나 객잔이 다소 한산했던 게 다행이었다.

"면사가 필요하긴 필요하겠네."

이극은 고개를 절레절레 저으며 중얼거렸다. 유서현은 하도 웃느라 눈에 맺힌 눈물을 닦으며 물었다.

"예? 뭐라고 했어요?"

"아무것도 아니야. 그런데 뭐가 그렇게 웃겨서 웃는 거야?"

"그냥요. 저도 모르겠어요."

소녀에게 왜 웃으며 우는지, 감정이 발하는 원인을 묻는 것처럼 어리석은 일도 없을 것이다. 오죽하면 나뭇잎 구르는 소리만 들어도 웃는다는 말이 나왔을까?

뒤늦게 그 말을 떠올린 이극은 엽차를 들이켜며 말했다.

"뭐가 좋아서 그러는지 몰라도 자제하라고. 아까 한 말 벌써 잊었어? 눈에 띄어봤자 좋을 게 없다고 했잖아."

"예, 예. 알았어요."

유서현은 가슴을 누르며 웃음을 추슬렀다. 하지만 때가 늦어도 한참 늦었다. 유서현을 보는 사내들의 시선이 점점 노골적으로 변하는 것이었다.

"짐 챙겨. 다른 데로 가자."

아무래도 좋지 않은 예감이 들어 이극이 자리에서 일어났다. 유서현은 자리에 앉은 채로 이극을 올려다보며 물었다.

"초 아저씨들과 여기서 보기로 했잖아요. 갑자기 왜 그래요?"

"얘기는 나중에 해줄게. 일단 나가자."

이극은 다짜고짜 일어나 유서현을 잡아끌었다. 유서현은 주섬주섬 짐을 챙기고 자리에서 일어났다. 그러나 두 사람이 막 일어난 순간, 이미 그 주변을 대여섯 명의 사내가 둘러싸고 서 있었다.

"어딜 그렇게 급하게 가시나? 음식을 시켜놓고 그냥 가는 건 예의가 아니지."

그중 한 사내가 기분 나쁜 웃음을 지으며 다가왔다. 둘러싼 사내들이 큰소리로 맞장구를 쳤다. 사내는 두 손을 마주 대고 문지르며 말을 꺼냈다.

"실례가 안 된다면……."

이극은 고개를 숙이며 괴로워했다.

'실례야. 무지막지하게 실례라고!'

2

"실례가 안 된다면 소저를 좀 모시고 싶소이다. 우리 공자님의 뜻이니 순순히 따라오는 게 좋을 거요."

사내는 득의만만한 얼굴로 유서현에게 말했다. 예의를 차리는 양 시작했지만 결국 다치기 싫으면 말을 들으라는 협박이었다.

유서현은 힐끗 시선을 돌렸다. 하지만 이극은 머리를 쥐어뜯으며 괴로워할 뿐, 이렇다 할 행동을 취할 기미는 보이지 않았다. 말썽을 부리지 말라고 누차 주의를 받았으니 유서현도 함부로 움직이지 않았다. 대신 이극의 대처를 기다리는데, 말을 걸어온 사내가 다짜고짜 유서현의 손목을 잡았다.

"뭘 모르나 본데, 소저 인생에 이런 기회가 쉽게 오는 줄 알아? 우리 공자님 눈에 들었다는 건, 그야말로 팔자를 고칠 기회라고! 얌전히 따라와서 술이나 따르면 삼대가 먹고살게 해 주실 거란 말이지."

사내는 밉살스러운 얼굴로 일장 연설을 하고 유서현의 손목을 끌었다. 한편 유서현은 사내에게 손목을 잡힌 순간부터 상당한 인내심을 발휘하는 중이었다. 사내의 맨살 감촉은 땀이 많은지 축축하고 미끄러워 마치 뱀의 몸통에 휘감긴 양 혐오스러웠다.

그럼에도 유서현은 끝까지 참아내고 있었다. 어디까지나 말썽을 일으키지 말라는 이극의 말을 존중해서였지, 눈앞의 뱀 같은 사내를 존중해서가 아니었다. 그러나 팽팽히 당겨진 실 같던 유서현의 인내심을 사내는 단칼에 잘라 버렸다.

"따라오라니까!"

사내는 크게 소리치며 유서현의 손목을 잡아당겼다.

빙글—

그 순간, 사내의 시야가 흐릿해지더니 눈에 들어오던 물건들이 선이 되어 색색의 소용돌이를 그렸다. 곧이어 강렬한 충격이 사내의 머리를 강타했다.

쾅!

큰 소리를 내며 사내의 머리가 판자를 깐 바닥을 뚫고 들어갔다. 마침 음식을 가지고 오던 점소이가 놀라 걸음을 멈췄고, 이극은 좌우로 고개를 저었다.

"기왕 참는 거, 조금만 더 참지 그랬어."

"저도 모르게 그만……."

유서현은 순순히 잘못을 인정하며 고개를 숙였다. 이극은 더 나무라지 않고 말했다.

"어쩔 수 없지. 별일 안 생기도록 깔끔하게 처리하는 수밖에… 음?"

마음을 독하게 먹고 주위를 둘러보던 이극의 입에서 묘한 소리가 났다. 단순한 무뢰배인 줄 알았던 사내들이, 갑자기 안색을 굳히며 서너 걸음 물러나는데 그 동작이 제법 절도 있는 것이었다.

"크악! 이년이!"

바닥에 처박혀 기절한 줄 알았던 사내도 금세 일어났다. 사내는 눈에 불을 켜며 유서현을 향해 으르렁거렸지만, 그럼에도 냉정하게 뒤로 물러나 동료들과 같은 선상에 위치하여 대형을 이루었다.

"젠장! 살고 싶으면 다 꺼져!"

사내는 허리춤에서 환도를 한 자루 꺼내며 소리쳤다. 서슬 퍼런 경고에 몇 안 되는 손님들이 놀라며 밖으로 뛰쳐나가고, 그 난리 통에 탁자며 의자가 넘어지고 접시에 담긴 음식들이 바닥에 흩어졌다.

"손님, 손님! 계산은 하고 가셔야죠! 손님!"

점소이들의 절규도 속절없이 사람들은 줄행랑을 놓은 지 오래였다. 이대로 두고 볼 수 없었는지 점소이 중 일부가 객잔 밖으로 쫓아나가려는데, 누군가가 문을 닫고 그 앞을 막아섰다.

"비키십시오! 지금… 읍!"

흥분하여 소리치던 점소이의 입을 다른 점소이들이 막았다. 문 앞을 막아선 자는 이십대 초중반의 잘 생긴 청년이었는데, 동료의 입을 막고 청년을 올려다보는 점소이들의 얼굴이 흙빛으로 물들어 있었다.

"아이고! 공자님! 남궁 공자님 아니십니까!"

그때 과체중의 장년인이 이 층 계단을 구르다시피 내려왔다. 장년인은 숨을 헐떡이며 청년에게 뛰어가 포권의 예를 취했다.

"공자님이 친히 이 누추한 곳까지 왕림해 주셨는데 이게 무슨 소란이랍니까? 설마 이 무지한 놈들이 공자님께 누라도 끼쳤답니까?"

객잔의 주인인 장년인은 보기 민망할 정도로 굽실거리며 청년의 눈치를 살폈다. 청년은 오만한 표정으로 은자 한 덩이를 던졌다.

"아이고, 이, 이게 뭡니까?"

돈이라면 자다가도 벌떡 일어날 주인이었지만 어째 얼굴빛이 좋지 않았다. 그 위로 청년의 말이 떨어졌다.

"도망간 놈들 밥값이다."

"아이고! 너무 과합니다요!"

"나머지는 수리비."

"예?"

청년은 의아해하는 주인을 무시하고 소리쳤다.

"사내놈은 처리하고, 계집은 얌전하게 만들 정도로만 해라!"

"예!"

청년의 명이 떨어지자 사내들이 일제히 달려들었다. 유서현도 두 팔을 움직이며 막 대응하려던 찰나, 이극이 그녀의 옷깃을 잡고 위로 던졌다.

"어어?"

유서현의 몸이 한 장 높이를 날아 이 층 난간에 매달렸다. 그사이, 두 자루 칼날이 이극의 머리 위로 떨어졌다.

"죽어라!"

노성을 지르며 내리친 칼날은 허공을 가르고 애꿎은 의자를 찍었다. 이극의 신형은 어느새 허공에 있어, 칼질을 한 사내의 정수리를 밟고 훌쩍 뛰어 난간 위에 올랐다.

"지금은 괜히 일 크게 벌이지 말고 도망치는 게 낫겠어."

"깔끔하게 처리한다면서요?"

"깔끔하다는 게 무슨 뜻인지 알고서 하는 소리야?"

이극의 물음에 유서현은 고개를 갸웃거렸다. 그때, 바람 소리를 내며 손도끼 한 자루가 날아왔다. 이극은 도끼날을 가볍게 잡고 손안에서 한 바퀴 돌려 손잡이를 잡은 뒤 고개를 돌리지도 않고 힘껏 내려쳤다.

"히익!"

어느새 계단으로 올라온 민머리 사내가 헛숨을 들이켰다. 이극이 내려찍은 도끼가 사내의 귓불을 스치며 벽에 박힌 것이다. 막 이극을 덮치려던 사내는 꼼짝도 못 하고 제자리에 얼어붙었다.

이극은 사내의 혈을 눌러 혼절시키고 말했다.

"깔끔하게 처리하라고 하면 죽여 없애라는 뜻이야. 산 입은 언제고 말을 하게 되어 있으니까. 무슨 소린지 알아?"

"그럼 저 사람들을 다 죽일 건가요?"

유서현은 놀란 눈으로 물었다. 이극이 대답했다.

"그럴까 했지. 했는데……."

이극은 잠시 말을 멈추고 우장을 휘둘렀다. 빽! 경쾌한 타격음과 함께 커다란 신형이 옆으로 날아 문을 부수고 객실 안으로 들어갔다. 으헉! 하는 소리를 내며 묵고 있던 중년인이 고개를 내밀어 좌우를 살피고, 하얗게 질려 다시 방 안으로 들어갔다.

"…아무래도 그러면 더 시끄러워질 것 같군."

이극은 그리 말하며 시선을 돌렸다. 동료들이 희생당한 틈을 타서 나머지 무리가 이 층으로 올라와 이극과 유서현을 앞뒤로 포위하고 있었다.

"시끄러워지다뇨?"

앞뒤로 네다섯 명씩 건장한 사내가 칼날을 번뜩여도 유서현의 목소리는 태연했다. 이들이 비록 시정잡배의 수준은 넘어섰을지언정 이극은 말할 것도 없고 유서현 한 사람도 당해낼 수 없다는 걸 느낄 수 있었다.

이극은 턱짓으로 일 층에 서서 문을 가로막고 선 청년을 가리켰다.

"저기 저 도련님."

"저 사람이 뭘 어쨌는데요?"

"아까 주인이 하는 말 못 들었어? 남궁 공자라잖아. 남궁세가 출신이 아닌 주제에 남궁 공자라고 행세할 간 큰 놈이 있을 것 같아? 그것도 합비에서?"

"......!"

유서현은 눈을 동그랗게 뜨고 청년을 내려다봤다. 두 사람의 대화를 들었는지 청년은 다소 흡족한 얼굴이 되었고, 최초 바닥에 처박혔던 사내가 의기양양해 외쳤다.

"흥! 이제 알았느냐? 저분이 바로 남궁세가의 차기 가주이신 남궁현겸(南宮賢謙) 님이시다!"

청년, 남궁현겸은 팔짱을 끼고 유서현을 바라봤다. 그의 도도한 얼굴이 마치 '이제 정신이 번쩍 들었느냐?'라고 말하는 듯했다.

그러나 남궁현겸의 기대와 달리 유서현은 겁을 먹지 않았다. 오히려 두 눈을 치켜뜨며 남궁현겸을 노려보더니, 고개를 돌려 이극을 향해 소리쳤다.

"남궁세가의 공자가 어찌 시정잡배들이나 할 법한 패악질을 하겠어요? 이는 필시 남궁세가의 위명을 훔쳐 호가호위(狐假虎威)하는 소인배의 짓일 거예요!"

"뭐… 뭐라?"

눈이야 이극을 보지만 말은 아래층의 남궁현겸을 겨냥했다는 걸 누구라도 알 수 있었다. 더구나 유서현은 진심으로 남궁현겸을 남궁세가를 사칭하고 다니는 사기꾼으로 믿는 게 아니었다. 소인배 운운하며 대놓고 조롱하는 말이니 듣는 입장에서는 속이 뒤집어질 일이었다.

"제법 반반해서 예뻐해 주려 했거늘, 보아하니 간이 배 밖으로 나온 년이구나!"

남궁현겸은 일갈하며 바닥을 치고 뛰어올랐다. 단숨에 이층 난간을 넘어 복도에 올라서는데, 동작에 절도가 있고 품격이 넘쳤다.

'좋구나!'

이극도 속으로 감탄하며 무릎 대신 난간을 쳤다. 경공 수법뿐 아니라 서 있는 자세, 뿜어내는 기운 등 모든 면에서 남궁현겸의 성취가 상당한 경지에 이르렀음을 말하고 있었다.

기껏해야 스물서넛에 불과한 나이에 이만한 성취를 이루었음은 그가 남궁세가 출신이라는 가장 확실한 증거였다. 물론 그것이 남궁세가를 명예롭게 하는지는 의문이었지만.

"네년이 얼굴 반반한 걸 믿고 그리 설치는 게냐? 가소롭기 짝이 없구나! 네년만 한 인물은 쌔고 쌨거늘! 네년의 그 못돼먹은 생각을 이 기회에 단단히 고쳐 주마!"

남궁현겸은 눈썹을 가운데로 모으며 소리쳤다. 그 내용이나 어조가 마치 서당 훈장이 학동을 훈계하는 듯하니 이극으로선 실소를 금치 못할 상황이었다.

"뭐라고요?"

하지만 훈계를 당하는 입장에서는 속이 답답하다 못해 뒤집어질 노릇이다. 유서현은 어이가 없어 눈살을 찌푸리며 반문했다. 그때, 남궁현겸의 허리춤에서 빛이 번쩍였다.

쉬익!

한 자루 검이 백광(白光)을 흩뿌리며 유서현에게로 쏘아졌다. 빛의 편린에 시선을 빼앗기고도 유서현의 몸은 머리에 앞서 판단하고, 움직였다. 반 보 물러남과 동시에 소녀 또한 검을 뽑은 것이다.

캉!

금속성 소리를 내며 두 자루 검이 허공에 맞부딪쳐 불꽃을 피워냈다.

"허어?"

남궁현겸의 입에서 의외라는 탄성이 새어 나왔다.

지금의 일검이 물론 살수는 아니다. 다만 남궁현겸은 유서현이 제 수하를 넘어뜨린 사실이 언짢았고, 어린 계집이 익혀봤자 얼마나 고명한 무공이겠냐며 경시하는 마음이 컸다. 하여 감히 뉘 앞에서 무공을 쓰고 큰소리를 쳤는지, 유서현 스스로 부족함을 알게 하고자 오 할의 힘을 실어 펼친 일 초식이었던 것이다.

그런데 유서현이 당황한 기색 없이 자신의 공세를 받아냈으니 놀랄 수밖에.

한데 놀란 것은 유서현도 마찬가지였다. 아니, 공격을 당했으니 유서현의 놀라움이 크면 컸지, 못할 리가 없다.

유서현은 다시 한 발짝 더 물러나며 두 손으로 검을 고쳐 쥐었다. 그리고 말했다.

"다짜고짜 살수를 쓰다니! 정말 몹쓸 사람이군!"

남궁현겸은 무림 명가, 남궁세가의 자제로 타고난 재능에 더하여 어려서부터 각종 영약과 절세 무공을 익혀온 자다. 비록 젊다 하나 그 실력은 웬만한 중견고수도 당해내지 못할 경지에 올라 있었으니 절반의 힘으로도 유서현에게는 살수로 여겨지기 충분한 것이다.

그러나 지금 남궁현겸을 지배하는 감정은 살수로 오해받았다는 억울함이 아니라 눈앞의 상황과 사람이 제 뜻대로 되지 않는다는 분노였다.

"네년이 정말 죽고 싶어 환장했구나!"

남궁현겸은 성난 얼굴로 소리쳤다. 흉흉한 살기가 앞뒤로 휘몰아치고 남궁현겸의 수하들도 놀라 뒷걸음질 쳤다.

"어디 해보시지!"

유서현도 지지 않고 소리쳤다. 남궁현겸에게서 뿜어져 나오는 살기는 분명 무시무시하다. 하지만 유서현이 헤쳐온 전장의 살기는 남궁현겸의 그것과 질적으로 비교를 불허하는 수준이었다.

온실 속의 화초처럼 자라난 남궁현겸으로선 감히 넘볼 수 없는 경험이, 유서현과 그의 사이에 존재하는 실력의 간극을 메워주는 것이다. 덕분에 유서현은 조금도 위축되지 않고 남궁현겸의 살기를 받아내며 의연히 검을 겨누었다.

"이년이 끝까지……!"

당장 무릎을 꿇고 사죄해도 모자랄 판이다. 그런 판국에 유서현은 오히려 검을 겨누어 맞서기를 주저치 않으니, 남궁현겸으로서는 도무지 받아들일 수 없는 일이었다.

남궁현겸은 사선으로 허공을 베며 말했다.

"이년이 끝까지 명을 재촉하는구나! 오냐, 그럼 어디……?"

"그만."

낮은 목소리가 남궁현겸의 말허리를 잘라먹었다. 이극이었다.

이극은 짧게 말하고 유서현의 허리를 감은 채 난간을 뛰어넘었다. 부드럽게 일 층에 내려선 이극은 유서현을 앞세우고 그 뒤를 따라 문으로 향했다.

"어딜 감히!"

허둥대는 수하들과 달리 남궁현겸은 신속히 움직였다. 그 역시 난간을 훌쩍 뛰어넘어 일 층으로 내려선 후, 즉시 몸을 튕겨 이극의 뒤를 잡은 것이다. 무방비 상태로 드러난 이극의 등을 향해 남궁현겸이 검을 높이 치켜들었다.

"하압!"

힘찬 기합 소리와 함께 남궁현겸은 검을 내려쳤다. 유서현에게나 손속에 사정을 두었지, 상대가 사내이며 무공을 익혔다면 살수를 마다할 이유가 없었던 것이다.

'이놈이?'

그러나 당하는 입장에서는 어이가 없다 못해 화가 날 일이다. 등 뒤로 느껴지는 살기에 이극은 뱃속에서 뭐가 확 치밀어 오르는 기분을 느끼고 몸을 돌렸다.

이미 남궁현겸의 검은 몸을 돌린 이극의 눈앞에 당도해 있었다. 찰나의 순간, 이극은 좌수를 올려 남궁현겸의 검신을 손등으로 강하게 때렸다.

텅!

검신을 타고 몸으로 전해져 오는 충격에 남궁현겸의 입이 벌어졌다. 최상급 철을 제련한 보검이 파도처럼 출렁이더니, 호구를 찢고 멀리 날아갔다.

"크윽… 억!"

손을 떠난 검을 잡으려고 팔을 뻗던 남궁현겸이 낮은 소리를 토해냈다. 이극이 오른손으로 손날을 세워 남궁현겸의 목을 친 것이다. 남궁현겸은 그 자리에서 무릎을 꿇고 앞으로 쓰러졌다.

"……!"

남궁현겸이 정신을 잃고 쓰러지자 객잔 안을 가득 채웠던 소요가 한순간에 가라앉았다. 이 층에 있던 수하들은 막 내려가려던 자세 그대로 엉거주춤 서서 쓰러진 우두머리를 내려다보고 있었다. 남궁현겸이 쉽게 쓰러진 것과 남궁현겸에게 손을 댄 자가 있다는 것, 양쪽 모두가 그들에게는 실로 충격적인 일이었으리라.

끼익—

짧은 정적을 깨뜨리며 문을 열고 누군가 객잔 안으로 들어왔다. 바로 이곳에서 만나기로 한 자, 초무열이었다.

초무열의 눈에 들어온 것은 엉망이 된 객잔 안의 모습과 바닥에 쓰러진 사내였다. 찌릿하니 공기 중에 남아 있는 살기가 한바탕 소란이 휩쓸고 지나갔음을 덧붙인다. 초무열은 자신이 지금 오고 있음을 알기라도 한 듯 문 앞에 서 있던 이극과 유서현에게 물었다.

"이게 무슨 일이오?"

"별일 아니니까 신경 쓰지 마시구려. 왜 이제야 왔소?"

"딱히 늦은 건 아닌데… 저, 저건?"

초무열의 얼굴에 돌연 사색이 드리웠다. 바닥에 쓰러져 있는 사내의 옆얼굴을 본 것이다.

"아무것도 아니니까 어서 갑시다. 어서!"

"아무것도 아니긴! 저건 남궁세가의 대공자 아니오!"

"설마, 남궁세가의 대공자가 이런 누추한 객잔에 와서 왈패 짓이나 하고 다닐까? 어서 가기나 합시다."

이극은 얼버무리며 초무열의 등을 떠밀었다. 유서현도 얼른 초무열의 옆에 붙어 그의 팔을 붙잡았다.

"아니, 저 사람이 분명……!"

초무열은 끝까지 반항했지만 이극과 유서현에게 들리다시피 하여 객잔을 나와야 했다.

3

합비 성내 북쪽 지구에는 거대한 장원이 자리를 차지하고 있는데, 바로 무림에서도 손꼽히는 명문인 남궁세가였다.

한 장 높이의 담벼락을 따라 걷다 보면 한 바퀴를 도는 데에만 적잖은 시간이 걸릴 정도다. 부지의 넓이만 단순 비교하면 항주의 무림맹 본영보다 크다. 담벼락 너머로 보이는 건물들은 휘황찬란하여 하나같이 웅장한 규모라, 오랜 세월 쌓아 올린 남궁세가의 힘을 만방에 과시하고 있었다.

그러나 겉으로 흘러넘치는 위엄과 달리 남궁세가의 장원에는 다른 이름이 붙어 있다. 무림의 전통 있는 세가로서 오롯이 존재하였던 과거와 달리, 이제 이 장원은 합비 지부라는 이름을 함께 쓰고 있다.

무림은 과거 마종과의 항쟁에서 수많은 고수와 문파를 잃었다. 그 피비린내 나는 투쟁의 바람을 헤치고 기어코 살아남은 자들이 기존의 세력이 사라진 자리를 차지해 앉았으니, 그것이 바로 무림맹이다.

그렇다고 무림의 세력도가 완전히 새롭게 재편된 것은 아니었다. 무림맹을 구성하는 맹주와 십이 장로 대부분은 마종과의 항쟁 이전에도 명숙 혹은 마두로 무림에 확고한 지분을 가지고 있던 자들이다. 무림맹주 곽추운의 뒤에도 명문인 곽씨세가가 버티고 있다는 것이 그 방증이었다.

물론 곽씨세가는 마종과의 항쟁에서 곽추운을 제외한 대부분의 고수를 잃고 허울뿐인 명문으로 전락하였다. 곽추운이 마종과의 항쟁에서 주도적인 역할을 하고, 대마신 철염의 목을 베지 않았더라면 맹주의 자리에 오르지 못했을 것이다. 맹주의 직위에 오른 지금도 장로회 내부의 반 맹주파에 눌려 무소불위의 권력을 휘두르지 못하는 것도 그런 이유였다.

남궁세가는 반 맹주파의 선두에 서서 곽추운에게 노골적으로 반감을 표하고 있었는데, 그 중심에는 당연하게도 장로회의 일원이며 세가의 가주인 창궁검왕(蒼穹劍王) 남궁호가 있었다.

"그게 사실이더냐?"

중후한 목소리 가운데 어울리지 않는 떨림이 있었다.

예순을 넘은 나이에도 머리와 눈썹은 칠흑같이 검고 잘 기른 수염에는 윤기가 흘렀다. 부릅뜬 두 눈에는 형형한 빛이 쏟아지는 이 노인이 남궁세가의 가주, 창궁검왕 남궁호였다.

그와 마주 앉은 자는 이십대 중후반의 청년. 얼굴이 희고 이목구비는 큼지막하니 시원시원한 미남자였다. 청년은 다소 어두운 표정으로, 그러나 확신을 가지고 대답했다.

"항주뿐만 아니라 각지의 정보원들에게서 서신을 받아 교차 검증한 결과, 송 장로가 맹주의 편으로 돌아선 게 확실합니다. 아마 다음번 장로회의에서 공식적으로 지지를 표명하겠지요."

청년의 대답을 들은 남궁호는 미간을 찌푸렸다.

"소수소면이 지지를 표명한다면, 그 뒤에 붙은 자들도 함께 딸려간다는 얘기가 아니겠느냐?"

"맞습니다. 송 장로가 중립파의 의사를 결정할 수 없다면 맹주가 그에게 목을 매지도 않았을 테니까요. 맹주가 송 장로에게 끊임없이 추파를 던지는 것도 같은 이유일 테고 말입니다."

"소수소면은 대체 무슨 생각인 게야!"

남궁호는 크게 소리치며 손바닥으로 탁자를 내려쳤다. 찻
잔 두 개가 허공에 떠올랐다가 떨어지고 그 반동에 찻물이 탁
자 위로 넘쳤다. 남궁호는 탁자 위에 올려둔 소매가 젖는 것
도 개의치 않고 노기 띤 음성으로 말을 이었다.

"그렇지 않아도 요사이 곽가 녀석의 행보가 심상치 않거
늘. 놈을 지지한다면 호랑이에 날개를 달아주는 격이 아니냔
말이다! 이렇게 되면 장로회도 놈의 뜻대로 돌아갈 게 뻔한데
이를 어찌하면 좋단 말인가!"

말은 한탄조로 끝났지만 노기는 여전히 풀리지 않았는지
남궁호의 관자놀이에 핏대가 불룩 솟아 있었다. 청년은 섣불
리 말을 붙이지 않고 남궁호가 노기를 가라앉히기를 기다렸
다.

"커험!"

얼마 지나지 않아 남궁호는 헛기침을 하며 젖은 소매를 걷
었다. 청년의 앞에서 노기를 드러냈다는 것이 부끄러웠는지
남궁호는 몇 차례 헛기침을 반복했다. 잠시 시간을 두고 청년
이 말문을 열었다.

"송 장로를 끌어들이는 데 성공했으니 곧 장로회의가 열릴
겁니다."

"다음 정기회의까지는 시간이 꽤 걸릴 텐데."

"아마 임시 회의를 개최하고 장로들을 소집하겠지요. 맹주의 성격상 자신에게 권력이 들어왔다는 걸 과시하지 못해 안달이 났을 겁니다."

청년의 말에 남궁호는 코웃음을 쳤다.

"흥! 그러고도 남을 놈이지. 아니, 그래야 곽가 놈이겠지!"

"권력과 명예욕의 화신과도 같은 존재이니까요."

청년은 고개를 끄덕이며 남궁호의 말에 맞장구를 쳤다. 적어도 이들의 머릿속에 곽추운에 대한 일반의 평가—고매한 인격자, 혹은 백성을 굽어살피는 성군—는 들어 있지 않은 듯했다.

"그리고 당장 맹의 예산 집행권부터 행사하려 들 겁니다. 작년 수해를 보전한답시고 선심성 보상을 남발한 탓에 항주 본영의 형편이 썩 좋지 않으니까요. 게다가 최근 일어난 화재도 지난해 수재에 못잖은 피해가 일어났는데, 이번에도 그냥 넘어가고 싶지 않을 겁니다."

남궁호의 미간에 주름이 잡혔다. 청년의 말이 무엇을 가리키는지 명백했던 탓이다.

"무림맹의 재물을 풀어 제 명성을 높이시겠다?"

"더해서 반 맹주파에 대한 비난도 수위를 높이겠지요. 화재로 인해 신음하는 백성은 얼마든지 구할 수 있다. 하지만 그 백성이 곽 맹주의 본거지인 항주의 주민이라는 이유로 반 맹주파는 머릿수만 믿고 예산 집행을 거부한다. 하지만 중립을 고수하던 장로들이 맹주의 진심에 감복하여 돌아섰고, 덕분에 이재민들을 도울 수 있게 되었다… 뭐, 뻔한 수순입니다."

뻔하다는 것은 그만큼 효과가 입증되었다는 뜻이다. 곽추운은 반 맹주파가 정치적인 논리를 내세워 이재민을 구하지 않는다는, 지극히 뻔하지만 효과적인 논지로 압박해 올 것이다.

"그럼 어찌 대처해야 하겠느냐?"

"일단 상관 장로님과 먼저 자리를 만드셔야 할 겁니다. 제가 알 정도니 그쪽도 이미 송 장로가 맹주 편으로 돌아섰다는 정보를 입수했겠죠. 어떻게 대처해야 할지 고민하고 있을 겁니다. 그와 별개로 우리가 해야 할 일은……."

청년은 잠시 말을 멈추고 호흡을 가다듬었다. 어서 뒤를 이으라고 재촉하는 남궁호의 시선을 받으며, 청년은 말을 계속했다.

"맹주와 송 장로 사이에 어떤 거래가 있었는지 알아봐야 하는 겁니다."

"거래?"

"예. 맹주가 송 장로를 끌어들이려 했던 게 어제오늘 일이 아니지요. 수년간의 구애에도 꿈쩍하지 않던 자가 갑자기 지지를 선언했다는 것은, 그 이면에 무언가 다른 이유가 있다고 생각하는 것이 이치에 맞지 않겠습니까?"

남궁호는 고개를 갸웃거렸다.

남궁호와 송삼정은 같은 세대, 같은 정파의 고수로 마종과 함께 싸운 전우이기도 했다. 아주 친분이 깊다고는 할 수 없어도 어느 정도 서로의 성품을 아는 사이였다.

평생 협과 의, 두 글자만 알고 살아온 송삼정이다. 남궁호가 아는 송삼정은 세간이 말하는 대협의 그것과 조금도 다르지 않았다. 자연히 송삼정이 자신을 비롯한 중립파 세 사람의 지지를 가지고 곽추운과 어떤 거래를 했을 거라는 청년의 말을 쉽게 수긍할 수는 없었다.

"그것은 네가 잘 몰라서 하는 이야기다. 소수소면이 지지 여부를 놓고 곽가 놈과 거래를 한다는 건 있을 수 없는 일이야."

"잘 모르기 때문에 한 이야기가 맞습니다."

"설명해 보아라."

당돌한 말이다. 청년의 앞에 앉아 있는 자가 대남궁세가의 가주임을 떠올리면 무례하다고도 할 수 있는, 도발적인 언사였다. 그러나 남궁호는 화를 내는 대신 설명을 요구했다. 청년을 향한 남궁호의 신뢰가 얼마나 깊은지 알 수 있는 대목이었다.

"저는 송 장로에 대해 아는 것이 없습니다. 기껏해야 세간에 떠도는 소문이 전부이지요. 하지만 그래서 더 객관적으로 상황을 분석할 수 있다고 생각합니다. 예측이라면 모르되 송 장로의 변심은 이미 일어난 사실이고, 그 원인을 찾는 데 있어 송 장로 개인의 성품이 어떠한지는 크게 중요하지 않습니다. 아니, 오히려 진정한 원인을 찾는 데 방해가 될 뿐이지요."

"흠."

"거래라고 말씀드린 것은, 그것이 제가 생각한 여러 원인 가운데 가장 가능성이 높았기 때문입니다. 설마 맹주의 겉모습만 보고 떠들어대는 세간의 말을 송 장로가 전적으로 믿고 지지를 보내겠습니까?"

"그럴 리 없지. 소수소면의 성격상 맹주를 지지해야 할 필요가 있다면 그에 대해 직접 조사하고 알아봤을 거다. 그래서 곽가 놈의 진면목을 알았다면 더더욱 지지할 이유가 없겠지."

"그 말씀이 옳습니다. 사실 꼭 송 장로와 맹주 사이에 거래가 있어야 한다는 법은 없겠지만 반드시 그에 준하는 원인이 있지 않겠습니까? 제 생각대로 모종의 거래가 있었을 수도 있고, 혹은 맹주가 송 장로의 약점을 잡고 협박했을 수도 있지요. 뭐가 맞느냐는 중요한 문제가 아닙니다. 일단 원인이 무엇인지 최대한 빨리 알아내는 게 중요하겠지요."

청년은 말을 마치고 남궁호를 바라봤다. 청년의 큰 눈은 젊은이 특유의 패기와 총기로 밝게 빛나고 있었다. 남궁호는 그런 청년의 눈을 보며 한숨을 쉬었다.

"항상 생각한다만, 새삼 아쉽구나."

남궁호는 안타까운 눈으로 청년을 보며 말했다.

"상이, 네가 내 아들이었다면……."

"그런 말씀 마십시오."

청년은 다급히 고개를 숙였다.

"제 능력은 누구보다 제가 잘 알고 있습니다. 저는 누구의 위에 설 그릇이 못 됩니다. 지금의 위치도 저에게는 충분히, 아니, 과분할 지경이지요."

청년의 겸손한 말에 남궁호는 다시금 한숨을 쉬었다.

"너무 자신을 낮추지 마라. 네 재주가 어디 보통의 것이더냐? 너라면 장차 세가를 더욱 번영시킬 수 있을 것인데……."

"가주에게 중요한 것은 적통의 여부이지, 능력은 차후의 문제입니다. 현겸의 능력이 부족한 것도 아니니 저는 지금의 자리로 족합니다."

청년, 남궁상겸(南宮常謙)은 기꺼운 표정으로 이야기했다.

수백 년을 이어 온 남궁세가. 무림에서도 손꼽히는 명문의 역사 속에서도 남궁상겸은 두드러진 존재였다.

두 발로 설 때부터 어른들의 수련을 보고 따라했으며, 스물이 채 되기도 전에 세가의 무공을 두루 섭렵했다. 타고난 무학의 재능만큼은 세가의 역대 인물을 통틀어도 다섯 손가락 안에 들었다. 가주인 남궁호는 수년 전 남궁상겸을 가리켜 '백 년에 한 번 나올 재능'이라고 칭송하며 장차 자신을 능가함은 물론 전 무림을 통틀어 능히 손꼽힐 성취를 이루리라 예견했을 정도였다.

그러한 남궁호의 예견은 결코 과장이 아니었다. 몇 해 전에는 무림맹이 각지의 후기지수를 대상으로 개최하는 무림대회에서 당당히 우승을 차지, 동 세대 중 단연 독보적이라는 걸 스스로 증명한 바 있었다.

남궁상겸의 재능은 비단 무학에 국한된 것이 아니었다. 시서화를 비롯해 산학(算學)과 천문, 지리에 능통하였고 역사에도 밝았다. 성품도 겸손하고 소박하며 말 한마디를 하더라도 깊이 생각하고 상대를 배려할 줄 아니, 재능과 인품을 겸비했다는 말이 딱 들어맞는 보기 드문 인물이었다.

하나 그리도 완벽해 보이는 남궁상겸에게 딱 하나 부족한 부분이 있으니 바로 그의 출신이었다.

대남궁세가의 출신이 뭐가 부족하겠냐며 반문하는 사람들

도 있을 것이다. 그러나 남궁세가의 높은 담벼락을 넘어 그 은밀한 내실을 들여다본 이라면, 바로 그 출신이 남궁상겸에게 있어 치명적인 결함이라는 사실에 동의를 표할 것이다.

남궁상겸의 부친은 오씨 성을 가진 사내로 본래 남궁세가의 식객이었다. 육친도, 아무런 연고도 없이 떠돌아다니던 낭인을 남궁세가가 식객으로 받아들이고 융숭히 대접한 까닭은 당연히 그 재주를 높이 샀기 때문이었다. 그리고 시간이 흘러 마종이라는 거대한 적이 중원을 침공해 왔을 때, 남궁세가의 안목은 각광을 받게 된다.

광호자(狂虎子) 오자곤(吳刺坤). 무명의 식객이 훗날 마종과의 항쟁에서 얻게 된 이름이다. 수많은 마인의 목을 베었고, 무수히 많은 이야깃거리를 만들며 대마신 철염의 손에 쓰러진 영웅 중 하나이다.

항쟁이 끝난 이후, 남궁세가는 오자곤의 아들인 오상겸에게 남궁 성씨를 부여하고 세가의 일원으로 맞이한다. 일부의 반대가 있기는 하였으나 가주인 남궁호가 강력한 의지로 밀어붙여 일은 큰 차질 없이 진행되었다. 애초에 오자곤은 가주 남궁호의 매제였고, 따라서 그 피의 절반은 남궁씨의 것이었으니 반대파의 목소리도 크지 않았다.

그러나 남궁 성씨를 받았다고는 해도 남궁상겸의 출신이 변하는 것은 아니었다. 그를 보는 시선도 모순되어 있었다.

남궁상겸의 놀라운 성취와 빼어난 재능이 세가의 명예와 연결될 때에는 남궁이라는 두 글자를 앞세워 기꺼워했으나, 막상 그가 능력을 발휘해 권력의 중추에 다가갈 기미가 보일 때에는 경계의 눈초리로 바뀌는 것이었다.

비록 가주인 남궁호가 그를 아껴 측근에 두고 대소사를 의논하지만 어디까지나 조언자의 위치에 머무를 뿐, 남궁상겸은 결코 앞으로 나서는 법이 없었다. 그것이 남궁세가라는 울타리 안에서 남고자 하는 그의 선택이었다.

남궁호는 말없이 남궁상겸을 바라보았다. 제 아비를 닮아선 굵은 얼굴 가운데 어미의 섬세함이 언뜻 보였다. 그것은 곧 남궁 씨의 얼굴이며 남궁호 자신의 얼굴이기도 했다. 남궁상겸은 누가 뭐래도 훌륭한 남궁세가의 일원이었다.

남궁호에게는 다섯 명의 딸과 한 명의 아들이 있었다. 마흔에 가까웠을 때 본 늦둥이다. 아마도 그가 남궁호의 뒤를 이어 남궁세가를 이끌어 갈 가주가 될 것이다.

그러나 남궁호는 누구보다 아들을 잘 알고 있었다. 남궁세가의 적통이기는 하나 그 재능과 인품은 가주의 그릇에 한참 못 미친다. 서너 살 위에 불과한 남궁상겸과 비교해 보았을 때 그 차이는 확연히 드러난다.

'현겸이 녀석도 잘 알고 있지.'

남궁호의 아들, 남궁현겸도 사촌 형과 그 사이에 메울 수 없는 격차가 존재한다는 것을 알고 있다. 그럼에도 가주의 자리는 제 차지가 될 거란 사실도.

　생각이 아들에 미치자 남궁호의 안색이 좀 더 어두워졌다. 능력이 있지만 가주가 될 수 없는 남궁상겸보다, 뛰어난 사촌을 제치고 가주가 되어야 하는 남궁현겸이 어쩌면 더 괴로울지도 모른다. 남궁현겸이 스물이 넘어서도 시정잡배처럼 밖으로 나돌고 엇나가는 까닭도 그래서일 것이다.

　"…무슨 근심이라도 있으십니까?"

　아들에 대한 걱정으로 흐려지던 시야를, 남궁상겸의 목소리가 다시 밝혔다. 남궁호는 얼른 정신을 차리고 수염을 쓰다듬으며 말했다.

　"아무것도 아니다. 너는 당장 사람을 뽑아 곽가 놈이 무엇을 대가로 소수소면의 지지를 획득했는지 알아내거라. 총관에게 일러둘 테니 필요한 게 있으면 무엇이든 말하고."

　"알겠습니다."

　남궁상겸은 짧게 대답하고 자리에서 일어났다.

　"나으리."

　누군가 남궁호의 방에서 나온 남궁상겸을 불렀다. 남궁상겸이 돌아보니 얼굴이 눈에 익은 자였다.

　"현겸이 데리고 있던 자로군?"

남궁현겸이 수하로 거느리고 다니는 사내다. 사내는 굽실거리며 남궁상겸에게 다가가 목소리를 낮추어 소곤거렸다. 사내의 말이 끝나기도 전에 남궁상겸의 눈썹이 위로 올라갔다.

"현겸이 당했다고? 누구에게 당했단 말이냐?"

"그, 그것이… 저도 모르는 자였습니다."

사내는 큰 죄라도 지은 듯 고개도 들지 못하고 대답했다. 남궁상겸은 눈살을 찌푸리며 말했다.

"합비에서 현겸을 건드릴 자가 대체 누가 있다고… 혹 외부인이었더냐?"

남궁현겸도 대남궁세가의 적통을 이은 자. 남궁상겸 자신에 미치지 못한다 해도 그 무학의 성취는 또래 가운데 발군이었다. 웬만한 고수가 아니고서야 남궁현겸을 무력으로 제압하기란 어려운 일이다.

당장 남궁상겸의 머릿속에 몇 명의 이름이 떠올랐다. 합비와 주변 일대에서 남궁현겸을 제압할 수 있는 고수들의 명단이었다. 그러나 그중 누구도 남궁세가와 말썽을 일으키거나 남궁현겸을 건드릴 자가 없었다. 설령 남궁현겸이 먼저 말썽을 피웠다 해도 말이다.

"억양이 이 고장 사람은 아니었습니다."

역시. 남궁상겸은 고개를 끄덕이며 말했다.

"그런데 현겸은 어디 있고 네가 고하러 온 것이냐?"

"세가의 다른 어른들 보기 부끄럽다며… 다른 사람 모르게 상 공자님만 모셔오라고 했습니다."

"이 녀석이……."

남궁상겸의 얼굴이 일그러졌다. 무림맹의 정세가 빠르게 변하고 있고, 그에 대처하기 위해 온 힘을 쏟아도 모자랄 판이다. 남궁세가도 한 발 삐끗하면 넘어져 몰락할지도 모르는 게 현 무림의 판도였다.

'그런데 차기 가주란 놈이 말썽이나 피우고 다녀? 이런 한심한 놈 같으니라고!'

남궁상겸은 입술을 깨물며 사내를 돌아봤다. 속내가 얼굴에 드러난 걸까? 남궁상겸을 보는 사내의 얼굴이 공포로 하얗게 질려 있었다. 그 얼굴을 보니 뱃속에서 부글부글 끓어오르는 화가 어쩐지 덧없게 느껴졌다.

'이자에게 화를 낼 필요는 없겠지.'

남궁상겸은 크게 심호흡을 하고 사내에게 말했다.

"앞장서라."

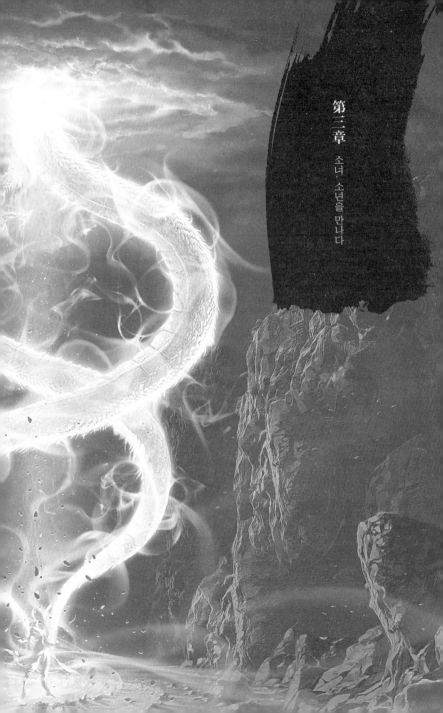

第三章　소녀, 소년을 만나다

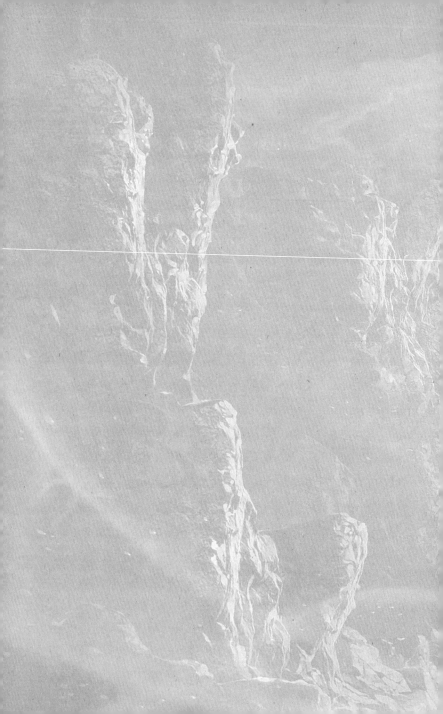

蒼龍魂 창룡혼

1

　도망치듯 객잔을 빠져나온 이극과 유서현은 초무열의 안내를 받아 선열대의 비밀 거처로 향했다. 선열대의 거처는 합비의 도심에서도 살짝 외곽에 위치한 주거 구역에 위치해 있었다.

　'낯설지 않군.'

　삐걱거리는 계단을 오르며 이극은 십 년 넘게 살았던 항주의 공동주택을 떠올렸다. 선열대의 거처 역시 빈민가의 틈바구니에 자리를 잡고 있는 낡은 공동주택이었다.

　"무슨 일 있었습니까?"

문을 열어준 양화규가 물었다. 초무열의 얼굴에 불편한 기색이 만연했다.

"거처를 옮겨야 할 것 같다."

"예?"

"직접 물어봐라."

초무열은 다소 신경질적으로 반응하며 양화규를 밀치고 안으로 들어갔다. 양화규는 무슨 영문인지 몰라 어리둥절했지만, 곧 뒤따라 들어오는 두 사람을 반갑게 맞이했다.

"어서 오십시오. 그런데 무슨 일 있었습니까? 부대주님은 왜 저러신대요?"

"그게… 잘 모르겠네요."

유서현은 웃음으로 얼버무리고 안으로 들어갔다. 이극도 짐짓 모르겠다는 얼굴로 시치미를 떼며 유서현의 뒤를 따랐다.

방은 좁고 천장이 낮았다. 기다리고 있던 세 사람에 이극과 유서현이 더해지니 움직이기도 불편할 정도였다.

'이 좁은 곳에 몇 명이 득시글거리는 거야?'

이극은 속으로 투덜거리며 초무열이 권한 자리에 앉았다.

같은 공동주택이라도 이극이 살던 곳보다 훨씬 낡고 작은 방이다. 이런 곳에 대여섯 명이 살고 있었다니, 몸을 숨기는 의미가 있나? 하는 생각이 절로 들었다.

"……."

먼 길을 와서 막상 목적지에 도착하고 보니 쉽사리 말을 꺼내는 사람이 없었다. 한동안 침묵이 흐르다 결국 참지 못하고 유서현이 먼저 말문을 열었다.

"보여주세요."

"……."

생략된 말이 무엇인지 모르는 사람은 없었다. 애초에 그것을 확인하기 위해 온 유서현이다. 그러나 초무열은 물론 양화규와 왕수림도 난색을 표할 뿐, 대답하기를 꺼리고 있었다.

유서현은 다시 한 번 힘주어 말했다.

"오라버니가 마종의 잔당에게서 훔친 물건을 보여주세요. 그걸 보자고 온 거잖아요."

"물론 보여줄 거요. 하지만 그전에 확답을 받아야겠소."

"확답이라니요?"

초무열은 바로 대답하지 않고 고개를 돌렸다. 돌아간 시선의 끝에는 이극이 있었다. 초무열은 이극을 똑바로 바라보며 말했다.

"당신."

"나?"

이극은 손가락으로 자신을 가리키며 되물었다. 초무열은

고개를 끄덕였다.

"그래. 당신 말이오."

이극은 유서현을 보며 어깨를 들썩였다. 이극이 '무슨 일이냐'고 묻는 얼굴로 자신을 보자 유서현도 고개를 절레절레 흔들었다.

초무열의 말이 이어졌다.

"오는 길 내내 생각했소만, 결론은 하나였소. 당신의 힘을 빌리지 않으면 대주를 구할 수 없다는 것. 아니, 당신의 힘을 빌린다 한들 가능할지 모르겠소만. 우리만으로는 애초에 불가능한 일이니까."

"내가 이미 구한다 했을 텐데?"

"나는 무림맹원이면서도 무림맹원이 아니오. 그런 신분으로 더러운 일을 많이도 했지. 감히 무림맹의 이름을 걸고는 할 수 없는 일들 말이오. 그러면서 깨달은 게 있다면 사람의 말이란 때와 장소에 따라 얼마든지 바뀔 수 있다는 것이오. 말이라는 게 얼마나 무가치한 것인지 아는 내가, 어찌 당신의 한마디만 믿고 일을 진행할 수 있단 말이오?"

"그건 그렇지. 초 부대주께서 이렇게 말을 뒤집는 걸 보니 백번 맞는 말씀이십니다."

"내가 무슨 말을 뒤집었다고……!"

이극은 손을 들어 발끈하는 초무열을 진정시키고 말했다.

"그냥 나를 믿으시오. 아닌 말로, 내가 다른 마음을 먹는다 해서 당신들에게 대책이 있는 것도 아니잖소. 나도 뭐 말밖에 보여줄 수 있는 게 없긴 하다만……."

이극의 말 그대로, 초무열에게는 다른 선택의 여지가 없었다. 유순흠을 구하는 데 힘을 보태지 않겠다면 이극이 여기까지 따라오지도 않았을 것이다. 그러나 그렇다 해도 초무열은 이극을 완전히 신뢰할 수 없어 마지막까지 확인을 받아두고 싶었다.

"맹세하시오. 남아일언은."

초무열은 손을 내밀며 말했다. 이극은 그 손을 맞잡고 대답했다.

"중천금이지."

초무열은 비로소 납득한 듯 고개를 끄덕였다. 이극은 그런 초무열을 보며 속으로 고소를 금치 못했다.

'이것도 말이잖아? 이러니까 속고 다니지. 나 원.'

"따라오시오."

초무열은 두 사람을 이끌고 자리를 옮겼다. 선열대가 빌린 방이 하나가 아니었는지, 초무열이 안내한 곳은 방금까지 그들이 있던 곳의 옆방이었다.

방 안으로 들어가니 초췌한 안색의 여인이 앉아 있었다. 바로 조능설이었다.

"선열대원인 조능설이오. 물건과 거처를 지키느라 함께하지 못했소."

조능설은 가볍게 고개를 숙이는 것으로 인사를 대신했다. 본래 미색이 출중한 조능설이었는데, 말이 없고 안색마저 좋지 않자 묘한 분위기가 더해져 사내의 보호본능을 자극하는 것이었다. 이극이 유서현에게 속삭였다.

"미인인데?"

"그러네요."

유서현은 쉽게 수긍하고 마주 고개를 숙였다. 같은 여자가 봐도 조능설은 몹시 매력적이었던 것이다.

이는 조능설도 마찬가지였다. 여동생 자랑에 관해서는 팔불출이라 불려도 할 말이 없는 유순흠이었는데, 실제로 보니 미모만큼은 조금도 과장이 없었던 것이다. 게다가 유서현은 유순흠과 꼭 닮아 누가 보더라도 남매지간임을 알 정도였다.

'그이였다면 얼마나 좋았을까!'

닮은 얼굴을 보자니 새삼 원망이 솟아올랐다. 유서현이 처음부터 집에 가만히 있었다면 유순흠이 잡히지도 않았을 것이다. 조능설은 본능적으로 아랫배를 끌어안았다.

"안에 있나?"

"자고 있어요."

초무열의 물음에 짧게 대답하고, 조능설은 다시 자리에 앉았다. 초무열은 이극과 유서현을 향해 말했다.

"자고 있다는군. 들어가 보시겠소?"

"자고 있다니? 누가 자고 있는데 들어가 보라는 거예요?"

침실에, 그것도 누군가 자고 있는데 외인더러 함부로 들어가라는 초무열의 말이 상식에 맞지 않았다. 유서현이 눈살을 찌푸리며 묻자 초무열이 답했다.

"당신들이 알고 싶어 하는 것."

"……?"

이극과 유서현은 또다시 서로를 바라보며 눈을 맞췄다. 마종의 잔당으로부터 훔쳐낸 것이 물건이 아니란 말인가?

유서현은 시선을 돌려 초무열을 바라봤다. 그러나 초무열은 대답 대신 직접 문을 열며 말했다.

"들어가 보시오."

반쯤 열린 문이 이상하게 긴장을 불러일으켰다. 유서현은 힐끗 이극을 곁눈질했다. 이극은 팔짱을 끼고 유서현이 먼저 움직이기를 기다리고 있었다.

'맞아. 이건 내 문제지.'

유순흠을 구출하는 데 이극이 힘을 빌려주는 것과 별개로, 일의 주체는 어디까지나 유서현이어야 마땅하다. 선의에서 오는 조력 이상의 것은 바랄 수도, 바라서도 안 되는 것이다.

유서현은 크게 심호흡을 하고 문을 열었다. 그리고 막 방 안으로 들어간 순간, 제자리에 멈춰 섰다.

"왜 그래?"

뒤따르다 같이 멈춘 이극이 묻자, 유서현이 재빨리 몸을 돌렸다. 숨소리가 들리는 거리에서 유서현은 집게손가락을 세워 입술에 대고 조용히 하라는 시늉을 했다.

'왜 그래?'

다짜고짜 조용히 하라는 손짓에 이극은 불만스러운 표정을 지었다. 그러나 또 말은 잘 들어서 뻐끔뻐끔 입 모양으로 이유를 물었다.

유서현은 입 뻥긋도 조심스러운지 입술을 다문 채로 손가락을 가리켰다. 유서현의 손가락을 따라 시선을 돌리니, 침상위에서 잠을 자는 한 소년이 보였다.

'이게 물건이라고?'

이극과 유서현의 머릿속에 동시에 떠오른 의문이었다.

유순흠과 선열대원들이 무림맹원이라는 직위를 버리고, 천하제일인을 배신하면서까지 탈취해야 했던 물건이 사람이었을 줄이야?

그러나 의문은 곧 사라졌다. 눈을 감고 있는 소년의 압도적인 존재감이 두 사람의 머릿속을 가득 채운 것이다.

어깨를 타고 침상 아래까지 늘어뜨린 긴 머리카락은 눈부신 은빛이다. 실 같은 동맥이 푸르게 도드라질 만큼 투명한 피부와 작고 가는 팔다리는 형상만 닮았을 뿐, 도저히 땅 위를 밟고 사는 사람의 것이라고 여겨지지 않았다.

소년은 명장, 아니, 신의 솜씨로 빚어낸 자기(瓷器)와 같았다. 눈으로 보아서는 그 누구도 이 소년이 피와 살로 이루어졌음을 믿지 못할 것이다. 오직 오르내리는 가슴만이 살아 숨 쉬는 인간임을 증명할 뿐이었다.

유서현은 멍하니 잠든 소년을 바라보았다. 그런 소녀와 달리 이극은 재빨리 소년이 뿌리는 존재감에서 빠져나와 머리를 굴리기 시작했다.

'겉으로 봐도 보통 사내아이가 아닌 건 알겠다만, 왜 이걸 훔치고 또 되찾으려 하는 거지? 이 아이가 대체 뭔데?'

이극은 고개를 돌려 초무열을 봤다. 문밖에서 방 안을 들여다보고 있던 초무열은 이극의 눈빛을 보고 무슨 의문을 품고 있는지 알고 있다는 듯 고개를 끄덕였다.

"맞소. 우리가 맹주를 배신하고 마종에게서 훔쳐낸 물건이 바로 저 아이요."

"이름이 뭐죠?"

미혹에서 벗어났는지 유서현의 목소리가 들렸다. 초무열은 유서현의 질문에 고개를 갸웃거렸다.

"이름? 이름이 있던가?"

"소유라고 해요."

마침 다가온 조능설이 초무열을 대신해 대답했다. 유서현은 조능설을 향해 살짝 머리를 숙이고 입속으로 그 이름을 되뇌어 보았다.

"소유··· 소유······."

유서현의 목소리는 작고 낮아, 바로 옆에 있는 이극의 귀에도 희미하게 들릴 정도였다. 그러나 유서현의 부름에 응하듯 잠자고 있던 소유가 몸을 일으켰다.

"······."

소유는 침상에서 내려와 두 발로 섰다. 그리고 천천히, 아주 천천히 한 발 한 발을 내디뎠다.

소년의 가는 팔다리가 움직일 때마다 방 안의 공기가 출렁였다. 마치 꿈속을 헤엄치는 듯 기이한 몸놀림이었다. 소년이 눈을 뜬 것인지, 혹은 그들이 꿈속으로 끌려간 것인지 모를 광경이었다. 이극과 유서현, 초무열과 조능설 모두 말을 잃고 소년을 바라보기만 할 뿐이었다.

이윽고 소유의 발이 멈췄다. 소년은 유서현의 앞에 당도하여 걷기를 그만둔 것이다.

"······."

소유는 느리지만 확고한 방향성을 갖고 일직선으로 다가왔다. 유서현은 처음부터 소유의 목표가 자신이라는 사실을 알고 있었다. 하지만 그것을 알고만 있을 뿐, 반기거나 혹은 피하거나 하는 어떠한 행동도 취할 수 없었다. 현실이 아님을 인지하면서도 의지를 상실한 채 휘둘리는 꿈처럼, 깨어 있으면서도 손끝 하나 움직일 수 없었던 것이다.

소유는 가는 손을 들어 유서현의 뺨에 손가락 끝을 댔다. 움찔, 유서현의 몸이 반사적으로 움직였다. 그러나 살과 살이 맞닿은 순간 유서현은 더할 나위 없이 편안한 기분에 빠져 온몸이 이완되는 것을 느낄 수 있었다.

'내가 왜 이러지?

봄볕에 바짝 말린 이불에 파묻힌 듯 아늑하고 편안한 기분을 느끼면서도 유서현은 생각하기를 멈추지 않았다. 이 편안한 기분이 실제 자신의 감각으로 받아들인 것이 아니라 누군가에 의해 만들어졌다는 이질감이, 가시처럼 머릿속을 찔렀다.

무기력한 육신과 치열히 싸우던 유서현의 귓가에, 소유의 목소리가 들려왔다.

"내 사람."

2

소유는 유리구슬 같은 눈동자를 굴리며 말했다.
"많이 기다렸어."

"많이… 기다렸다고?"

유서현은 힘겹게 입을 벌렸다. 그런데 그 입에서 말이 나오자, 무기질 같던 소유의 얼굴에 놀라움이라는 감정이 번졌다.

"말이 나와?"

한 번 입이 풀리니 손발도 움직였다. 유서현은 손가락이 움직이는 것을 확인하고 앞뒤를 둘러봤다. 이극과 초무열, 조능설 모두 멍하니 눈을 뜬 채 선 채로 굳어 있었다. 유서현은 소유의 어깨를 붙잡고 물었다.

"이거, 네 짓이지? 사람들을 어떻게 한 거야?"

유서현에게 붙들린 소유는 곧 놀라움을 걷어내고 평온한 어조로 대답했다.

"결계 안에서 의지를 구현할 수 있다니, 역시 내 사람이야."

"알아먹지 못할 말만 하지 말고 어서 대답해! 네 짓이지?"

유서현이 강경하게 다그치자 소유는 고개를 끄덕였다. 유서현은 소유를 붙잡은 손에 힘을 주며 말했다.

"저 사람들 빨리 원래대로 돌려놔. 어서!"

그러나 소유는 고개를 저었다.

"그럴 수 없어. 나는 내 사람을 만나기 위해 기다렸으니까."

"뭐라고?"

알 수 없는 말에 유서현이 눈썹을 치켜떴다. 소유는 빙그레 웃으며 말했다.

"금방 깨어날 테니 걱정하지 마."

유서현은 다시 이극을 돌아봤다. 초점 없는 눈으로 서 있는 이극의 모습을 보니 이상한 불안감이 엄습했다. 소유는 입을 열어 유서현의 시선을 다시금 자신에게로 돌렸다.

"빨리 와줘서 고마워."

"고맙다고?"

유서현의 시선을 되찾은 소유는 만족스러운 얼굴로 대답했다.

"응."

"뭐가 고맙다는 거야?"

"보고 싶었거든. 늦었다면 또 한동안 보지 못했을 테니까."

"너 아까부터 자꾸 이상한 소리만 하는데 자꾸 그러면 누나한테 혼난다?"

"…누나?"

"그래! 난 올해 열여덟이니까 내 사람이라는 헛소리 말고 누나라고 부르란 말이야."

소유는 대답 대신 미소를 지으며 유서현을 올려다봤다. 긍정인지 부정인지, 유리알 같은 눈은 아무리 들여다봐도 그 속을 알 수 없었다.

"알았어, 몰랐어? 대답해!"

유서현은 언성을 높였다. 소유는 무언가 대답을 하려다, 다시 입을 다물었다. 소년의 두 눈이 처음으로 흔들렸다.

"뭐야? 왜 대답이 없어?"

"…미안. 시간이 없네."

"시간이 없다고?"

쾅!

유서현의 물음에 소유가 망설이다 입을 열려던 순간, 큰 소리를 내며 창문이 부서졌다. 창문의 잔해가 사방으로 흩어지고 그림자 하나가 방 안으로 들어왔다.

방 안으로 들어온 그림자는 곧 웅크렸던 몸을 폈다. 살결이 검고 거친 가죽옷을 입은 자는, 놀랍게도 어린 소년이었다. 소년은 소유를 노려보며 말했다.

"이런 곳에 있었군."

앳된 얼굴과 달리 소년의 몸은 건장했다. 체구만 보자면 이미 제몫을 충분히 하고도 남을 장부였다. 걸걸한 목소리 가운데에는 목 안을 긁는 소리가 소년의 거친 인상과 맞물려 가만히 서 있기만 해도 산속을 질주하는 야수를 떠올리게 만들었다.

소유가 말했다.

"용케도 찾아왔네."

"네놈도 내가 찾는 걸 알았을 텐데? 어설픈 수작 부리려거든 집어치워라."

맹수가 낮게 으르렁대듯 소년이 이빨을 드러냈다. 몸무게로 따지면 절반도 안 될 것 같은 소유는, 그러나 소년을 앞에 두고도 조금의 위축됨 없이 대답했다.

"그럴 생각 없으니 안심해도 좋아. 이것도 어차피 다 정해진 일이었으니까."

"홍!"

소년은 콧방귀를 뀌며 소유에게 다가섰다. 그때, 두 소년의 사이를 유서현이 가로막았다. 소녀의 손에서는 검이 날을 드러내고 있었다.

"멈춰! 다가오지 마!"

"이건 또 뭐야?"

소년은 짧게 내뱉으며 손을 들었다. 놀랍게도 소년이 치켜든 손에서 한 자 길이의 손톱 다섯 개가 자라나는 게 아닌가? 칼처럼 날이 선 손톱이 허공을 가르고 유서현의 머리 위로 내려왔다. 벼락같은 일격에 유서현은 감히 막을 엄두도 내지 못하고 무방비로 손톱을 맞이할 수밖에 없던 그 순간!

"그만!"

소유의 입에서 노성이 터져 나왔고, 소년의 손톱은 궤도를 바꾸었다.

후두둑—

유서현의 머리칼 몇 가닥이 잘려 바닥에 떨어졌다.

근 한 달 새 유서현의 무공은 장족의 발전을 했다. 이제껏 쌓아올린 탄탄한 기초가 목숨을 건 실전과 이극이라는 절정 고수의 지도를 만나 개화하기 시작한 것이다.

특히 이극이 던져 주는 말은 한마디 한마디가 핵심을 찔러, 합당한 무리에 천착해 상승 무공이라기에는 한계가 명확했던 북천일검이 감당치 못했던 소녀의 재능을 높은 단계로 이끌어주었다. 이는 무림인이라면 누구나 꿈꾸는, 기연이라고 불러도 무방할 행운이었다. 유서현도 어렴풋이나마 그것을 느끼고 있었다.

그런데 소년의 손톱 앞에서 유서현은 반응조차 못하고 서 있을 수밖에 없었다. 소년이 팔을 휘두르는 동작은 거칠고 투박하였으나 빠르기가 마치 벼락과 같았던 것이다.

'반응하지 못했어!'

잘려 나간 머리카락을 보자 유서현은 온몸에 소름이 돋았다. 손톱이 제대로 된 궤적을 그렸더라면 잘린 것은 머리카락이 아니었으리라.

소유의 외침이 유서현을 살린 것이다.

"손끝도 대지 마! 내 사람을 상하게 하면 나도 순순히 따라가 주지 않겠어!"

"하! 그따위 협박이 통할 것 같으냐?"

"협박이 아니라는 건 누구보다 네가 잘 알 텐데? 내 시체를 가지고 갈 생각이 아니라면 건드리지 마."

소유의 말은 크지 않았지만 힘이 있었다. 단순한 협박이 아니라는 걸 누구라도 알 수 있었다.

"너 이놈……!"

소년은 얼굴을 무섭게 일그러뜨렸다. 눈앞에 먹이를 두고도 마음대로 할 수 없는 포식자의 분노였다.

"무슨 일입니까!"

그때, 방 안으로 두 사람이 뛰어들어 왔다. 옆방에 있던 양화규와 왕수림이었다.

소유를 향해 이빨을 내밀고 으르렁거리는 거구의 소년만 보더라도 어떤 상황인지 알 수 있었다. 양화규와 왕수림은 동시에 검을 들고 소년에게 달려들었다.

두 자루 검이 날을 번뜩이자, 소년은 미소를 지었다. 유서현과 달리 소유의 입은 굳게 닫혀 열릴 기미도 보이지 않았다.

"크아악!"

소년은 포효하며 두 팔을 휘둘렀다. 어느새 왼손에도 돋아난 손톱이 할퀴고 지나간 자리에 피가 솟구쳤다.

"으헉!"

"억!"

양화규와 왕수림은 비명을 지르며 쓰러졌다. 반 토막 난 검날이 하나는 천장에, 하나는 기둥에 날아가 박혔다.

"……!"

이번에는 똑똑히 보았다.

팔과 어깨의 움직임, 손톱의 궤적, 부딪친 순간 강철로 만든 검을 부러뜨린 강도와 위력. 모든 것이 인간의 범주를 한참 벗어나 있었다.

'이건… 익숙한 느낌이야.'

머릿속에 떠오른 의문에 기억이 답했다. 지하 석옥에 갇혀 있던 마인. 늑대를 닮았던 그 마인에게서 받았던 그것과 소년의 기세가 형제처럼 닮아 있었다.

그렇다면 더더욱 물러날 수 없다. 유서현은 진기를 일으키며 검을 다잡았다.

"비켜!"

소년은 고함을 지르며 팔을 휘둘렀다. 안에서 바깥쪽으로 휘두르며 손톱의 날 바깥쪽이 유서현을 위협했다. 수직으로 세운 검과 손톱이 날카로운 소리를 내며 충돌하고, 유서현의 몸이 뒤로 날았다.

강력한 힘에 밀려 뒤로 날아가는 와중에도 유서현은 침착히 신형을 추슬렀다. 등이 아니라 발로 벽을 차고 몸을 돌려 내려선 것이다. 두 발로 선 유서현은 다시금 검을 고쳐 쥐고 전의를 불태웠다.

그 모습을 본 소년이 한쪽 눈썹을 치켜세우며 말했다.

"끝까지 해보겠다는 거냐?"

쉽게 꺾이지 않는 전의가 분노를 불러일으켰다. 소년은 양손의 손톱을 교차하여 긁으며 유서현을 향해 다가갔다. 쇠를 긁는 소리가 위협하듯 유서현의 귀를 때렸다.

"그만하라니까!"

소유가 소리치자 소년은 걸음을 멈췄다. 유서현과는 불과 세 걸음. 눈 깜짝할 새 상대의 목숨을 취할 수 있는 거리였다.

"네가 원하는 건 나 아니었나? 다른 자와 말썽을 일으킬 시간이 있어?"

"……."

소유의 말을 듣고도 소년은 한참이나 유서현을 노려봤다. 그러나 곧 바닥에 침을 뱉고 손을 내렸다. 기예단의 재주처럼 길게 자라났던 손톱이 금세 줄어들었다.

"흥!"

소년은 유서현을 향해 비웃음을 날리고 소유를 들쳐 멨다. 아무리 작아도 사람인 이상 무게가 있을 텐데, 종잇장 들듯한 손으로 소유를 들어 메는 모습이 놀라웠다. 소년의 힘 또

한 보통 사람의 범주에서 벗어나 있는 듯했다.

소년의 어깨 위에서 소유가 말했다.

"다시 만날 거야. 기다릴게."

소유의 말이 채 끝나기도 전에 소년은 몸을 날렸다. 들어왔
던 창으로 다시 나간 소년은, 반대편 건물 벽을 타고 지붕으
로 올라 사라졌다.

"억!"

그와 동시에 이극과 초무열, 조능설 세 사람이 막힌 숨을
토해내며 비틀거렸다. 그들을 옭아매던 미몽(迷夢)에서 깨어
난 것이다.

"선배!"

조능설은 날카롭게 소리치며 피 흘리는 양화규와 왕수림
에게 달려갔다. 초무열도 다급히 다가가 두 사람의 상세를 살
폈다.

'대체 무슨 수법에 당한 거지?'

이극은 어리둥절하며 엄지손가락으로 뺨을 훑었다. 부
서진 창의 파편 하나가 뺨을 스치며 낸 상처에서 붉은 피가
묻어나왔다.

'아픈 걸 보니 꿈은 아니군. 그럼 아까까지는?'

선 채로 꿈을 꾼 것도 아니고, 눈과 귀도 열려 있었다. 방금
까지 유서현과 소유, 거친 맹수 같은 소년이 나누었던 대화도

생생히 기억하고 있었다. 그러나 그럼에도 이극은 움직일 수 없었다. 마치 혈도를 짚이기라도 한 것처럼 말이다.

어쨌든 이극은 손을 풀며 유서현에게 다가갔다.

"아가씨, 괜찮아?"

"…수 없어요."

유서현의 목소리는 너무 작아서 이극도 제대로 들을 수 없었다. 가늘게 떨리는 어깨를 보며 이극이 되물었다.

"뭐?"

"이러고 있을 수 없다고요!"

유서현은 소리를 뺙 지르고 부서진 창밖으로 몸을 날렸다. 이극도 미처 잡지 못할 만큼 빠른 몸놀림이었다.

"하, 이것 참……!"

이극은 잠시 서서 혼잣말처럼 중얼거리다 몸을 돌렸다.

바닥은 양화규와 왕수림의 피로 흥건히 젖어 있었다. 조능설이 급히 지혈했으나 이미 흘린 피가 적지 않았다. 두 사람 모두 치명상을 입은 것이다.

치명상을 입은 동료들을 앞에 두고 조능설과 초무열은 어찌할 바를 모르고 있었다. 이 정도 부상이면 의원을 찾아가야 할 것이다. 하나 몸을 숨기고 있는 처지에 의원이라니? 이런 자상을 입었다고 한다면 반드시 소문이 날 것이다. 그렇다고 의원을 겁박하기에는 사위가 밝다. 병자를 옮기는 것만으로 수많은 목격자가 발생할 것이다.

"끄윽……!"

그 와중에 양화규가 신음하며 몸을 비틀었다. 조능설은 양화규를 안다시피 하며 소리쳤다.

"부대주님! 도와주셔야죠, 뭐 하고 있는 거예요!"

조능설이 다급히 외쳤지만 초무열은 움직이지 않았다. 당장 피 흘리는 동료들을 구해야 한다는 생각보다, 의원을 찾아갔을 때 발생할 수 있는 여러 변수가 그의 발목을 잡았던 것이다.

이극은 그런 초무열을 붙잡아 흔들었다. 이극은 정신을 차린 초무열의 눈을 똑바로 바라보며 물었다.

"당신들… 대체 뭘 훔친 거야? 저 애가 뭔지 당장 말해. 말하란 말이야."

이극의 목소리는 크지 않으나 힘이 있었고, 그에 못지않게 흉험한 기세가 있었다. 그 위압감에 눌린 초무열은 저도 모르게 입을 벌렸다.

"그, 그릇이오."

"그릇?"

초무열의 입에서 튀어나온 단어는 예상 범위를 한참 벗어난 것이었다. 이극이 그 말을 그대로 돌려주자, 초무열은 급히 고개를 끄덕였다. 이극은 이해가 가지 않아 다시 물었다.

"똑바로 말해. 그 아이가 왜 그릇이라는 건데?"

대답은 다른 곳에서 왔다. 조능설이었다.

"부대주님 말씀이 맞아요. 소유는 그릇이에요."

초무열과 달리 조능설은 냉정을 되찾은 얼굴이었다. 이극은 초무열을 밀치고 조능설에게 다가가 물었다.

"사람을 두고 그릇이라, 거참 희한한 말이군. 그럼 그 그릇에 무엇을 담을 수 있소?"

"마신."

쿵!

조능설의 부르튼 입술이 이극의 가슴을 강하게 때렸다. 커다란 망치로 대지에 말뚝을 박는 것처럼 육중한 울림이 이극을 흔들었다.

이극은 자신의 귀로 들어온 말을 어렵게 내뱉었다.

"마… 신?"

조능설은 고개를 끄덕였다.

"마종의 목적은 마신의 부활이에요. 그건 지금도 다를 게 없죠. 소유, 그 아이는 부활한 마신을 담을 그릇이에요."

"그걸 나더러 믿으란 말이오?"

"모르는 사람을 속일 만큼 한가한 처지가 아니군요."

조능설은 두 팔을 벌려 제 품에 안긴 양화규를 보이며 말했다. 조능설의 옷과 두 손 모두 양화규의 피로 붉게 물들어 있었다.

"젠장!"

조능설의 말이 흰소리가 아님을 알게 된 이극은 짧게 욕을 했다. 마신이라는 두 글자를 듣게 된 순간, 보이지 않는 거대한 힘이 이극의 가슴을 때리고 두 어깨를 짓눌렀던 것이다.

마종이 뒤흔든 운명을 단순히 중원무림으로 이야기할 수는 없다. 마종과 중원, 양측을 통틀어 얼마나 많은 개인의 운명이 방향을 잃고 뒤틀렸던가? 당금 황제조차 마종으로 인한 변화를 감내해야 했으니 민초들이야 말해 무엇하리.

마종의 중원 침략이라는 거대한 소용돌이에 휘말린 가련한 이들 가운데 초야에 숨어 살던 사제도 있었다. 사부의 목을 벤 것은 곽추운─과 그가 대표하는 기존의 무림 질서─의 욕망이었지만 그 욕망의 한가운데로 사부의 등을 떠민 것은 마종이 뒤틀어놓은 운명이라고, 이극은 생각해 왔다.

초야에 숨어 평생을 마음 편히 살다 갔을 사부를 막다른 곳으로 몰아세운 것도, 유유자적한 삶을 영위하며 이름 없는 사문을 잇고 저를 닮은 제자 하나 키우며 만족했을 이극을 십수 년간 대도시의 뒷골목에 처박아 놓은 것도 모두 마종이 아니었던가!

'지금에 와서… 또?'

실제 마종과 싸우고 피를 흘린 것은 사부지, 이극이 아니었다. 이극이 중오한 대상도 곽추운이었지, 마종이 아니었다. 물론 마종에 대해 좋은 감정을 가진 것은 아니다. 그러나 곽추운을 향한 증오에 비하자면 이극이 마종에 대해 품은 감정은 훨씬 막연하고 흐릿해 실체가 없는 것이었다.

그런데 지금 그 실체 없던 감정이 되살아나 이극의 운명에 또 한 번 마수를 뻗치고 있었다. 어떻게 해도 도망칠 수 없고, 벗어날 수 없으리란 무력감이 이극의 몸을 강하게 휘감았다.

"어서 의원에게 보이시오. 사람은 살리고 봐야지."

이극은 멍청히 서 있는 초무열을 일깨웠다. 그리고 유서현이 나간 창밖으로 몸을 날렸다.

3

"넌 대체 뭐하는 놈이냐? 머리가 깨졌으면 의원을 찾아가야지, 대체 그 꼴이 뭐냔 말이다!"

정체 모를 외지인에게 당한 사촌동생을 대하는 남궁상겸의 태도가 매몰찼다. 그도 그럴 것이, 그 불쌍한 사촌동생이 몸을 추스른다며 불러낸 이곳은 의원이 아니라 여인들이 술과 웃음을 파는 기방이었으니 말이다.

그러나 서릿발 같은 호통을 당하고도 남궁현겸은 태연했다. 아니, 태연한 것이 아니라 방자하고 오만했다. 머리에 붕

대를 칭칭 감은 채 침상에 누운 남궁현겸은 아양 떠는 기녀를 품에 안고 사촌 형을 맞이한 것이다.

"귀 안 먹었어. 여기도 엄연히 장사하는 곳인데, 그렇게 소란을 피우면 영업 방해라고. 아, 그래. 거기 놔드려라."

남궁현겸은 한 손으로 기녀를 주무르며 말했다. 그의 지시에 따라 다른 기녀들이 의자를 들고 왔다. 그러나 남궁상겸은 그를 마다했다.

"사랑하는 동생 목 부러뜨릴 일 있나? 좀 앉아."

남궁상겸은 남궁현겸의 말을 가볍게 무시하고 말했다.

"오면서 자초지종은 들었다. 계집에게 치근덕대다 경을 쳤다며? 색을 조심하라고 내 얼마나 주의를 시켰더냐? 세가의 명성에 먹칠을 해도 유분수지, 정말이지 너는……!"

남궁상겸은 말을 잇지 못하고 주먹을 꽉 쥐었다. 남궁현겸의 턱을 부숴 버리고 싶은 마음이 가득했다. 할 수만 있다면 얼마나 좋을까!

남궁상겸은 곧 주먹을 풀고 호흡을 가다듬으며 말했다.

"너를 알아보지 못했으니 이 근방의 사람은 아닐 것이고, 네가 누군지를 알고도 손쓰기를 주저치 않았으며 또 간단히 제압했다니 보통 고수가 아닐 게다. 그러니 내 얼마나 말했더냐? 합비가 아무리 네 안마당 같다고 할지라도 항상 몸가짐을 바로 하고 조심해야 한다고……."

"누가 간단히 제압을 당했다고 그래!"

남궁현겸은 사촌 형의 말을 끊고 버럭 화를 냈다.

"그 연놈들이 비겁하게 굴지만 않았어도 내가 이길 수 있는 싸움이었어!"

"그래서 넌 정정당당하게 아랫것들을 동원했고?"

"그런 식으로 얘기하지 마!"

남궁상겸이 빈정거리자 남궁현겸은 고함을 지르며 들고 있던 술잔을 집어 던졌다. 파삭, 소리를 내며 술잔은 산산조각이 났고 남궁현겸의 품에 안겨 있던 기녀가 놀라 비명을 질렀다.

"꺄악!"

"시끄러!"

남궁현겸은 놀란 기녀의 뺨을 후려쳤다. 살이 터졌는지 침상 아래로 굴러떨어진 기녀의 입가에 피가 흥건했다.

"귀찮은 년! 뭣들 하느냐! 어서 치우지 않고!"

참으로 한심한 작태였지만 남궁상겸은 굳이 질책하지 않았다. 질책이야 수십, 수백 차례 해왔다. 야단을 쳐서 알아먹고 고쳤을 거라면 남궁현겸은 이미 바른 사람이 되고도 남았을 것이다. 도무지 바뀌지 않는 사촌 동생에게 남궁상겸이 먼저 지치기도 했다.

기방의 종업원들이 들어와 기녀를 옮기는 것을 보며 남궁상겸이 말했다.

"그래서, 나는 왜 보자고 한 거냐? 말만 들으면 스스로 해결할 수 있는 문제 같은데?"

물론 그럴 리 없다. 비겁하기는 쥐뿔! 남궁상겸은 오면서 남궁현겸의 수하를 족쳐 사건의 경위를 자세히 들었고, 비겁한 쪽은 오히려 남궁현겸이라는 것도 알아냈다. 남궁현겸이 무엇을 원하는지도 이미 예상하고 온 터였다.

"……."

남궁상겸이 놀리듯이 말하자 남궁현겸도 염치가 있는지 당장 입을 열지 못했다. 한쪽 머리가 지끈거리는 탓에 남궁상겸은 얼굴을 찡그리며 말했다.

"그자들 인상착의나 말해봐라."

"처리해 주는 거야?"

남궁현겸은 반색을 하며 몸을 일으켰다. 남궁상겸은 손을 내밀어 남궁현겸을 진정시켰다.

"어떻게든 뒷수습은 해야 할 게 아니냐. 너를 제압했다면 나름 한가락 하는 고수일 터. 찾아서 사과하고 대접을 하든, 아니면… 뭐, 이건 내가 알아서 할 일이지."

남궁현겸이 치근거렸던 여자나 그와 함께 있던 남자의 외양은 오는 길에 대강이나마 들었다.

수하의 증언대로라면 남자는 많아야 서른 남짓인 청년이

다. 무림맹을 통틀어 봐도 그 나이에 남궁현겸을 쉽게 제압할 고수는 그리 많지 않다. 그 정도의 청년 고수라면 남궁상겸과 안면이 있을 확률도 높고, 없다 해도 유력 세력의 일원일 가능성이 다분하다.

그렇다면 남궁현겸이 망신을 당한 것이 문제가 아니다. 합비에서 불미스러운 일을 당했다는 사실이 무림맹 전체에 퍼지는 것이 그야말로 문제인 것이다.

남궁상겸으로선 한시가 급한 문제였다. 그들이 합비를 빠져나가기 전에 찾아서 직접 만나 사죄를 하든 어떻게 하든 불똥이 다른 곳으로 튀지 않도록 조처를 해야 한다. 만약 이 일이 외부로 새어 나간다면 남궁세가의 위신은 땅에 떨어지고 말 것이다.

"끄응……."

남궁상겸은 아픈 머리를 누르며 남궁현겸의 설명을 들었다. 그리고 몇 년 전 무림대회에서 만났던 다른 가문, 문파의 후기지수들을 대입해 봤다. 그의 비상한 기억력은 바로 어제처럼 당시 만났던 이들을 똑똑히 기억하고 있었다. 그러나 남궁현겸의 설명과 일치하는 자는 아무도 없었다.

'차라리 무림맹원이 아니었으면 좋겠군.'

무림맹원이 아니라서 뒤탈이 없다는 게 보장된다면 일은 간단해진다. 입을 열지 못하도록 제거하면 그만인 것이다.

남궁현겸이 말했다.

"제거할 거야?"

망나니짓을 하고 다닌다 하여 바보는 아니다. 남궁상겸은 자신의 속을 꿰뚫어 본 사촌동생에게 고개를 끄덕여 보였다.

"만에 하나 무림맹 소속이 아니라면 말이다. 하지만 세상이 바람대로만 된다면 사는 게 얼마나 쉽겠느냐?"

"사내놈만이야. 계집은 내 거야."

"너란 놈은 대체……!"

제법 통찰력이 있다며 대견한 마음도 잠시였다. 남궁상겸은 어이가 없어 차마 화도 나지 않는 상태에 빠졌다. 그때, 바깥이 이상하게 소란스러웠다.

"아우, 머리가 다 아프네. 조용히 좀 시켜!"

남궁현겸은 빽 소리를 지르고 이불을 뒤집어썼다. 남궁상겸은 끝까지 제멋대로인 차기 가주를 바라보다 밖으로 나왔다.

남궁현겸 같은 자가 여럿인지, 해가 지지도 않았거늘 기방에 사람이 제법 있었다. 그들이 웅성거리며 일제히 방을 나와 밖으로 나가는 것이었다.

"무슨 일이오?"

남궁상겸은 인파에 휩쓸려 이리 치이고 저리 치이던 기녀 하나를 잡아 밖으로 빼냈다. 열대여섯이나 되었을까? 어린 기녀는 볼에 홍조를 띠며 들뜬 어조로 소리 높여 말했다.

"성성(狌狌)이요! 성성이가 나타났대요! 다들 보러 간다고 난리가 났어요!"

어린 기녀는 눈을 빛내며 사람들 틈에 끼어 사라졌다. 성성이를 보겠다며 달리는 사람들을 보며 남궁상겸은 중얼거렸다.

"…성성이?"

인파가 적지 않은 대로의 한가운데를, 검은 그림자가 무서운 속도로 질주하고 있었다. 바로 소유를 납치한 소년이었다.

소유를 어깨에 들쳐 멘 소년은 짐승처럼 몸을 웅크리고 팔다리를 모두 사용하여 지면을 박차고 달렸다. 그 속도가 워낙 빨라 형상을 온전히 보지 못하는 사람들의 눈에는 영락없는 전설의 영수 성성이로 비칠 수밖에 없었다.

"성성이다! 성성이가 나타났어!"

쐐기 박은 장작처럼 사람들은 소년을 피해 양쪽으로 갈라졌다. 동시에 몰려드는 구경꾼들과 뒤섞여, 거리는 아수라장이 따로 없었다.

"꺄악!"

누군가는 넘어져서 밟히고, 가판이 무너져 과일이며 채소가 무더기로 쏟아져 바닥을 굴렀다. 이때다 싶어 구르는 과일을 주워 달아나는 사람도 부지기수였다.

피부도 검고, 입고 있는 가죽도 검은색 일색인 소년이기에 어깨 위에 얹힌 소유의 모습이 더욱 두드러졌다. 처음에는 긴가민가하던 사람들이 어느새 한목소리가 되어 소리를 높였다.

"성성이가 아이를 납치한다!"

"관군은 뭘 하고 있는 거야! 애가 잡아먹히게 생겼는데!"

"…라는데?"

행인들의 외침 속에 유독 귀에 들어오는 대목에 소유가 말을 더했다. 마침 어깨 위에 얹혀 있어 가만히 말만 해도 소년의 귓가에 속삭이는 것과 마찬가지였다. 소년은 소유를 붙든 손에 힘을 주며 위협했다.

"죽고 싶지 않으면 닥치고 있어!"

"그게 협박이 되나?"

"젠장! 조용히 하라고 했지!"

소유의 도발에 넘어갔는지 소년은 크게 소리치며 제자리에 섰다. 그리고 소유의 발목을 잡더니, 머리 위로 크게 한 바퀴 돌리는 게 아닌가?

"꺄악!"

"성성이가 아이를 괴롭힌다!"

합비의 주민들이 민첩한 건지 소년이 손속에 사정을 둔 것

인지, 어쨌거나 사람으로 가득한 대로 한가운데에서도 소유
는 허공만 가르고 무사히 소년의 어깨 위로 돌아왔다.

어쨌든 소년이 멈추면서 쐐기 모양으로 갈라지던 인파가
빠르게 변화하여 원 모양을 이루었다. 허리를 굽히고 엉거주
춤한 자세—그래도 웬만한 성인 남성의 머리가 어깨에 올 정도로
커다란—로 선 소년을, 사람들은 그제야 똑똑히 볼 수 있었
다.

"저건… 사람?"

"어머, 어머. 사람이랑 똑같이 생겼어."

"…란다."

유독 소년의 신경을 긁는 발언만 골라 강조하는 소유의 성
격도 별난 구석이 있었다. 그러나 지금 소년에게는 그보다 자
신을 바라보는 사람들의 시선이 더욱 껄끄러운 것 같았다.

"이것들이……!"

두려움과 호기심, 경멸이 뒤섞인 수백의 시선이 소년을 자
극했다. 소년은 날카로운 이를 드러내며 포효했다.

크어어어엉!

거친 맹수의 포효가 대도시 한가운데, 그것도 대낮에 울려
퍼졌다. 소리가 만들어낸 거대한 풍압이 보이지 않는 구체가
되어 사람들을 밀어냈다.

"우와아아아악!"

가까이 있던 일부는 고막이 터지고 더러는 실금을 하는 등 소년을 구경하러 몰려든 사람들은 모두 혼비백산하여 사방으로 흩어졌다.

"흥!"

꽁지가 빠져라 도망치는 뒷모습들을 비웃고, 소년은 어깨 위에 얹힌 소유를 확인했다. 가장 가까이에서 소년의 포효를 들은 소유는 눈을 감은 채 팔다리를 축 늘어뜨리고 있었다. 소유의 두 귀와 코에서는 가는 피가 흐르고 있었다.

소년은 두 팔로 들어 제 눈앞에 놓고 아래위로 흔들었다. 그러나 소유는 줄 끊어진 인형처럼 힘없이 흔들릴 뿐, 눈을 뜨지 않았다.

"야! 야! 장난치지 마! 야, 인마!"

소년은 당황해 소리치며 소유를 흔들었다. 그러나 소유는 눈을 뜰 줄 몰랐다. 소년의 검은 얼굴이 흙빛으로 물들었다.

"저기다!"

그때 텅 빈 대로 저편에서 무장한 병사들이 달려왔다. 성성이가 나타났다는 보고를 받고 급하게 출동했는지 무장이나 대오가 엉성했다. 그렇다 해도 수십 자루 날붙이가 번쩍거리는 모습은 충분히 위협적이었다.

소년은 소유를 다시 어깨에 들쳐 메고 몸을 돌렸다. 그러나 반대편에서도 수십 명 병사가 나타나 대오를 갖추고 다가오고 있었다.

"쳇! 귀찮게 굴기는!"

앞뒤로 포위당한 형국이 되자 소년은 불평하며 몸을 날렸다. 소년은 고양이처럼 허공에 떠오르더니, 건물 외벽을 타고 공중제비를 하며 지붕 위로 올랐다. 거구와 어울리지 않게 민첩한 움직임이었다.

"저, 저런!"

"쏴라! 쏴서 떨어뜨려!"

소년을 포위하려 했던 양측의 지휘관들은 소년의 예상치 못한 움직임에 놀라며 발사 명령을 내렸다.

쉬쉬쉭!

활시위를 튕기며 수십 발의 화살이 도심 한복판에 솟아올랐다. 강 건너 불구경하듯 삼 층 이상 높이에서 느긋하게 사태를 지켜보던 구경꾼들도 깜짝 놀라 창문을 닫았다.

콱! 콰콰콱!

화살은 외벽과 창문, 그리고 지붕에 꽂히며 사 층 건물을 고슴도치로 만들었다.

두어 차례 활시위를 당기자 조준의 정확도가 올라갔다. 경로를 예측한 화살들이 달리는 소년을 정확히 노리고 날아들었다.

"귀찮다!"

소년은 일갈하며 손을 휘둘렀다. 순식간에 손톱이 돋아나면서, 매섭게 날아오던 화살 대여섯 대를 손쉽게 쳐냈다. 병사들을 이끌고 온 장수가 그 모습을 보고 크게 외쳤다.

"허어! 괴물은 괴물이구나!"

소년은 걸음을 멈추고 의기양양한 얼굴로 아래를 내려다봤다. 병사들이 우왕좌왕하는 모습이 마치 길 잃은 개미떼 같았다.

"크하하하하! 병신들!"

피를 흘리며 정신을 잃은 소유에 대해 까맣게 잊었는지, 소년은 병사들을 굽어보며 큰 소리로 웃었다. 병사들을 지휘하던 장수가 그 모습을 보고 분개하여 외쳤다.

"쏴라! 쏴!"

병사들도 감정이 격해졌는지, 장수의 명이 떨어지기 무섭게 활시위를 당겼다. 수십 발의 화살이 소년을 향해 날아들었다.

"이 버러지 같은 것들이!"

소년은 분개하여 소리치고, 양손 모두에서 손톱을 빼내 휘둘렀다.

파바박!

소년이 팔을 휘두를 때마다 손톱이 번뜩였고 십여 자루 화살이 꺾여나갔다. 그러나 소년의 팔이 아무리 길어도 모든 화살의 궤도를 제어할 수는 없는 노릇. 소년의 손톱을 맞고 꺾인 화살이 옆에 내려놓은 소유를 향했다.

"억!"

손톱에 맞은 순간 꺾인 화살의 방향을 알아챘는지, 소년의 입에서 놀란 소리가 나왔다. 소년의 움직임이 제아무리 날렵하다 해도 막을 수 없는 거리와 방향. 최악의 상상이 소년의 머리를 스쳐 지나갔다.

날카로운 화살촉 끝이 소유의 투명한 피부에 꽂히는 순간!

캉!

금속성 소리와 함께 불꽃이 튀고, 화살이 빙글 돌며 처마 밑으로 떨어졌다.

"너!"

크르릉! 목 깊은 곳을 긁는 울음소리가 소년의 입에서 새어 나왔다. 소유와 소년의 사이, 어느새 따라온 유서현이 검을 들고 서 있었다.

화아악!

소년의 온몸에서 거센 기운이 쏟아져 나왔다. 유서현은 입술을 깨물며 공력을 일으켜 소년의 거센 기운에 대항했다.

'이것 봐라?'

소년의 눈에 이채가 떠올랐다. 소년이 한 번 기운을 발하면 상대방은 오금이 저려 주저앉거나 꼬리를 말고 도망치는 경우가 대부분이었다.

그런데 이 수양버들처럼 가녀린 소녀가 두 발로 버티고 서 있으니 신기하기도 하고, 한편으로는 화가 치밀어 오르는 것이었다.

그러나 신경전은 오래가지 않았다. 화살의 빗줄기가 두 사람의 머리 위로 내려왔다.

"빌어먹을! 버러지 같은 것들이!"

화가 끓어올랐는지 소년은 크게 소리치며 발을 세게 굴렀다.

쿵!

육중한 소리와 함께 소년이 발을 구른 지점으로부터 충격파가 파문을 그리며 퍼져 나갔다. 그 파문을 따라 기왓장이 허공으로 솟아올랐다.

파바바박!

쏟아지던 화살비가 솟아오른 수십 장의 기왓장에 막혀 흩어졌다.

"흐아압!"

노기 품은 기합 소리와 함께 소년이 오른팔을 휘둘렀다. 순간 두 배 가까이 부풀어 오른 근육이 무시무시한 풍압을 일으

컸다. 화살을 막아주었던 기왓장들이 바람에 밀려 병사들에게로 쏘아졌다.

"크억!"

"피해라! 피해!"

쏟아지는 기왓장의 기세가 범상치 않아 병사들 가운데 일다 혼란이 일어났다. 급하게 출동하느라 무관을 제대로 갖추지 못한 일부는 머리가 깨지거나 맨살이 찢어져 피투성이가 되었고, 무구를 갖춰 입은 자들도 적잖은 타격을 입은 것이다.

"크하하핫! 꼴좋다! 벌레 새끼들!"

개미떼를 가지고 놀며 좋아하는 어린아이처럼 소년은 손뼉을 치며 좋아했다. 그때를 놓치지 않고 유서현이 움직였다. 일단 소유를 확보하고 자리를 피하는 게 최선이라는 판단이선 것이다.

그러나 아래를 굽어보며 좋아하던 소년은 유서현의 행동을 예측이라도 한 듯 빠르게 손을 뻗었다.

"어림없다!"

어느새 다가온 소년의 큰 손이 유서현의 손목을 잡았다. 소년의 대응이 이토록 빠를 줄 몰라 유서현은 미처 피할 생각도 못 하고 손목을 잡히고 말았다.

"아악!"

손목을 잡힌 순간 유서현은 자신도 모르게 비명을 질렀다.
소년의 악력이 어찌나 강한지 뼈가 으스러질 듯 고통스러웠
던 것이다.

비명을 지르며 고통스러워하는 유서현을 보며 소년은 즐
거운 듯 웃었다.

"크하핫! 이대로 분질러 버리… 억!"

먹이를 구한 짐승처럼 좋아하던 소년이 갑자기 소리를 지
르며 손을 놨다.

쉬익!

바람 소리와 함께 소년의 손목이 있던 자리가 일그러졌다.
조금만 늦었더라도 소년의 손목을 잘랐을, 날카로운 검기가
지나간 것이다.

손아귀에서 벗어난 유서현은 재빨리 몸을 빼내며 소유를
확보했다. 풀쩍 뛰어 뒤로 물러난 소년은 놀란 표정으로 제
손목을 잡고 있었다.

'내 손목도 부러질 뻔했는데 혼자 난리야?'

유서현은 소년을 쏘아보며 잡혔던 손목을 돌려봤다. 시큰
한 통증이 남아 있기는 하지만 부러지거나 금이 가지는 않았
는지 움직이는 데 제약은 없었다.

소년은 유서현의 눈길을 무시하고 크게 소리쳤다.

"웬 놈이냐! 나와라!"

소년의 목소리가 쩌렁쩌렁 울려 사방으로 퍼졌다. 그러자 어디에서 날아왔는지 한 신형이 소년과 유서현이 있는 건물 지붕 위로 내려앉았다.

검 한 자루를 들고 내려선 청년. 남궁상겸이었다.

第四章 빼고 빼앗기고

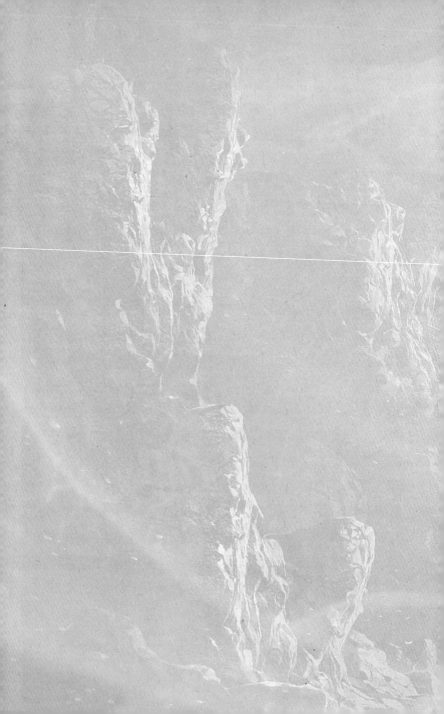

蒼龍魂 창룡혼

1

"성성이가 나타났대서 와봤더니… 말을 할 줄 아는 성성이
잖아?"

남궁상겸은 소년을 향해 중얼거렸다. 그 말을 들은 소년
의 얼굴이 붉어지더니, 화를 참지 못하고 크게 소리를 질렀
다.

"크아아악!"

"말을 못 하나? 아까 들었던 건 뭐지?"

남궁상겸은 짐짓 당황한 척을 하며 소년의 화를 돋우었다.
소년은 날카로운 송곳니를 드러내며 외쳤다.

"닥쳐! 뼈를 뽑아서 잘근잘근 씹어주마!"

소년은 제 말이 허언이 아님을 증명하듯 이를 딱딱거리며 남궁상겸을 향해 달려들었다. 돋아나 있는 손톱이 날을 번뜩이며 남궁상겸을 짓이기려는 순간!

"······!"

소년의 얼굴이 굳어지고, 돌연 바닥을 구르며 뒤로 뛰었다. 멀찍이 물러난 소년을 향한 남궁상겸의 눈빛도 처음과 달리 사뭇 진지해졌다.

"빌어먹을!"

소년은 두 손으로 코를 부여잡으며 욕지거리를 내뱉었다. 달려들던 순간 휘두른 남궁상겸의 검끝에 콧잔등을 베인 것이다.

"죽여 버리겠어! 죽여 버릴 거야!"

소년은 고래고래 소리를 지르며 발을 굴렀다.

쿵! 쿵!

소년이 발을 구를 때마다 기왓장이 사방으로 튀고 구멍이 났다. 남궁상겸의 몸도 함께 흔들려, 과장을 조금 보태자면 지붕이 아니라 건물 전체라도 무너뜨릴 기세였다.

'차라리 성성이였으면 좋았을 걸 그랬군.'

죽일 생각은 없었지만 어쨌든 움직임을 봉쇄하고자 했던 일검이었다. 그것이 겨우 살갗을 베는 데 그쳤으니 남궁상겸이 당황스러워하는 것도 무리가 아니었다.

"죽어라!"

소년이 소리치며 남궁상겸을 향해 일직선으로 달려왔다. 수장 길이를 단숨에 좁혀 지척에 닿으니, 남궁상겸으로선 보이지 않는 손이 자신을 순식간에 끌어당긴 느낌을 받을 정도였다.

"하압!"

남궁상겸이 검을 아래에서 위로 쳐올렸다. 푸른 검기가 수직으로 상승하며 공간을 양분했다.

"캬악!"

일직선으로 날아오던 소년이 괴성을 지르며 몸을 비틀었다. 소년은 자신의 거구를 돌려 남궁상겸의 검격을 피하고 동시에 왼팔을 아래에서 위로 펴 올렸다.

그러나 남궁상겸의 대처도 녹록치 않았다. 허공을 가르며 위로 오르던 푸른 검기가 보이지 않는 천장에 막힌 듯 돌연 낙하하는 것이 아닌가?

카카캉!

검과 날 선 손톱이 맞부딪치며 불꽃을 틔우고 쇳소리를 뱉었다. 소년은 노성을 지르며 펴 올리던 팔에 힘을 주었다.

"크아악!"

"아니?"

남궁상겸은 저도 모르게 당황하여 소리를 냈다. 남궁상겸의 의도대로라면 소년의 손톱이 부러지고, 곧이어 소년의 어깨를 베어 전투불능상태로 만들어야 했다.

그런데 웬걸, 분명 손에서 돋아난 손톱이 부러지지 않고 오히려 더욱 강한 힘으로 검을 밀어내는 게 아닌가?

소년은 소리를 지르며 팔을 강하게 휘둘렀다. 공중에 붕 뜬 남궁상겸은 몇 바퀴 공중제비를 넘어 수장 뒤로 내려섰다. 남궁상겸은 살짝 상기된 얼굴로 소리 높여 말했다.

"힘이 대단하군!"

"흥! 네놈 따위는 상상도 못 할 거다!"

아무리 실력이 대단해도 어리긴 어린지, 소년의 목소리가 어딘지 모르게 들떠 있었다. 남궁상겸의 칭찬에 한결 기분이 좋아졌다는 것을 누가 봐도 알 수 있었다.

그것을 꿰뚫어 본 남궁상겸의 입꼬리가 절로 올라갔다. 소년의 어찌 보면 순수하다고 할 수 있는 일면이 남궁상겸의 마음을 한결 상쾌하게 만들어주었다. 남궁상겸은 검을 고쳐 쥐며 중얼거렸다.

"분풀이나 하러 왔는데 잘못했다간 내가 당하게 생겼군."

말과 달리 남궁상겸의 입꼬리는 귀밑까지 올라가 있었다. 만만치 않은 상대를 앞에 두었으면서도 두려움보다 호승심, 더 나아가 싸움 그 자체를 향한 무인의 본심이 깨어난 것이다.

남궁상겸은 한동안 가주인 남궁호와 함께 세가의 대소사를 처리해 왔다. 본래 남궁현겸이 해야 할 일을 대신 하느라 세가에 발이 묶인 것이다.

물론 온종일 서류를 보고 각지에서 날아온 정보를 취합해 분석하는 일이 싫은 것은 아니었다. 그러나 세가라는 틀에 갇혀 있는 자신이 한심하고, 또 답답하게 여겨질 때도 없지 않았다. 그럴 때마다 남궁상겸은 죽은 아버지를 떠올렸다.

남궁상겸의 몸속에 흐르는 피 절반은 떠돌이 낭인이었던 아버지의 것이다. 때때로 남궁상겸은 강호를 주유하는 자신을 상상하곤 했다. 이름은 버릴 수 있어도 몸속의 피까지 버릴 수는 없었다.

그러나 남궁상겸은 한시도 자리를 비울 수 없었다. 언젠가부터 남궁상겸 개인에 대한 세가의 의존도가 이상하리만치 높아졌기 때문이었다.

원인은 간단했다. 남궁상겸의 자질이 그만큼 빼어났고, 남궁현겸을 비롯한 세가 젊은이들의 성장이 그만큼 더뎠기 때문이었다. 남궁호가 남궁상겸에게 보내는 신뢰는 특히 견고했다. 저러다 남궁상겸에게 차기 가주를 덜컥 맡기기라도 하지는 않을지 장로들이 우려를 표할 정도였으니 말이다.

어쨌든 기대에 부응하고자 남궁상겸은 최선을 다해 일했

고, 또 그만큼의 성과를 거두었다. 이제 남궁세가에서 남궁상
겸이 차지하는 비중은 가히 절대적이라 해도 과언이 아니게
되었고, 그만큼 남궁상겸은 개인으로서 운신의 폭이 좁아진
것이다.

'이런 기분은 오랜만이군.'

남궁상겸은 과거 무림맹이 주최한 무림대회에 출전해 각
지의 촉망받는 신진 고수들과 겨룬 적이 있었다. 당시 그는
빼어난 실력으로 우승의 영광을 차지했지만, 상대들 가운데
에는 그야말로 종이 한 장 차이로 승패가 갈린 자도 더러 있
었다. 다들 내로라하는 명문의 후예로 나이에 걸맞지 않은 높
은 성취를 이룬 자였다.

하지만 눈앞의 소년이 발하는 기세는 남궁상겸이 이제껏
겪어보지 못한 종류의 것이었다. 나아가고 또 물러나는 동작
과 민첩함, 그리고 가공할 완력을 능수능란하게 사용하는 수
법은 무림대회에서 겨루었던 그 어떤 상대와도 격을 달리했
다. 이 소년이야말로 남궁상겸 일생일대의 대적이라 해도 과
언이 아니었다.

쏴아아아!

송곳니를 드러내는 소년에게서 수백, 수천 개 바늘로 찌르
는 듯한 살기가 쏘아졌다. 남궁상겸은 그 짜릿함에 전율하면
서도 절로 미소 지었다.

수년간 잠들어 있던, 때로는 억지로 잠재워야 했던 부친의 피가 깨어나 마음껏 활개를 쳐도 되는 이 상황이 그에게는 크나큰 즐거움이었다.

　"어디… 놀아보자꾸나!"

　남궁상겸은 경쾌히 말하며 검을 들어 소년을 겨누었다. 곧 남궁상겸으로부터 거센 기운이 일어 소년이 발하는 살기를 밀어냈다. 호리호리하여 서책이나 파게 생겼던 남궁상겸의 기운이 보통이 아니라, 소년도 얼굴을 굳히고 살기를 더했다. 그렇게 두 사람이 발하는 무형의 기운이 팽팽한 대치 국면을 이루어 밀고 밀리기를 반복했다.

　그러던 순간.

　"으음?"

　남궁상겸의 입에서 의문의 신음이 튀어나왔다. 돌연 소년의 살기가 사라진 것이다.

　살기를 누그러뜨린 소년은 빠르게 사방을 둘러보고 있었다. 누가 봐도 알 수 있을 만큼 소년의 얼굴에 당황한 기색이 역력했다.

　"빌어먹을! 네놈 때문에 놓쳤잖아!"

　당황은 곧 짜증으로, 짜증은 곧 분노로 바뀌었다. 소년의 얼굴이 무섭게 일그러졌다.

　'그 아이들 얘기군.'

소년이 무엇 때문에 분노하는지 짐작 가는 바가 있었다. 남궁상겸이 끼어들기 직전까지 소년과 대치하고 있던 소녀, 즉 유서현과 그녀가 지키고 있던 소유였다.

남궁상겸은 자신이 소년과 싸우는 사이 유서현이 도주했다는 사실을 눈치채고 있었다. 그러나 애초에 유서현에게는 아무런 용건이 없었고, 눈앞의 대적을 맞이해 한 치도 소홀할 수 없어 무시했던 것이다.

그러나 소년은 그와 달랐다.

소년은 남궁상겸이라는 적을 앞에 두고도 아랑곳하지 않고 화를 내며 딴짓을 하는 것이었다. 안력을 돋우어 사방을 살피더니, 급기야 개처럼 코를 킁킁거리기도 했다. 남궁상겸을 경계하는 기미조차 보이지 않는 모습이었다.

"허어……!"

이쪽은 일생일대의 대적을 맞이해 막 피가 끓고 있는데, 상대는 관심도 없다는 듯이 정신을 팔고 있다. 어이가 없다 못해 화가 날 노릇이다.

'나 같은 건 안중에도 없다는 건가?'

살짝 화가 나면서 오기도 함께 치솟았다. 남궁상겸은 공력을 일으키며 몸을 움직였다.

쉬익—

남궁상겸의 신형이 흐트러지지 않고 그 모양 그대로 미끄러지듯 소년에게 다가갔다. 남궁세가 비전의 신법, 창천무한보(蒼天無限步)였다. 기척도 없이 남궁상겸은 소년의 품으로 파고들었다.

무방비상태의 소년에게 막 검을 뿌리려던 순간, 색다른 기운이 남궁상겸의 감각을 일깨웠다. 어디선가 작은 날붙이들이 남궁상겸의 요처를 노리고 빠르게 날아들었다.

캉! 카캉!

남궁상겸은 손가락 두 마디만 한 암기 십여 개를 쳐내고 황급히 뒤로 물러났다. 그 틈을 파고들어 호리호리한 그림자 하나가 남궁상겸의 앞에 나타났다.

암기를 날린 장본인은 놀랍게도 여인이었다. 얼핏 그림자로 보인 까닭은 눈 아래에서부터 발끝에 이르기까지 온통 검은 천으로 뒤덮여 있었기 때문이었다. 검은 천은 무슨 소재를 썼는지 여인의 몸에 착 달라붙어 굴곡을 가감 없이 드러내고 있었다. 밤이라면 모를까, 대낮에 입고 돌아다니기에는 여러 의미로 눈에 띄는 복장이었다.

얼굴 대부분을 검은 천으로 가렸지만 그 위로 드러난 윤곽만 봐도 미인임을 알 수 있었다. 흑의여인의 미모를 알아본 남궁상겸은 엉뚱한 생각을 떠올렸다.

'현겸이 녀석이 보면 침을 흘리겠군.'

남궁현겸의 망나니짓에 얼마나 당했으면 매력적인 미인을

앞에 두고도 다른 생각이 앞설까? 생각이 그에 미치자 남궁현
겸은 자신의 처지가 서글프기도 하고 우습기도 하여 입가를
실룩였다.

그러는 사이 소년이 여인의 존재를 깨닫고 화를 냈다.

"이건 내 싸움이야! 왜 끼어들어?"

남궁상겸에게 했던 대로 소년이 으르렁거리기는 했지만
어딘가 독기가 빠져 있었다. 흑의여인은 사납게 쏘아붙였다.

"싸움? 너 여기 싸우러 왔니? 멋대로 사라져서 이 난리를
피우고, 아주 이목을 끌려고 작정을 했구나? 이 멍청아!"

"끄응……."

"난리도 피우고 '그것'도 놓치고, 아주 잘하는 짓이다."

흑의여인이 타박을 주자 소년은 감히 대꾸도 못 하고 울상
을 지었다. 여인의 체구는 소년의 절반에도 미치지 못했지만
기세만큼은 능가하고도 남음이 있었다.

하지만 소년도 마냥 당하고만 있진 않았다. 소년은 손가락
으로 남궁상겸을 가리키며 말했다.

"다 된 일인데 저놈이 끼어들어서 이 모양이라고! 그리고
잃어버렸으면 얼른 되찾아야 할 거 아냐!"

"나 아니었으면 되찾기도 전에 죽을 뻔했어."

"……."

여인은 차갑게 소년의 말을 일축하고, 지시를 내렸다.

"일을 다 엉망으로 망쳐놨으니 혼이 나야겠지만 일단은 급한 불부터 끄자. '그것'을 되찾아 와. 어서!"

"쳇!"

소년은 불만 가득한 얼굴로 몸을 날렸다. 흑의여인은 건물 아래로 뛰어내리는 소년을 확인하고 고개를 돌렸다. 돌아간 시선의 끝에는 의미심장한 얼굴로 노려보는 남궁상겸이 있었다.

"소란스럽게 해서 죄송해요. 별일 아니니까 못 본 척, 넘어가 주시면 안 될까요?"

여인의 목소리는 소년을 대할 때와 정반대로, 나긋나긋하면서도 톡톡 튀는 매력이 있었다. 그러면서 두 눈은 감은 듯 뜬 듯 초승달처럼 구부러지니 사내라면 홀딱 넘어갈 만한 미소를 짓는 것이었다.

그러나 남궁상겸은 여느 사내들과는 달라, 여인의 눈웃음을 무시하고 말했다.

"제안은 고맙지만 사양하겠소. 본 가의 안마당에서 일어난 일을 눈감아줄 수는 없는 노릇이니."

"남궁세가의 분이셨나요?"

의외라는 듯 여인이 물었다.

"일단은."

남궁상겸은 짧게 대답하고 검을 들어 여인을 향해 겨누었다.

"아까 그 짐승 같은 녀석도 그렇고, 낭자도 그렇고. 단순한 무림인은 아닌 걸로 보이는군. 본 가의 안마당에서 무슨 수작을 부리고 있는 건지 해명할 기회 정도는 주겠소."

"역시 자신감 넘치는 남자가 멋진 법이죠."

여인은 남궁상겸을 향해 한눈을 찡긋거리며 말했다.

"하지만 실력이 없으면 말짱 헛짓거리 아니겠어요? 허우대만 멀쩡한 남자는 발에 챌 만큼 많은 걸요."

남궁상겸이 남궁세가의 일원이라는 걸 알면서도 여유로운 태도와 화술이 놀라웠다. 그런 여유와 흘러넘치는 기운이 흑의여인 또한 소년에 뒤지지 않는 고수임을 말해주고 있었다. 그 확신이, 남궁상겸의 안에서 시들어가던 전의를 되살렸다.

"내가 그리 흔한 남자인지 직접 확인해 보시구려."

"어머, 무서워라!"

입으로는 무섭다며 호들갑을 떨었지만, 흑의여인의 어디에서도 허점을 발견할 수 없었다. 남궁상겸은 슬며시 웃으며 공력을 일으켰다.

"어디, 해봅시다!"

말이 끝나기 무섭게 남궁상겸은 크게 한 걸음을 내디뎠다. 다가오는 남궁상겸을 보는 흑의여인의 눈에도 웃음기가 사라져 있었다.

"헉… 헉……."

유서현은 담벼락에 기대어 숨을 헐떡였다. 거의 일 다경쯤
은 쉬지 않고 뛴 것 같다. 거세게 뛰는 심장의 열기와 여름날
늦은 오후의 더위가 안팎으로 합세하여 온몸에 땀이 비 오듯
흐르고 있었다.

옷만이 아니었다. 해초처럼 착 달라붙은 머리카락 끝에도
땀이 방울 져 떨어지고 있었다. 유서현은 뒷머리를 올려 앞으
로 내리고 두 손으로 꼭 쥐었다. 젖은 빨래처럼 땀이 주르륵
흘러내렸다.

젖은 머리에 덮여 있던 목덜미를 한 줄기 바람이 어루만지
고 지나갔다. 상쾌한 감각이 빠르게 온몸으로 퍼져 나갔다.

"후우……."

그제야 유서현은 깊은 심호흡을 했다. 숨을 가다듬고 나니
겨우 주변을 둘러볼 여유가 생겼다.

유서현이 소유를 둘러메고 당도한 곳은 낡은 사당이었다.

마당에 가득한 잡초는 발목까지 자라 있었고 곳곳에 거미
줄이 쳐 있었다. 반쯤 부서진 문을 건드리지 않고 조심스럽게
들어온 안쪽은 먼지투성이에 쓰레기가 굴러다니고 있었다.
마당은 발목까지 자라난 잡초로 가득했고 안은 먼지투성이였
다. 제단은 텅 비어 신상이 있던 자리만 자국처럼 남아 있었
다. 무엇을 모시는 사당이었는지도 지금은 알 길이 없었다.

사람의 발길이 뜸하다는 증거다. 그편이 오히려 마음이 편했다.

유서현은 어쩐지 몸에 힘이 빠져 더러운 것도 잊고 벽에 기댄 그대로 미끄러져 바닥에 앉았다. 그러자 누워 있던 소유가 눈을 떴다.

"으음……!"

깨어난 소유의 입에서 신음이 새어 나왔다. 코와 귀에서 피를 흘렸으니 퍽 고통스러울 것이다. 그런데 신음하며 몸을 비트는 소유의 모습이, 유서현은 안쓰럽기보다 오히려 안심이 되었다.

아픔을 느낀다는 것은 곧 살아 있다는 증거이니까.

"…왜?"

눈을 떠서 유서현을 보더니 한다는 말이 왜였다.

"왜? 겨우 도망치나 싶었는데 다시 잡혀서 실망했니?"

유서현은 눈을 흘기며 말했다. 소유는 머리를 살짝 들어 유서현을 보며 말했다.

"아니, 그런 건 아니야. …큭."

소유는 얼굴을 찡그리면서도 기어코 몸을 일으켰다. 피가 빠져나간 건지 투명할 정도로 흰 얼굴이 더욱 희었다.

힘겹게 상체를 일으킨 소유는 가쁜 숨을 몰아쉬며 말했다.

"이러고 있을 틈이 없어. 어서 도망가."

"도망가라고?"

소유를 빼앗아 갔던 소년이 몸집만 큰 게 아니라 발도 빠르다는 걸 모를 유서현이 아니다. 범처럼 질주하는 소년을 뒤쫓으며 연신 감탄을 금치 못했으니 말이다.

하지만 경공술에 관해서라면 유서현도 나름대로 자부심이 있었다. 그 자부심이 우물 안 개구리 신세가 아니라는 것도 항주에서 확인한 바가 있었다.

설령 소년이 곧바로 뒤쫓아 왔어도 유서현은 도망칠 자신이 있었다. 하물며 뒤늦게 나타난 청년이 길을 막았으니 무슨 수로 자신을 찾는단 말인가.

"걱정하지 마. 여기까지 오진 못할 거야."

"……."

하고 싶은 말이 있는 눈치였지만 해봤자 소용이 없다고 판단했는지, 소유는 입을 다물었다. 소유가 자신을 믿지 못한다고 생각한 유서현이 물었다.

"아까도… 그거, 네가 한 짓이지?"

선 채로 잠든 듯, 눈을 뜨고 꿈을 꾸는 듯 방 안에 있던 모두가 움직일 수 없었다. 갖가지 사특한 환술로 천하를 어지럽혔던 마종의 수법이 아니고서는 상상할 수도 없는 일이다. 소유를 의심하는 것이 지극히 당연했다.

소유는 가만히 고개를 끄덕였다.

"그럴 줄 알았어. 네가 그런 짓을 하지만 않았어도 이렇게 도망칠 일은 없었을 거야. 아저씨가 그 녀석을 처리했을 거고… 그럼 두 분도 무사했겠지."

말을 하다 보니 소년의 손톱에 당한 양화규와 왕수림이 떠올랐다. 자세히 보지는 못했으나 부상이 가볍지 않았다. 이극이 소유의 환술에 걸리지 않았다면 그들이 당하는 일도 없었을 것이다.

한동안 닫혀 있던 소유의 입이 열렸다.

"아저씨?"

소유의 유리알 같은 눈이 유서현의 눈동자 속으로 들어와 박혔다. 유서현은 확신에 찬 눈으로 대답했다.

"그래."

2

쉭!

바람 소리를 내며 흑의여인의 손이 남궁상겸의 가슴팍을 노리고 들어왔다. 역시 검은 천으로 휘감겨 섬섬옥수인지는 확인할 길 없으나, 뾰족하게 모은 손가락 끝은 몹시도 위협적이었다.

'사권(蛇拳)?'

요처를 찌르는 여인의 손에서 절로 뱀의 머리가 떠올랐다.

달마대사가 다섯 동물의 움직임을 본따 만들었다는 소림오권(少林五拳). 흑의여인이 구사하고 있는 권법은 그 가운데 하나인 사권과 흡사했다.

"흡!"

그렇게 생각한 순간, 여인의 손이 궤도를 꺾어 남궁상겸의 목을 찔렀다. 갑작스러운 변화에 놀란 남궁상겸이 숨을 들이켜며 목을 옆으로 꺾었다. 먹이를 잡아채는 뱀처럼 여인의 손이 빠르게 날아 남궁상겸의 귓가를 스치고 지나갔다.

흑의여인의 손을 피하며 남궁상겸은 역수로 고쳐 쥔 검을 내밀었다. 밖에서 안으로, 검은 짧은 호를 그리며 여인의 아랫배를 베었다.

아랫배에 닿기 직전, 여인의 팔이 검을 쳐냈다. 그런데 팔과 날이 닿는 순간 쇳소리가 났다.

캉!

귀를 때린 쇳소리는 의문을 동반했다.

품이 넉넉한 옷일지라도 그 아래에 방호구가 있다는 사실을 몰라볼 남궁상겸이 아니다. 더구나 여인의 흑의는 몸에 달라붙는 재질이었으니 아무리 얇은 방호구라도 모를 리가 없다.

그러나 팔뚝으로 쇠붙이를 막아낸 여인의 동작에는 조금

의 망설임도 보이지 않았다. 남궁상겸의 판단과 달리 여인의 팔에 방호구가 있다는 증거였다.

'방호구를 차고 있다고? 설마!'

통찰력과 현실의 괴리 가운데에서 흐트러진 정신이 치명적인 틈을 낳았다.

"크윽!"

피부를 찢고 살을 파헤쳐 가며 몸속으로 밀고 들어온 날붙이처럼, 고통은 뼛속 깊이 파고들었다. 여인의 뒤편으로부터 날아온 검은 그림자가 남궁상겸의 왼쪽 어깨를 통타한 것이다.

재빨리 물러난 남궁상겸의 눈앞에 검은 그림자의 정체가 드러났다. 검도 제대로 놀릴 수 없던 지근거리에서 남궁상겸의 어깨에 일격을 가한 것은 놀랍게도 여인의 발이었다. 뼈 없는 연체동물처럼, 여인의 한쪽 다리가 뒤로 돌아 제 어깨를 타고 넘은 것이다.

여인은 굳이 숨길 이유가 없다는 듯 일격을 가한 자세 그대로 남궁상겸을 보고 있었다. 한 발로 중심을 잡고 서서 어깨 너머로 나온 발에 뺨을 쓰다듬는 모습은 무공이 아니라 기예를 보는 듯했다.

"성성이에 기예라… 불을 뿜는 서역인은 없나? 합비에 곡예단이 들어왔다는 말은 듣지 못했는데."

남궁상겸은 어깨를 주무르며 비웃었다. 그러나 웃는 얼굴과 달리 등 뒤에는 한 줄기 식은땀이 흐르고 있었다. 타격이 골수에 미쳐 아예 왼팔을 움직이기가 어려웠던 탓이다.

그 속을 꿰뚫어 보았는지, 여인은 웃으며 말했다.

"사내라면 마땅히 허세도 부릴 줄 알아야 하는 법이죠."

여인은 천천히 다리를 돌려 두 발로 섰다. 그리고 달처럼 구부러졌던 눈을 떴다. 그 눈빛이 눈웃음을 지을 때와는 전혀 달라, 남궁상겸은 섬뜩한 나머지 한기마저 느껴질 정도였다.

"하지만 그보다 더 중요한 건 물러날 때를 아는 거겠죠. 자고로 숱한 영웅호걸이 때를 몰라 신세를 망치지 않았던가요? 남궁세가의 공자님도 그들과 이름을 나란히 하려는 건 아니겠지요?"

여인의 말은 나긋나긋하였지만 눈에는 차가운 살기가 번뜩였다. 남궁상겸도 지지 않고 눈에 힘을 주어 말했다.

"지금 나더러 물러나라고 겁박하는 거요? 그렇다면 단단히 실수한 거요. 남궁세가의 사람은 꺾일지언정 구부러지지 않는단 말이오!"

"그래요? 그럼 그러세요."

"뭐요?"

"잘나신 남궁세가 공자님은 여기 계시라고요. 제가 물러날 거니까요."

여인의 눈에서 살기가 급작스레 사라졌고, 남궁상겸의 눈에도 힘이 빠졌다. 여인은 다시 눈웃음을 치며 말했다.

"우리는 남궁세가와 다툴 이유도 없고, 그쪽을 건드릴 일도 없어요. 단지 우리가 해야 할 일을 할 뿐이고, 그게 마침 이 도시에 있었다 뿐이죠. 시비도 공자님이 먼저 걸어왔으니, 저희가 꼬리를 말고 도망치면 그걸로 된 거 아닐까요? 저는 그렇게 생각하는데."

"으음……."

흑의여인의 말은 남궁상겸을 고민에 빠뜨렸다.

대결에서 이미 우위를 점한 여인이 먼저 고개를 숙이고 물러나겠다고 한다면 남궁상겸으로선 환영할 만한 일이다.

그러나 모든 거래는 반드시 그에 상응하는 대가를 치러야 한다. 얼핏 이득만 있을 것 같은 거래도 그 이면을 파고들면 이쪽이 내놓아야 할 것들이 얼마든지 나오는 법이다. 그러니 남궁상겸은 여인의 제안에 순순히 고개를 끄덕일 수가 없었다.

"아니, 그럴 순 없소."

"왜죠?"

의외라는 듯 여인의 목소리가 높아졌다. 남궁상겸은 애써 아픔을 감추고 의연히 말했다.

"합비는 본 가의 안마당이나 다름없소. 아무리 작은 일이라도 본가의 눈과 귀를 피해서는 안 되며, 어떠한 일도 본 가의 재가하에 이루어져야 하오. 그것이 오랜 세월 합비를 지켜온 본 가의 자존심이오."

"그것참 대단한 자존심이군요."

남궁상겸의 말이 끝나기 무섭게 여인이 비아냥거렸다. 남궁상겸은 무겁게 말했다.

"나를 조롱하면 얼마든지 참을 수 있지만 본 가는 아니오. 그 누구도 본 가를 능멸한다면 반드시 대가를 치르게 될 것이오!"

당금 무림에 어느 누가 남궁세가를 조롱하고 능멸할 수 있단 말인가? 천하제일인 곽추운도 할 수 없는 일이다.

그러나 흑의여인은 남궁상겸의 엄중한 경고에도 여유를 잃지 않았다. 여인은 고개를 좌우로 까딱거리며 말했다.

"합비에 불순한 자들이 숨어 있는 것도 모르고 계신 것 같아 드리는 말씀이에요. 그 잘난 자존심 세우려거든 못 본 것은 모르는 채로 넘어가야 할 것 같긴 하다만 말이죠."

"불순한 자들이라니?"

"맹주의 눈과 귀였던 자들이 숨어 있었는데, 그것도 모르고 있는 것 같아서 드리는 말씀이에요. 그렇다고 너무 자존심 상해하지는 마세요. 등잔 밑이 어둡다잖아요?"

"허튼소리!"

남궁상겸은 큰소리로 여인의 말을 일축했다. 그러나 말과 달리 마음은 여인의 말이 결코 허튼소리가 아니라고 경고하고 있었다.

"믿거나 말거나 마음대로 하세요. 하지만 공자께서 이 계집의 말을 조금이라도 믿어보시겠다면 근처 의원을 돌아보세요. 흑성(黑狌)이에게 당한 자들이 있을 테니까."

흑의여인의 말은 당당하고 확신에 차 있었다. 남궁상겸은 평소 상대의 말이 허언인지 아닌지 구별할 수 있는 판단력을 갖추었다고 스스로 생각해 왔다. 그런데 지금 눈앞에 있는 여인의 말은 그 진위(眞僞)를 도무지 구별할 수가 없어 답답하기 이를 데 없었다.

결국, 입에서는 남궁상겸의 의지와 상관없는 말이 나왔다.

"아까 그 짐승 같은 놈의 이름이 흑성이오?"

"그래 보여도 열다섯. 아직 애랍니다."

흑의여인은 웃으며 대답했다.

"……."

여인의 나긋나긋한 태도 때문인지, 혹은 스스로 만들고 빠진 미혹 때문인지 남궁상겸의 전의가 한풀 꺾였다. 흑의여인은 한 발 뒤로 물러나며 말했다.

"그럼 허락하신 걸로 알고, 이 계집은 이만 물러나겠어요."

"잠깐."

물러나는 흑의여인을 남궁상겸이 불러 세웠다. 멈춰 선 여인에게 남궁상겸이 물었다.

"당신… 당신의 이름은 무엇이오? 나는 남궁상겸이오."

"황이령(黃梨玲)."

흑의여인은 짧게 대답하고 그대로 뒤로 누웠다. 어느새 처마 끝에 서 있던 여인, 황이령의 신형이 아래로 추락하며 남궁상겸의 시야에서 사라졌다.

남궁상겸은 황이령이 떨어진 곳으로 황급히 뛰어갔다. 그러나 아래에는 부상을 입거나 표적을 잃은 병사들이 우왕좌왕할 뿐, 여인의 모습은 어디에도 보이지 않았다.

"황이령……."

남궁상겸은 조용히 여인의 이름을 되뇌었다. 달처럼 구부러진 눈이 그의 마음속 깊숙이 파고들어 사라지지 않았다.

*　　　*　　　*

"네가 이상한 수법을 쓰지만 않았어도 그 녀석은 너한테 손끝 하나도 건드릴 수 없었을걸?"

유서현은 자신 있게 말하면서도 의아했다. 어째서인지 이 극을 설명하는데 소녀 자신이 자랑스럽고, 괜히 우쭐해지는 게 이상하기만 했다.

"……."

소유는 물끄러미 유서현을 바라볼 뿐, 별다른 말이 없었다. 그러나 그의 유리알 같은 눈동자가 눈 속으로 들어왔을 때, 유서현은 싸늘한 한기와 함께 목덜미에 소름이 돋는 것을 느꼈다. 이극의 이야기를 하며 이상하게 들뜨고, 또 그런 자신이 이상하게 여겨지는 등 시시각각 돌변하는 변덕스러운 마음이 소유에게 무방비로 노출되는 기분이었다.

"왜? 내가 뭐 잘못했니? 왜 그렇게 보는데?"

결국, 지레 겁먹은 유서현이 쏘아붙였다. 아무 말도 안 했는데 공격을 당했으니 억울할 법도 하건만, 소유는 아무렇지도 않게 대꾸했다.

"그냥… 그자의 얘기를 하면서 기분이 좋아 보이길래."

"뭐?"

속을 꿰뚫어 보기라도 했는지, 소유의 말은 유서현의 마음을 그대로 반영하고 있었다. 어찌나 놀랐는지 되묻는 목소리가 높다 못해 갈라졌고 소유는 아무렇지도 않게 대답했다.

"기분이 좋아 보였다고."

"그랬니? 내가 그랬나? 하하!"

유서현은 애써 평정을 유지하며 일부러 사내다운 웃음소리를 냈다. 그렇게 아무렇지도 않은 듯 넘어가려 했지만, 곧이어 귀에 들어온 소유의 말이 소녀의 가슴을 재차 흔들었다.

"좋아하는군."

"…뭐?"

유서현은 얼른 반론을 펼치려 했다. 하지만 어째서일까? 한 번도 쉬지 않고 백 리를 뛴 것처럼 가슴이 뛰고 호흡이 가빠와 좀처럼 입술을 움직일 수 없었다. 심장은 평소의 몇 배나 빠르게 뛰는데 피를 위로만 밀어 올리는 듯 얼굴이 뜨거웠다.

얼굴만 붉힐 뿐 대답하지 못하는 유서현에게, 소유가 다시 말했다.

"그자를 좋아한다고."

그럴 리가 있나? 유서현은 완강히 부정하려 했지만 그 말은 머릿속을 맴돌 뿐 입 밖으로 나오지 않았다.

맹세컨대 유서현은 이극을 단 한 번도 그런 식으로 생각해 본 적이 없었다. 처음부터 소녀에게 이극은 절대적인 무공을 지닌 보호자이자 통찰력을 겸비한 조언자였다. 이극은 언제나 소녀가 볼 수 없는 것을 봤고, 소녀가 어떻게 행동해야 하는지 알려주었으며, 소녀가 필요로 할 때 항상 곁에서 손을 내밀어주었다. 그렇게, 무작정 강호로 나와 헤매던 소녀는 이극을 지침 삼아 나아갈 수 있었다. 이극이 있어 소녀는 안갯속을 헤치고 나와 자신을 능멸했던 곽추운에게 앙갚음할 수 있었고, 찾고자 했던 오빠의 소재를 확인할 수 있었다.

이 모든 의미를 무리하게나마 하나로 묶어본다면, 유서현에게 이극이란 믿고 의지할 수 있는 어른이라 할 수 있었다. 이극 본인은 여전히 미숙하기 짝이 없는 존재라며 괴로워하나 십여 년 연하의 입장에서는 세월의 흔적이 찬란한 나머지 여타 단점들이 보이지 않는 것이다.

다시 말해 이극은 소녀가 오빠에게 품고 있던 동경과 경애, 신뢰가 좀 더 확장된 존재였다. 존경해 마지않던 오빠의 연장선상에 존재하는 어른. 그것이 이극이었다.

따라서 유서현의 안에서 이극이 차지하는 비중은 상당 부분 오빠인 유순흠과 겹쳐 있어, 이성을 보는 시각으로 보기가 어려운 점이 있었다. 그러니 좋아하느냐는 소유의 말은 대수롭지 않게 무시하면 그만인, 그런 것이었다.

그러나 앞서 열거한 유서현이 이극을 보는 관점들은 연애 감정으로 치환하기에도 충분한 요소이다. 특히 어디로 튈지 모르는 공처럼 하루에도 수백 번씩 흔들리는 소녀의 마음은 아주 사소한 계기만 주어져도 동경이나 신뢰를 애정으로 손쉽게 바꿀 수 있다. 본래부터 사랑이었는지, 마음이 바뀌었는지 혹은 착각인지조차 분간할 수 없는 채로 말이다.

"무슨 말도 안 되는 소리를."

유서현은 애써 덤덤하게 소유의 말을 부정했다. 그러나 떨리는 목소리는 감출 수 없었다.

무기질같이 냉담하던 소유의 눈이 흔들렸다.

　"그래. 말도 안 되는 소리지. 그래서는 안 되고, 그럴 수도 없으니까."

　소유의 목소리는 드물게 높아 묘한 울림이 있었다. 유서현이 놀란 얼굴로 바라보자, 소유가 말을 이었다.

　"당신은 내 사람이니까. 그자를 좋아할 리가 없으니까."

　무슨 이야기를 하나 싶었던 유서현은 눈살을 찌푸렸다. 자꾸 자신을 '내 사람'이라고 지칭하는 소유를 이해할 수 없었다.

　"자꾸 이상한 소리 할래? 그리고 아까 내가 말했지, 누나라고 부르라고. 너 정말 버릇이 없구나?"

　그러나 소유는 유서현의 경고를 무시하고 제 말을 했다.

　"그자가 움직일 수 있었다 해도 바뀌는 건 없어. 내가 그 녀석과 함께 가게 되는 것은 운명이니까. 물론 당신과 그 녀석, 둘 중 누가 먼저 올지는 장담할 수 없었지만 그 정도는 사소한 변수에 불과해. 운명이라는 대하(大河)의 흐름을 거스를 정도는 아니라는 거야."

　"너 대체 지금 무슨 소릴⋯⋯!"

　"하지만."

　또다시 시작된 소유의 알 수 없는 말에 유서현은 질색하고 얼른 그만두라며 중단시키려 했다. 그러나 오히려 소유가

'하지만' 이라며 유서현의 말을 중단시켰다.

따르지 않을 수도 있었건만, 유서현은 입을 다물었다. 낮지만 단호한 소유의 말은 거부할 수 없는 힘을 가지고 있었다.

"운명의 시야를 벗어난 지점에서, 당신은 녀석보다 먼저 와서 좀 더 일찍 만나고 싶다는 내 바람을 들어주었어. 그게 바로 당신이 내 사람이라는 증거야. 지금 당신이 그자에게 연모의 정을 품고 있다 해도 한때일 뿐. 운명이 곧 당신을 인도하여 제자리로 돌아오게 될 테니 너무 조급해하진 말아야겠지."

마지막 말은 유서현이 아니라 소유 자신에게 들려주는 다짐인 듯했다. 그러면서 유서현을 보는 소유의 눈에 이채가 서렸다. 처음 소녀를 보았던 그 눈빛이었다.

한편 유서현은 앞뒤 자르고 막무가내로 본론을 이야기하는 소유의 화법에 서서히 적응을 마쳤다. 말의 바다 속에서 여기저기 흩어져 있던 단서를 모아 하나의 줄기로 모으는 데 성공한 것이다.

"잠깐, 잠깐. 정리 좀 하자. 그러니까 네 말인즉슨, 내가… 운명이 점지한 네 상대란 말이니? 뭐 천생연분이라든가 운명적인 연인이라든가… 그런 거라고?"

"응."

짧게 대답하는 소유의 얼굴이 어쩐지 기쁜 듯 보였다. 그러나 유서현에게는 다소 엉뚱한, 솔직히 말하자면 정신이 나간 사람처럼 보일 뿐이었다.

"설마? 내가 미친 것처럼 보여?"

순간, 소유의 입에서 나온 말이 섬뜩했다.

표정이나 분위기로 상대의 속을 헤아릴 수는 있겠으나, 지금 소유의 말은 그렇게 내다본 것이 아니었다. 실제로 유서현의 속을 들여다본 것처럼 확신하고, 아니, 금방 한 생각을 말처럼 '듣고' 대답한 것이다. 그렇지 않고서야 그 순간에 나올 수가 없는 말이었다.

"너……"

소유는 그런 유서현의 마음마저 읽은 듯 능청스러운 표정을 지었다. 유서현은 한참 소유를 바라보다가, 고개를 좌우로 저었다.

"아니야. 그럴 리 없지. 그래, 네 나이 때에는 운명이나 그런 걸 믿을 수 있어. 충분히 그럴 수 있어."

"아무리 부정해도 어쩔 수 없어. 그래서 당신 마음이 편하다면 얼마든지 해도 되지만……"

"그만해!"

더는 듣고만 있을 수 없는지 유서현은 날카롭게 소리쳤다.

"허무맹랑한 이야기도 좋지만 그래 봐야 사람 기분만 상하게 한다는 거 모르니? 내가 왜 네 사람인데? 무슨 근거로 그런 말을 하는 건데? 그 잘난 운명? 네가 운명을 볼 줄 알아?"

"있어."

"뭐?"

"당신이 내 사람이라는 근거. 있다고."

"그게 뭔데?"

유서현은 믿을 수 없다는 투로 물었다. 소유는 확신에 찬 표정으로 대답했다.

"내 결계에서 혼자 움직였잖아. 그게 증거야."

사당 안은 낮 동안 내리쬔 햇볕으로 불을 땐 듯 더웠다. 하지만 이 순간, 유서현은 한 치 앞도 보이지 않는 눈보라 속에 맨몸으로 선 듯 한기를 느꼈다. 소유의 말이 단순한 허언이 아니라는 걸 직감적으로 알아챈 것이다.

"너… 정체가 뭐야?"

유서현의 목소리가 가늘게 떨리고 있었다. 이제야 유서현 이 제 말을 믿는구나, 여겼는지 소유는 미소를 머금었다.

"소유. 그게 내 이름이야."

"정체가 뭐냐고 묻잖아! 오빠가 왜 너를 마종의 소굴에서 구해왔느냔 말이야!"

유서현은 두 눈을 치켜뜨고 소리쳤다. 그러나 소유는 조금 도 동요치 않고, 자기 인형 같은 모습으로 돌아와 말했다.

"당신 오빠는 좋은 사람이었어. 나를 진심으로 안타까워했었지. 하지만 이제 틀렸으니까 괜한 짓은 하지 않았으면 좋겠어. 해봤자 당신만 다칠 테니까."

"너 지금… 무슨 소리를 하는 거야?"

철렁, 하고 들리지 않는 소리를 내며 가슴이 내려앉았다. 머리로는 몰라 되물었어도 가슴이 대신 알아차린 것이다. 이제 틀렸다는 소유의 말이 무슨 뜻인지 말이다.

잿빛이 된 얼굴의 유서현을 보며 소유는 무엇인가 대답을 하려다, 이내 고개를 저었다.

"시간이 다 됐어."

"뭐?"

"여기서 당신과 함께 있을 수 있는 시간도 다 됐다고. 내가 그들과 만나는 것은 바꿀 수 없는 운명이니까. 당신이 내 사람인 것처럼."

"또 그런 소리를……!"

콰콰콰쾅!

돌연 굉음을 내며 사당 한쪽 벽이 무너졌다. 그 충격에 소유의 가는 몸이 종잇장처럼 날아 반대편 벽에 부딪혔다.

"어떻게 여길?"

날아드는 벽의 파편을 피하며 재빨리 몸을 가눈 유서현의 입에서 의문 섞인 탄식이 새어 나왔다.

벽이 무너져 생긴 공간에 붉은빛이 들이닥쳤다. 그리고 커다란 그림자 하나가 석양을 등진 채 시커먼 발을 사당 안으로 들이미는 것이었다.

짐승 같은 소년. 흑성이었다.

3

사당 안으로 들어온 흑성은 사방을 두리번거렸다. 그리고 곧 소유의 모습을 확인하고 이를 씩 드러내며 웃었다.

"뛰어봤자 벼룩이지! 크하핫!"

흑성의 웃음소리에 낡은 사당이 흔들렸다. 기둥이 몸을 비틀고 서까래가 들썩이는 것이었다. 수 갑자 공력이 없이는 불가능한 일이었다.

유서현은 귀를 막으며 풀쩍 뛰어 소유를 살폈다. 벽에 부딪힌 충격 탓인지, 소유는 다시 정신을 잃고 쓰러져 있었다.

'약해!'

짚어보니 소유의 맥이 아주 미약하게 뛰어 언제 끊어질 줄 몰랐다. 유서현은 급히 공력을 일으켜 잡은 손을 통해 소유에게 주입했다.

"악!"

유서현은 돌연 소리를 지르며 손을 뗐다. 막 주입한 순간 소유의 몸 안에서 커다란 저항이 일며 유서현의 공력을 밀어 낸 것이다.

"정신 차려! 정신 차리라고!"

공력의 주입이 실패하자 유서현은 다급히 외치며 소유의 뺨을 두드렸다. 그러나 소유의 감은 눈은 떠질 줄 몰랐고 숨소리마저 희미해져 갔다. 본디 유약했던 몸이 연이은 충격을 견디지 못하는 듯했다.

"비켜."

어느새 등 뒤에 다가온 흑성이 거칠게 팔을 뻗었다. 소년의 커다란 손이 유서현을 막 밀치려던 순간, 번쩍하고 한 줄기 빛이 일었다.

으헉! 짧은 비명을 지르며 흑성의 몸이 뒤로 물러났다. 두툼하고 굳은살이 점점이 박힌 흑성의 손바닥에 실처럼 가는 선 하나가 길게 그어져 있었다.

유서현의 검이 그리고 간 혈선이었다.

피는 실처럼 맺혀 있더니 곧 봇물 터지듯 흘러나왔다. 흑성은 주먹을 꽉 쥐며 외쳤다.

"이게 죽고 싶어서 환장했나!"

짐승의 포효처럼, 온몸을 울리는 분노의 외침이 유서현을 휩쓸고 지나갔다. 그러나 유서현은 조금도 흔들리지 않고 똑바로 흑성을 노려보며 말했다.

"이 아이는 못 데려간다. 그러니까 그런 줄 알고 돌아가!"

"허어?"

유서현이 여자치고 큰 키이지만 거구의 흑성에 비교할 수는 없었다. 흑성은 그러한 차이를 확연히 드러내려는 듯, 구부정하던 허리를 꼿꼿이 세웠다. 똑바로 선 흑성의 키는 구 척, 아니, 십 척은 될 법했으니 책에서나 볼 수 있는 거인이었다.

저 높은 곳에서 유서현을 내려다보는 흑성의 눈빛이 흉흉하였다. 벌레를 가지고 노는 아이들처럼, 당장에라도 유서현을 잡아 팔다리를 비틀고 뽑을 기세였다.

"두말 안 한다. 거추장스럽게 굴지 말고 비켜. 어서!"

"닥쳐!"

유서현은 지지 않고 맞불을 놓았다.

눈앞, 아니, 눈 위에 있는 이 거구의 소년이 무시무시한 고수임은 익히 알고 있다. 보통은 거대한 체구만 봐도 전의를 상실하고 말 것이다. 하지만 지금 유서현은 두려움보다 어떻게든 소유를 지키고 살려야 한다는 마음이 앞섰다.

'네가 무슨 말을 하든, 나는 너를 지킬 거야. 네가 있어야 오빠를 구할 수 있으니까!'

마치 말을 걸듯 속으로 생각하며 유서현은 검을 고쳐 쥐었다. 이 소년이야말로 유서현이 강호에 나와 만난 최강의 적이었다.

쌍아대와는 싸워 이기는 것이 아니라 시간을 끌며 살아남는 것이 우선이었다. 쌍검랑사는 쌍아대의 대원들과 비교할 수 없는 고수였지만 그 또한 제대로 된 일전이라고 보기 힘들었다. 어쨌거나 수준 차이를 인정하고 내내 방어에 집중하며 간간이 역습을 날리는 게 고작이었으니까.

그리고 무엇보다 유서현이 겪었던 두 번의 힘든 싸움은 온전히 소녀의 힘으로 수행한 것이 아니었다. 쌍아대와의 일전에는 보이지 않는 곳에 이극이 있었고, 쌍검랑사의 숨통을 끊은 것은 유서현이 아닌 추영영이었다.

생각해 보면 이때껏 유서현은 그게 이극이든 추영영이든, 누군가의 도움 없이 싸워 이겨낸 경험이 없었다. 하지만 지금은 아무도 없이, 오로지 혼자 힘으로 혹성을 상대해야 하는 것이다. 더구나 단순한 싸움이 아니다. 소유라는, 유서현보다 약한 존재를 지키기 위한 싸움이다. 이제껏 소녀를 지켜주었던 사람들처럼, 이제는 자신이 누군가의 방패가 되어 도움을 줘야 한다.

그 모든 상황과 조건을 일일이 짚지 않아도 유서현은 본능적으로 받아들이고 있었다. 바늘 끝처럼 첨예하게 오른 집중력이 그 증거였다. 지금 유서현은 눈과 귀만이 아니라 가지고 있는 모든 감각을 총동원해 혹성은 물론 사당 안의 모든 변화를 인지하고 있었다.

"에잇! 치워 버리겠어!"

비켜날 기미가 보이지 않자 흑성은 짜증을 내며 팔을 휘둘렀다. 동시에 흑성의 손에서 자라난 손톱이 예리한 빛을 발하며 유서현에게로 날아들었다.

캉!

유서현은 검을 들어 흑성의 손톱을 막았다. 곧이어 흑성의 괴력이 손톱과 맞닿은 검을 통해 밀려들었다.

그 순간, 마치 예측이라도 했다는 듯 유서현이 움직였다. 흑성의 힘을 흘리며 단숨에 품으로 파고든 것이다.

'이것 봐라?'

최초 일격이 막히는 것은 이미 예상했던 바이고, 오히려 흑성의 노림수이기도 했다. 계속 자신을 방해해 왔던 유서현에게 굴욕을 주기 위해 힘으로 짓이기겠다는 수작이었다.

자신의 의도대로 되지 않은 것을 불쾌하게 여기며 흑성은 곧 힘을 되돌리며 중심을 잡았다. 거구이기는 하나 소년의 얼굴을 한 흑성의 나이 이제 열다섯. 놀랍게도 이미 힘을 자유자재로 운용할 수 있는 경지에 오른 것이다.

그때, 흑성의 입에서 의문의 탄성이 터져 나왔다.

"억?"

흑성의 몸이 중심을 잃고 앞으로 쏠렸다. 힘의 방향을 바꾸는 이른바 사량발천근(四兩發千斤)을 응용한 수법이었다. 방향을 바꾸는 데 그치지 않고 나아가는 방향으로 유서현이 힘을 더하였으니 제아무리 흑성이 나아가고 되돌리기가 자유로운 경지에 올랐더라도 중심을 잡고 있을 수 없는 노릇이었다. 유서현은 비틀거리는 흑성의 명치에 팔꿈치를 꽂아 넣었다.

퍽!

둔탁한 소리와 함께 오히려 유서현의 팔꿈치로 충격이 전해왔다. 흑성의 살은 쇠처럼 단단히 단련되어 있었고, 내부에서는 반탄강기가 유서현의 일격을 되받아친 것이다.

"크아악!"

흑성은 노성을 지르며 두 손으로 품에 들어온 유서현을 잡았다. 그러나 흑성의 커다란 손은 허공을 갈랐고, 어느새 물러난 유서현의 손에서 검광이 번쩍였다.

파바바박!

검풍에 실려 핏방울이 사방으로 튀었다. 흑성의 거구가 세 걸음 뒤로 물러나고 유서현도 빠르게 뒤로 물러나 소유의 앞에 섰다.

"이게 진짜……!"

드드득! 이 가는 소리를 내며 팔뚝 사이로 흑성이 눈을 빛냈다. 유서현이 검을 뿌린 순간 몸을 웅크리며 팔뚝 두 개를 내세워 안면을 보호한 것이다. 머리통만 한 굵기의 팔뚝에 무수히 많은 칼자국이 새겨져 있었다.

그런 흑성의 눈빛을 받으며 유서현은 마른 침을 삼켰다. 누구보다도 저 칼자국을 새긴 장본인인 유서현이, 그 피해가 실로 경미하다는 것을 알고 있었다.

'대체 무슨 외공을 익혔길래 멀쩡한 거야?'

흑성이 입고 있는 것은 소매가 없는 가죽옷이다. 방호구를 차지도 않았으니 당연히 맨살로 유서현의 검을 받아낸 것이다.

호신강기를 일으켜 몸을 보호한 것도 아니다. 그랬다면 아예 상처가 없거나 손으로 전해져 오는 감각이 달랐을 것이다. 그러나 검날을 타고 손으로 전해져 온 감각은 분명 살을 베는 느낌이었다. 다만 사람의 살이 아니라 날이 제대로 들어가지도 않는 짐승의 두꺼운 가죽을 베는, 그런 느낌이랄까?

"죽여 버리겠어!"

노성을 지르며 흑성이 팔을 크게 휘둘렀다. 먼 거리가 단숨에 좁혀지며 날 선 손톱이 유서현의 머리 위로 떨어졌다.

큰 키를 고려해도 이상하리만치 긴 팔과 손톱의 길이를 더하면 그 범위가 검을 든 유서현을 능가한다. 당하는 입장에서는 아무리 머리로 대비하고 있어도 당황할 수밖에 없는 공격이었다.

유서현은 두 손으로 검을 쥐고 내려오는 손톱을 강하게 쳐냈다. 나무랄 데 없는 침착한 대응이었다.

캉!

귀를 긁는 금속성 소리와 함께 불꽃이 튀었다. 뒤이어 흑성의 다른 팔이 유서현을 향해 날아왔다.

캉! 카캉!

연이어 내려치는 흑성의 손톱을 유서현은 침착히, 하나하나 온 힘을 다해 쳐냈다. 흑성의 손톱은 가는 날이었지만 실린 무게는 커다란 망치를 내려치는 것과 같았다. 자연히 흑성의 손톱을 쳐낼 때마다 유서현의 가는 몸에 충격이 쌓였다.

"언제까지 버티나 보자!"

흑성은 의기양양하게 소리치며 쉬지 않고 팔을 휘둘렀다. 충분히 다른 수법으로 전환할 여유가 있음에도 불구하고 흑성은 바꿀 생각이 없어 보였다. 그런 흑성의 태도가 유서현에게 하나의 단서를 던져 주었다.

'이 녀석, 나를 대등한 상대로 보고 있지 않아!'

흑성의 공격은 강력했지만 단조로웠고 예측 가능한 범위 안에 있었다. 그러한 기조는 소유를 빼앗았던 건물 지붕에서부터 지금에 이르기까지 바뀌지 않고 줄곧 이어져 왔으니, 그 안에 어떠한 의도가 담겨 있는지는 누구라도 쉬이 짐작할 수 있었다.

이는 상대를 대등한 적수로 인정하는 싸움이 아니다. 고양이가 쥐를 가지고 놀듯, 다 잡은 먹잇감을 대상으로 하는 유희나 다름없었다.

"크크크!"

흑성의 웃음소리가 유서현에게 확신을 더해주었다. 제 손톱을 쳐내는 검격의 위력이 갈수록 약해지고 있기 때문에 지을 수 있는 웃음이다. 바로 뒤에 소유가 있으니 물러날 수도, 피할 수도 없는 유서현의 처지도 파악하고 있다는 뜻이었다.

"어디 끝까지 막아봐! 막아보라고!"

흑성은 한껏 고조된 기분으로 외치며 더욱 힘 있고 빠르게 팔을 휘둘렀다. 흑성의 큰 키와 긴 팔이 더해져 거의 천장에 닿을 높이에서 떨어지는 손톱은, 유서현의 눈에는 절벽 위에서 떨어지는 바윗덩어리나 다름없었다.

캉!

충격은 검을 타고 유서현의 몸속으로 파고들었다. 충격은 유서현의 피와 뼈를 진동시켰고, 결국 견디지 못한 한쪽 무릎이 휘청거렸다.

"으하하하핫! 이제 슬슬 끝내볼까?"

흑성은 광소를 터뜨리며 두 팔을 벌려 동시에 내려쳤다. 도저히 버틸 수 없는 압력이 바람을 타고 먼저 유서현에게로 쏟아져 내렸다. 저도 모르게 눈을 질끈 감은 유서현의 머릿속에, 잠들어 있던 기억의 일부가 떠올랐다.

합비로 향하는 길 위에서 유서현은 이극과 무공에 관해 수많은 이야기를 나누었다. 이야기를 나누었다기보다는 일방적으로 이극이 질문을 받고 답해주는 형식이었지만.

이극은 나름 성심성의껏 유서현의 물음에 응해주었지만 구체적으로 초식이나 심법을 가르쳐 주지는 않았다. 다만 유서현이 이미 가지고 있는 무공을 더욱 자연스럽게 펼칠 수 있도록 조언을 하거나 비무의 형식으로 보다 효과적인 쓰임새를 깨닫게 해주고자 했다.

이극이 아니더라도 사문의 무공을 외인에게 전하지 않는 것은 강호의 불문율이라, 유서현도 이를 당연히 여겼지 불만을 가지진 않았다. 불만이라면 그 외에 이극이 들려주는 말들이 극히 평범하고 원론적이었다는 점이랄까?

어느 날엔가 두 사람은 이런 대화를 나누었다.

"자기보다 강한 적을 만나면 어떻게 하느냐고?"

"예."

"어떻게 하긴? 바로 도망쳐야지."

"…꼭 싸워야 한다면요?"

유서현은 그렇잖아도 큰 눈을 더 크게 뜨고 이극을 올려다봤다. 이극은 유서현이 어떤 대답을 바라는지 알 것 같았지만, 그래도 아닌 말을 지어서 해주고 싶지는 않았다.

"꼭 싸워야 할 때가 어디 있어? 일단 살고 봐야지."

"아무리 그래도 무림인이라면 반드시 싸워야 할 때가 있을 거 아니에요? 도망치면 대신 가족이 죽는다든가……."

"딱히 방도가 있나. 잘 싸우고, 죽어야지."

"뭐라고요?"

"그렇잖아. 고수가 되려고 뼈를 깎는 노력을 했을 텐데, 하수한 테 지면 얼마나 억울하겠어? 엄연히 실력의 고하가 있는데 그걸 싹 다 무시하고 이기는 방법을 가르쳐 달라고 하는 건 너무 날로 먹겠다는 심보 아닐까? 열심히 수련해서 고수가 되어야겠다는 생각을 먼저 해야지."

"제 질문이 그런 게 아니라는 거 아시잖아요."

"나 참."

유서현이 초롱초롱한 눈으로 집요하게 묻자, 이극은 덥수룩한 머리를 마구 헝클어뜨렸다. 유서현은 머리를 헝클어뜨리는 이극의 행동이, 귀찮지만 어쩔 수 없이 일해야 할 때 나온다는 것을 알고 있었다.

과연 이극이 입을 열었다.

"강한 적이라고 간단히 말해도 자세히 들여다보면 종류가 아주 천차만별이란 말이야. 나보다 강한 것 같긴 한데 그래도 싸워 볼 만은 하겠다 싶은 상대도 있을 거고, 아예 엄두도 못 낼 만큼 압도적인 차이가 나는 상대도 있을 거고. 아가씨가 물어본 강한 적이라고 하면 당연히 후자겠지?"

유서현이 고개를 끄덕이자, 이극은 다시금 귀찮은 표정을 지으며 말했다.

"별거 없어. 가진 걸 다 내려놓고 싸우는 수밖에."

"다… 내려놓으라고요?"

"그래. 모든 미련이나 집착, 이겨야 하는 이유. 살고 싶다는 욕망까지 전부."

항상 가볍게, 무심한 듯이 말하던 이극의 말에 무게가 실려 있었다. 유서현도 자세를 고쳐 바로 앉아 말했다.

"동귀어진을 노리라는 말인가요?"

"동귀어진도 상대 나름이지. 동귀어진의 목적은 내 목숨을 버리는 대신 상대도 같이 죽이겠다는 건데, 그것부터가 분수에 맞지 않는 행동이란 말이야. 쥐가 같이 죽자 덤벼든다고 고양이가 같이 죽겠어?"

이극이 핀잔을 주자 유서현은 얼굴을 찡그렸다.

"그럼 뭘 어쩌란 말이에요?"

"말했잖아. 잘 싸우고 잘 죽으라고."

"……."

"그게 싫으면 속이든가."

"속여요?"

이극은 빙그레 웃으며 말했다.

"비겁해지라는 말이야. 적을 조롱하고, 기만하고, 약점을 찾아서 파헤치고. 인질을 잡아서 협박하거나 독을 쓰거나."

"어떻게 그런 일을 하라고 할 수가 있죠?"

"싸움에는 그런 일이든 이런 일이든, 이길 수 있다면 뭐든 동원해야지. 비겁해지라고는 했지만 사실 싸우는데 비겁한 게 어디 있어? 그게 다 전략이고 전술이구만."

유서현은 어처구니가 없어 할 말도 잃고 이극을 바라봤다. 이극과 같은 고수의 입에서 이런 이야기가 나오리라고는 상상도 못 했던 것이다.

이극은 유서현의 얼굴만 봐도 무슨 생각을 하고 있는지 안다는 듯 웃으며 말했다.

"아가씨. 싸움이라는 건 말이야, 항상 이기기 위해서 하는 거야. 승리 외에는 어떤 가치도 찾을 수 없어. 찾으려 해서도 안 되는 거고."

"비겁한 수를 써서 이기는 것에 무슨 가치가 있죠? 아버지께서는 항상 정정당당한 승부를 펼치라고 말씀하셨어요."

"그럼 묻겠는데, 뭐가 정정당당한 거지?"

유서현은 잠시 멈칫거리다 대답했다.

"공평한 거요. 한쪽에 치우침 없이."

이극은 입꼬리를 올렸다. 유서현의 대답이 자신의 예상에서 한 치도 벗어나지 않았다고 말하는 것 같은 비웃음이었다.

"세상천지에 공평한 게 어디 있어? 공평한 게 있으면 애초에 싸우지도 않지. 너는 고수고 나는 하수고, 너는 적게 가졌고 나는 많이 가졌으니까 싸우는 거잖아. 안 그래?"

"……."

이극의 말을 듣는 순간 유서현은 속 깊은 곳으로부터 인정할 수 없다는 거부 반응이 일어나는 것을 느꼈다. 이극의 말은 소녀가 지난 세월 지침으로 삼고 쌓아온 것들을 부정하는 것이었으니 말이다.

그러나 지금 유서현은 고향 마을에서 마음 편히 무공을 익히던 소녀가 아니다. 그저 돌아가신 아버지와 떠난 오빠가 입버릇처럼 하던 이상적인 강호, 협의가 살아 숨 쉬는 세상을 꿈꾸던 소녀는 이제 사라지고 없다. 속고 속이는 복마전, 그 한복판에 뛰어든 유서현은 이극의 말을 거부할 수 없었다.

이극은 은근한 어조로 유서현을 타일렀다.

"고수를 다른 말로 풀어보면 아가씨보다 더 많은 시간, 더 많은 노력을 쏟은 자들이야. 그렇게 획득한 실력이 있어서 세간으로부터 고수라고 추앙받는 거고. 그런 자들을 상대로 정정당당히 이기는 방법이 없겠느냐고 묻는 건 누가 봐도 날로 먹겠다는 심보일걸?"

"그럼 아저씨 말은 속이거나 암수를 쓰는 게 당연하다는 건가요?"

"내가 당신보다 나이도 적고 노력도 덜 했고 실력도 적긴 하지만 어쨌든 정정당당히 싸워서 이기고자 합니다, 하면 얼마나 어이가 없겠어? 그것보다는 당신의 실력이 고강하여 내 감당키 어려우니 암수를 쓰겠습니다, 하는 게 그나마 상대를 존중하는 일이 아닐까?"

"…궤변이네요."

끝내 순순히 받아들일 수 없었는지 유서현은 긍정도, 부정도 아닌 말을 했다. 이극은 웃으며 고개를 끄덕였다.

"정론은 아니지. 하지만 기억해 두는 게 좋을 거야. 언젠가 반드시 필요할 때가 올 테니까."

'반드시 필요할 때가 올 거라고?'

이극의 말은 예언처럼 들어맞아 유서현의 머릿속을 어지럽혔다. 긴 손톱을 칼처럼 다루는 기이한 소년과 유서현 사이에는 분명 메울 수 없이 큰 차이가 있다. 유서현이 스스로 말했던 정정당당한 실력의 겨루기로는 어떻게 해도 이길 수 없는 것이다.

쉐엑!

머리 위로 떨어지는 손톱을 보며, 유서현은 입술을 질끈 깨물었다. 그리고 오른발을 뒤로 뻗었다가 앞으로 내밀었다. 소녀의 발등에 얹힌 무언가가 허공을 갈랐다.

혹성에게로 날아가는 물체는 소유였다.

"컥!"

당황했는지 혹성의 입에서 묘한 소리가 났다. 그나 유서현이나 서로 소유를 빼앗으려는 입장이다. 유서현이 소유를 방패 삼아 몸을 지키려 할 줄은 미처 예상치 못했던 일이다.

혹성은 재빨리 팔의 궤도를 바꾸었다. 날카로운 손톱이 허공을 가르고, 다른 손은 날아 들어온 소유를 잡았다. 빼앗겼던 소유를 비로소 되찾은 순간!

"크아아아악!"

고통에 찬 울부짖음이 낡은 사당을 뒤흔들었다. 혹성은 품안에 굴러 들어온 소유를 그대로 놓아버리고 무릎을 꿇었다. 붙잡은 발목으로부터 흘러나오는 피가 먼지뿐이던 바닥을 붉게 물들였다.

'됐어!'

바닥을 굴러 혹성의 가랑이 사이로 빠져나간 유서현은 주먹을 불끈 쥐며 벌떡 일어났다. 소유를 미끼로 틈을 만들고 혹성의 왼쪽 발목을 벤 것이다. 결국 이극의 말대로 비겁한 수를 썼다는 점이 마음에 걸리긴 했지만 지금 당장은 뜻대로 혹성을 벴다는 성취감이 컸다.

하지만 알량한 성취감에 빠져 있을 틈이 없다. 유서현은 다시 검을 들고 뛰어 혹성의 오른쪽 발목 뒤 힘줄을 벴다. 아니,

뻤다고 생각한 순간이었다.

퍽!

둔탁한 소리가 귓속을 파고들었다. 어찌 된 영문인지 파악하지도 못한 채 유서현의 몸은 허공을 가르고 반대편 벽에 부딪혔다. 그리고 아래로 미끄러지기 직전, 어느새 다가온 흑성이 유서현의 목을 잡았다. 유서현의 가는 몸이 흑성의 손아귀에 매달려 허공에 대롱거렸다.

"이년… 죽인다……!"

흑성의 일그러진 얼굴에 고통과 살의가 짙게 드리워 있었다. 그의 신체가 제아무리 평범한 인간을 뛰어넘는 강인함을 가지고 있어도 유서현의 일격에 적잖은 타격을 입은 것이다.

뒤에서 달려들던 유서현에게 반격을 가하여 전세를 뒤집은 것도 어디까지나 운이 좋아서였다. 발목의 힘줄이 잘려 나간 극심한 고통 속에서 분노가 흑성의 머릿속을 가득 채웠고, 마구잡이로 휘두른 주먹이 우연히 명중한 것에 지나지 않았다.

"개 같은 년이 감히… 감히 내 몸에 상처를 내? 오냐, 원한다면 죽여주마! 죽어! 죽어! 죽어!"

흑성은 핏발 선 눈으로 유서현의 목을 졸랐다.

검은 안개 같은 것들이 시야의 바깥쪽부터 빠르게 침식해 들어오고, 바로 앞에서 소리치는 흑성의 목소리는 먼 곳의 메아리처럼 아득했다.

'이렇게 죽는 걸까?

광기 어린 흑성의 목소리가 유서현을 깊은 어둠으로 밀어넣었다. 숨 쉴 수 없는 고통 속에서 몇몇 얼굴이 눈앞을 스쳐지나갔다. 혼공의 손에 잡혀 있는 오빠, 자식들의 안위를 걱정하는 어머니, 흐릿한 인상으로만 남아 있는 아버지… 그리고 또 하나. 눈앞이 온통 검게 물들어 보이지 않는 얼굴을, 그러나 유서현은 누구의 것인지 보지 않고서도 알 수 있었다.

"아저……"

다 하지 못한 말은 입속을 맴돌았다. 허공에서 버둥거리던 사지를 축 늘어뜨리고 유서현의 의식은 어둠 속으로 곤두박질쳤다.

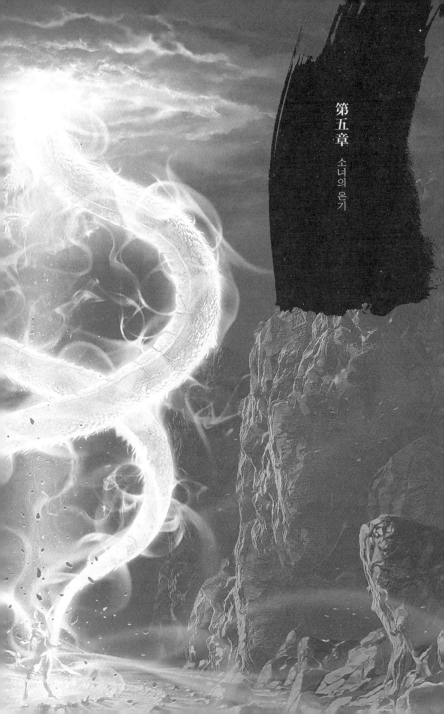

第五章
소녀의 온기

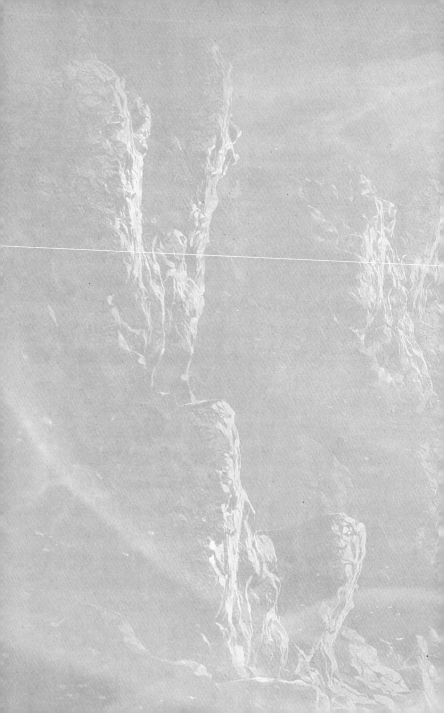

蒼龍魂 창룡혼

1

후두두두둑!

죽창 같은 빗줄기가 천장을 뚫어버릴 기세로 두드려 댔다. 장대비의 기세가 여간 거센 게 아니라, 그 소리만으로 사람들의 귀를 따갑게 할 정도였다.

그러나 객잔 안은 만석이었고, 고성과 방가가 소용돌이처럼 휘몰아치는 탓에 빗소리는 일찌감치 묻혀 있었다. 고갯길 어귀에 자리 잡은 객잔은 오늘따라 손님이 몰려 방이 모자랄 지경이었다. 거센 빗줄기를 이기지 못하고 흙더미가 무너져 고갯길을 막은 것이다.

제아무리 갈길 급한 장사치라도 해가 저문 마당에 비와 토사를 뚫고 걸음을 재촉할 이유가 없었다. 객잔 주인으로서는 일 년에 몇 번 찾아오지 않을 호기였다. 단순히 투숙객이 늘어났을 뿐만 아니라 손님 대부분이 오히려 이를 핑계 삼아 말술을 들이켰으니 말이다.

"오늘 먹고 죽어보자! 술! 술을 가져와라!"

"캬! 좋구나! 좋아!"

그 가운데 유독 시끄러운 자리가 하나 있었다. 건장한 사내 다섯이 모여앉아 술을 마시는데, 다들 목소리가 고함을 지르는 수준이었고 하나같이 코끝이 붉었다. 탁자 밑에 빈 술독 수십 개가 굴러다니고 있는 걸 보니 다들 술이 머리끝까지 오른 듯 보였다.

그러나 술기운이 올랐다 해도 사내들의 목소리가 너무 컸다. 참을 수 없었는지 한 중년인이 다가가 위협하듯이 말했다.

"조용히 좀 하지? 자네들만 있는 것도 아니잖아?"

그러나 사내들은 중년인을 무시하고 낄낄거리기를 계속했다. 무시당한 것에 화가 났는지 중년인이 갑자기 주먹을 들어 사내들이 앉은 탁자를 내려쳤다.

쾅!

둔탁한 소리를 내며 탁자가 깨져 바닥에 주저앉았다. 자연히 그 위에 놓여 있던 술잔이며 안줏거리들이 함께 떨어졌다. 그리고 중년인은 사내 중 하나를 골라 멱살을 잡고 일으켰다.

"내 말이 안 들리나? 귓구멍을 뚫어줄까?"

중년인은 얼굴을 가까이 대고 사내를 위협했다. 탁자를 부순 주먹이 당장에라도 사내의 얼굴에 꽂힐 기세였다.

그런데 기이하게도, 고조된 긴장감을 깨우는 소리가 있었다.

"크큭… 크크크크!"

작고 낮게 시작된 웃음소리는, 곧 모두의 귀에 들어갈 만큼 커졌다. 중년인이 시선을 돌려보니 술을 마시던 사내 중 여우같이 생긴 자가 배를 잡고 웃는 것이었다.

함께 술잔을 나누던 동료가 봉변을 당하는 데도 개의치 않고 웃음을 터뜨리는 것을 보니 중년인도 어처구니가 없어 웃는 사내에게서 눈을 떼지 못했다. 그런데 비단 그자만이 아니라 다른 세 사람도 따라서 웃는 게 아니겠는가?

"이놈들이 지금 뉘 앞이라고 웃어대는 것이냐! 당장 그쳐! 안 그러면 이놈의 목을 꺾어버리겠다!"

당황한 중년인은 멱살을 쥔 손에 힘을 가하며 소리쳤다. 그러자 처음에 웃었던 여우상의 사내가 손을 흔들며 대답했다.

"마음대로 하쇼. 크크큭!"

"뭐? 이놈이… 억!"

사내를 향해 노성을 내뱉으려던 중년인이 갑자기 낮은 비명을 토했다. 멱살을 잡혔던 사내가 중년인의 손목을 잡고 비틀었던 것이다.

"뭐? 날 어쩌겠다고?"

멱살을 잡혔던 사내는 중년인을 비웃으며 중얼거렸다. 중년인은 사내가 비튼 방향으로 몸을 꼬며 고통스러운 신음을 내뱉었다. 중년인이 고통에 겨워 대답을 못 하자, 사내는 귀찮다는 듯 말하며 발을 들었다.

우직!

"……!"

사내가 발을 내려찍자 중년인의 비틀린 팔이 기분 나쁜 소리를 내며 관절 반대 방향으로 꺾였다. 고통이 어찌나 극심했는지 중년인은 비명도 지르지 못하고 그저 입을 뻐끔거릴 뿐이었다.

사내는 또다시 발을 들어 중년인의 뒤통수를 밟고 짓이겼다. 중년인은 이미 실신한 듯 팔다리를 축 늘어뜨린 채 바닥에 얼굴을 박고 있었다.

그러나 사내는 분이 풀리지 않았는지, 실신한 중년인의 뒤통수를 잘근잘근 밟으며 소리쳤다.

"뭐? 내 목을 꺾어버리겠다고? 네까짓 놈이 감히 천악오살(天岳五殺)의 목을 꺾겠단 말이냐? 어디 해봐라! 얼마든지 해보라고! 앙? 해보라니까!"

사내는 문득 화가 일었는지 큰소리를 치며 중년인의 뒤통수를 여러 차례 세게 밟았다. 그럴 때마다 쿵쿵 소리를 내며 중년인의 안면이 처박혀 바닥이 깊이 함몰되었다.

이미 실신한 자를 능욕하는 사내의 수법이 실로 악독하건만 누구도 나서는 이가 없었다. 사내가 스스로 한 말, 천악오살이라는 한마디가 사람들의 마음을 차갑게 식힌 것이다. 심지어 중년인의 일행조차도 감히 나서지 못하고 안타까운 얼굴로 바라만 볼 뿐이었다.

천악오살!

당금 무림이 비록 무림맹이라는 거대한 세력으로 통합되었다고는 하나 그렇지 않은 자들도 분명 존재하고 있었다. 그리고 무림맹에 가입하지 않은 자 가운데 사파의 마두들은 대개 은거의 길을 택하였고 오랫동안 강호에 모습을 드러내지 않았다.

그런 현 강호의 세태에서, 사파를 자처하며 난동을 피우고 다니는 무리가 있었으니 그들이 바로 천악오살이었다.

천악오살은 이름답게 다섯 명의 사형제로 구성되어 있었는데, 하나같이 손속이 잔인하고 성정이 패악하여 지나는 곳마다 선량한 백성들의 피해가 속출하였다. 무림맹으로서도 이들을 두고 볼 수 없어 두 차례에 걸쳐 토벌대를 꾸렸지만 모두 실패하여 체면을 구길 수밖에 없었다. 생각보다 이들의 무공이 출중했을 뿐 아니라 치고 빠지기에 능하여 포획하기가 쉽지 않았던 것이다.

천악오살의 첫째, 하원공은 숨을 거둔 중년인의 시체를 발로 차 멀찍이 날려 버리고 주위를 돌아봤다. 아니나 다를까, 같은 자리에서 술을 마시고 떠들던 자들이 악명 높은 천악오살임을 알게 되자 모두가 놀란 듯 입을 다물지 못하고 있었다.

하원공은 겁에 질린 얼굴로 자신을 바라보는 이들에게 큰 소리로 말했다.

"어이, 뭐하는 거야? 오늘은 마시고 죽기로 한 밤이 아니었나? 술자리가 조용해서야 흥이 안 나잖아, 흥이!"

하원공은 구석에 처박힌 중년인의 시신을 가리켰다.

"다들 봤겠지만 저놈이 먼저 시비를 걸어왔잖아? 우리 천악오살, 그렇게 나쁜 놈들은 아니란 말이지. 오랜만에 술 좀 마시겠다는데 시비를 건 저게 나빴던 거 아니야?"

하원공의 말에 묘한 설득력이 있어, 사람들은 쉽게 수긍하고 고개를 끄덕였다.

"그러니 다들 하던 대로 술이나 퍼마셔! 괜히 겁먹고 조용히 하거나 내 눈치를 보거나 해서 흥을 깨는 놈은 그놈부터 잡아서 족친다!"

위협이 먹혔는지 사람들은 어색하게나마 시선을 돌리고 다시금 술을 마시기 시작했다. 하원공은 흡족해하며 자리에 앉아 외쳤다.

"어이, 주인장! 여기 쓰레기 좀 치우고 자리 좀 다시 만들어 주쇼! 술이랑 요리도 더 내오고!"

주인과 점소이가 허겁지겁 달려왔다. 그들이 자리를 치우는 것을 보며 여우상의 사내, 천악오살 중 둘째인 송인병이 말했다.

"사형도 참 귀찮은 걸 좋아한단 말이야. 나 같으면 다들 처리해 버릴 텐데."

하관이 길고 두 눈이 쫙 찢어진 송인병이 웃으며 말하자 객잔에 다시금 적막이 찾아왔다. 남자답고 호탕한 성격의 하원공과 달리, 송인병은 생김새 때문인지 같은 말을 해도 어딘가 음험한 기운이 감돌았다. 더구나 송인병의 입에서 나온 '처리해' 버린다는 말이 무슨 뜻일지 모를 리 없어 다들 놀라면서도 두려움에 입을 다문 것이다.

하원공은 껄껄 웃으며 송인병을 다독였다.

"이봐, 둘째! 술은 원래 여럿이 마셔야 흥이 나는 법이야!

그리고 죄다 죽이면 뒤처리는 누가 하라고? 비도 오고 길도
막히고, 우리도 어디 갈 데가 없잖아."

하원공의 말이 끝나자 나머지 세 명의 사제들도 말을 덧붙
였다.

"대사형 말이 맞습니다! 둘째 사형, 설마 우리더러 뒤처리
를 시킬 생각은 아니겠죠?"

"얼씨구? 이놈들 봐라? 이것들이 어디서 반항이야?"

사제들이 합심하여 반발하자 송인병은 눈을 가늘게 뜨며
위협했다. 사제들은 비록 세 사람이었지만 송인병의 눈빛에
위축되어 아무 말도 못 하고 목을 움츠렸다.

하원공은 송인병의 목에 팔을 감으며 말했다.

"사제, 적당히 좀 해. 술이나 마시자고!"

"쳇, 사형은 너무 사람이 좋아서 탈이야. 애들이 기어오르
면 어쩌려고 그럽니까?"

"자자, 이거나 마셔!"

하원공은 크게 웃으며 술독을 내밀었다. 송인병은 못마땅
하다는 표정으로 사제들을 노려보다가, 결국, 술독을 받아들
고 꿀꺽꿀꺽 들이켰다.

그렇게 소동이 일단락 지어진 듯했으나 사람이 죽었고 악
명 높은 천악오살이 같은 공간에서 술을 마시고 있는데 분위
기가 이전과 같을 리 없었다. 좀처럼 흥이 나지 않자 하원공

은 다 마신 술독을 바닥에 던지며 말했다.

"젠장! 술맛 다 떨어지겠네! 다들 죽고 싶어?"

하원공의 호통소리에 수십 명이 움찔하며 놀랐다. 호통 소리에 더욱 움츠러든 사람들을 보며 하원공은 얼굴을 찡그렸다.

"젠장, 흥이 다 깨졌다! 빌어먹을!"

"역시 계집을 끼지 않으니까 술맛이 살지를 않습니다그려."

송인병이 긴 혓바닥을 내밀어 입술을 다시며 말했다. 하원공도 계집 생각이 간절했는지 침을 삼키며 대답했다.

"그러게 말이다. 여기는 뭔 놈의 객잔이 술만 팔고 지랄이야? 막내야!"

천악오살 중 막내, 함양도는 아직 이십대로 바로 위 사형과도 나이 차가 제법 나는 젊은이였다. 사형들에 비해 무공은 일천하나 심성의 악독함은 결코 뒤떨어지지 않았다.

"부르셨습니까?"

함양도가 대답하자 하원공은 빙그레 웃으며 말했다.

"막내야, 사형들이 술을 마시는데 계집이 없으니 어쩌면 좋으냐? 네가 구해오는 수밖에 도리가 없잖으냐."

"없는 계집을 어디서 구해옵니까?"

함양도는 엉거주춤 자리에서 일어나며 말했다. 술을 마시는 자야 수십 명이 넘었지만 죄다 사내다. 그러자 송인병이 찢어진 눈으로 함양도를 노려보며 말했다.

"이런 꽉 막힌 놈 같으니라고! 여기 없으면 객실이라도 뒤져야 할 게 아니냐! 아니면 가까운 마을이라도 다녀오든가!"

가까운 마을이라 해도 수십 리 밖이다. 게다가 장대비가 쏟아지고 있으니 밖은 한 치 앞도 보이지 않는 어둠이다. 이런 때에 어딜 가서 없는 계집을 찾아오란 말인가?

그러나 사형의 명령은 절대적이다. 함양도는 싫은 기색을 내비치지 않고 몸을 돌렸다. 일단 이 층 객실을 뒤져보려는 심산으로 계단을 오르는 순간, 굳게 닫혀 있던 객잔 문이 열렸다.

문을 열고 객잔 안으로 들어온 것은 놀랍게도 함양도가 찾아 나서야 했던 여인이었다.

그 순간 수십 사내의 시선이 여인에게로 꽂혔다. 장대비 속을 헤쳐 왔으니 당연한 일이겠지만 흠뻑 젖은 여인의 자태가 실로 고혹적이었다. 달라붙은 옷이 여인의 풍만한 굴곡을 가감 없이 드러내었고, 젖은 머리카락에서 흘러내리는 빗물은 사내들의 발칙한 상상력을 자극했다.

사내들의 시선은 여인의 둔부와 가슴, 허리와 다리를 두루 누비고서야 비로소 얼굴로 올라갔다. 흰 피부는 열이 오른 듯 살짝 상기되어 있었고 콧날은 보기 드물게 높았다. 두 눈은 크고 깊었으며 속눈썹은 몹시도 길어 파르르 떨리고 있었다.

수십만 인구가 모인 대도시에서도 찾아보기 힘든 미인이 제 발로 걸어 들어온 것이다. 이 순간 객잔 안의 모든 사내가 여인에게 시선을 고정한 채 그 아름다움에 취하여, 감히 다른 생각을 품지 못하고 있었다.

그 와중에 정신을 차린 것은 송인병이었다. 송인병은 제 입에 흐른 침을 닦으며 함양도를 닦달했다.

"막내야, 뭐하냐? 얼른 자리로 모셔오지 않고."

"예? 아, 예!"

함양도는 퍼뜩 정신을 차리고 여인에게로 뛰어갔다. 한걸음에 여인의 앞에 선 함양도는 실실 웃으며 말했다.

"이보시오, 낭자. 우리 형님들께서 좀 뵙기를 청하는데 함께 술 한잔 채워서 찬 몸 덥혀보지 않겠소?"

평소 같으면 손목부터 잡아끌고 볼 일이다. 그러나 어째서인지, 이 여인에게는 무뢰배처럼 굴 수가 없었다. 여인의 압도적인 미모와 풍만한 육신이 뭇 사내가 함부로 다가갈 수 없게끔 만드는 것이었다.

그러니 세상 무서울 것 없이 날뛰던 함양도 이 여인에게는 함부로 굴지 못하고 되도 않는 말을 늘어놓을 수밖에 없었다.

"미친놈."

그러나 여인은 짧은 말을 던지고 함양도를 스쳐 지나갔다. 와하하하! 지켜보던 천지오악의 나머지 넷이 박장대소를 터뜨렸다. 함양도는 얼굴이 시뻘게져서 다짜고짜 여인의 팔을 잡았다. 자존심에 상처를 입었는지 팔을 잡고 잡아끄는 동작이 몹시도 거칠었다.

"이년이 감히!"

화를 내던 함양도가 갑자기 말을 멈췄고, 낄낄거리며 지켜보던 하원광과 송인병의 얼굴에서 웃음기가 사라졌다. 여인을 잡아끌던 함양도가 무릎을 꿇으며 제자리에 엎어진 것이다.

"사제!"

천악오살 중 셋째, 넷째가 함양도를 부르며 달려갔다. 여인은 쓰러진 함양도에게 눈길조차 주지 않고 객잔 안쪽에 있는 빈자리를 찾아 걸어갔다.

천악오살 중 셋째인 방영국이 쓰러진 함양도를 일으켜 안았다. 그러나 막내 사제를 안는 순간, 방영국은 짙은 죽음의 냄새를 맡을 수 있었다. 천악오살이라는 이름으로 많은 생명을 살해했던 방영국이기에 알 수 있는 냄새였다.

"죽었어……!"

미간에 작은 구멍이 뚫린 함양도의 시신을 안은 채로 방영국이 중얼거렸다. 천악오살 중 넷째, 염뇌출이 즉시 몸을 돌려 여인을 붙잡았다.

"네 이년! 사제에게 무슨 짓을 한 거냐!"

어깨를 붙들린 여인은 그 자리에 멈춰 서더니 천천히 고개를 돌렸다. 고개가 돌아감에 따라 드러난 눈빛이 다소 떨어진 곳에서 지켜보던 하원광의 눈 속에 파고들었다.

순간 섬뜩한 한기가 하원광의 온몸을 사로잡았다. 강호에 나온 이래 처음 느끼는 공포였다.

"피해!"

하원광은 벌떡 일어나 소리쳤다. 그러나 그보다 먼저, 여인의 검지가 염뇌출의 미간을 쑥 누르더니 부드럽게 속으로 파고들었다.

2

"끄억……!"

뇌를 보호해야 하는 두개골은 사람이 가지고 있는 가장 단단한 뼈이기도 하다. 그런데도 여인의 손가락은 마치 두부를 누르듯 막힘없이 염뇌출의 미간을 파고들었으니, 그 지력(指力)이 무시무시했다.

우당탕탕탕!

하원광과 송인병은 새로 차린 술상을 뒤엎어가며 자리에

서 일어났다. 셋째 방영국도 막내 사제의 시신을 버려두고 일어나 사형들과 함께 포위망을 형성, 여인을 에워쌌다.

건장한 사내 셋에게 둘러싸였으면서도 여인은 조금도 당황한 기색을 보이지 않았다. 당황한 쪽은 오히려 사내들이었다.

"이년이 죽고 싶어서 환장했나!"

하원광이 이를 악물며 소리쳤다. 그러나 소리만 칠 뿐, 두 다리는 뿌리라도 내린 것처럼 단단히 고정되어 있었다.

벽에 바싹 붙거나 이 층으로 올라가는 등 대피한 사람들의 눈에는 참으로 놀라운 광경이었다. 천악오살은 항상 칼부터 들이밀고 보지, 이렇게 말을 앞세우는 자들이 아니다.

악다구니는 약자의 전유물이다. 짖는 개는 물지 않는 것처럼, 여인을 둘러싸고도 함부로 움직이지 못하고 소리만 질러대는 꼴이 우스웠다.

"……."

여인은 표정의 변화 없이 고개를 한쪽으로 꺾으며 젖은 머리카락에서 물기를 짜냈다. 주르륵— 한 바가지는 될 법한 물이 머리카락으로부터 흘러내렸다.

촤악! 여인은 목을 움직여 물기 짜낸 머리카락을 크게 한 바퀴 돌렸다. 물방울이 사방으로 튀며 하원광들의 얼굴을 때렸다.

"이익……!"

물방울을 제대로 맞은 하원광은 이를 갈며 사제들과 눈빛을 교환했다. 여인에게서 느껴지는 위압감보다, 자신들을 바라보는 객잔 내 사람들의 시선이 더 두려웠던 것이다. 이대로 있다가는 강호에 나와 갖은 기행과 악행으로 쌓아온 천악오살의 명성이 하루아침에 무너질 게 뻔했다.

"죽어라!"

먼저 움직인 자는 천악오살의 셋째, 방영국이었다.

쉐엑!

검은 채찍이 허공을 날아 여인을 향했다. 천잠사를 꼬아 만든 살에 흑요석의 파편을 박아 만든 악독한 기병이다.

꿈틀거리며 자신을 향해 날아드는 채찍의 끝을 보고는 여인이 눈살을 찌푸렸다. 병기로 막으면 병기를 상하게 하고, 맨손으로 막으면 살을 뜯어 먹는 악랄함을 간파한 것일까?

'설마?'

여인의 미묘한 표정 변화를 본 방영국은, 불현듯 떠오른 의심을 스스로 부정했다. 그의 요아편(妖牙鞭)은 겉보기에는 일반 채찍과 다를 바 없다. 채찍의 살이 미끈하여 호신강기만 믿고 대처하다 크게 낭패를 본 고수가 여럿이었다.

설령 여인이 눈치를 챘다 하더라도 어쩔 도리는 없다. 여인은 맨손이었고, 빠르게 나는 채찍을 피할 재간도 없어 보였다. 방영국은 요아편이 여인을 휘감도록 손목을 튕겼다.

"홍!"

놀랍게도 여인이 코웃음을 치며 요아편의 끝을 덥석 잡았다. 빠르게 나는 채찍을 잡는 것만으로도 놀라웠는데, 맨손으로 잡고도 고통스러워하거나 놀라는 기색조차 없다는 것이 기이했다.

거기에 한술 더 떠서 여인은 팔을 돌려 원을 그렸다. 요아편이 여인의 팔을 휘감으며 팽팽해졌다.

"요아편이라, 오랜만에 보는 물건이군."

여인의 입에서 요아편의 이름이 흘러나오자 세 사람의 낯빛이 대번에 흙빛으로 물들었다.

천악오살은 한 스승 밑에서 수학한 동문 사형제다. 요아편은 스승이 즐겨 쓰던 무기 중 하나인데 그 이름과 위력은 강호에 아는 이가 드물었다. 그런데 지금 젊은 여인의 입에서 그 이름이 나오는 것을 보니 놀랍다기보다 섬뜩한 기분이 들었다.

"헉!"

아주 잠깐 대치 국면이 이어지는 듯하더니 이내 방영국의 입에서 헛바람 들이켜는 소리가 났다. 여인이 가볍게 당긴 채찍을 따라 방영국의 몸이 앞으로 획 쏠린 것이다.

"컥!"

여인은 자유로운 왼손으로 방영국의 목을 잡았다.

"사제!"

한목소리를 내며 하원광과 송인병이 달려들었다. 그러나 방영국이 놓친 요아편의 손잡이가 매섭게 돌아 두 사람의 얼굴을 후려쳤다.

"크헉!"

나가떨어진 두 사람의 코가 한쪽으로 비틀려 있었다. 요아편의 손잡이가 절묘하게 코끝만 때리고 돌아간 것이다. 그것도 각기 다른 보폭과 속도로 달려드는 두 사람의 콧대를 한번 휘둘러 동시에 부러뜨렸으니, 가벼워 보이는 여인의 수법이 얼마나 정묘한 경지에 올라 있는지 알 수 없었다. 코가 부러진 고통보다 여인에 대한 두려움이 하원광과 송인병을 지배했다.

여인은 가볍게 방영국을 들었다. 거구인 방영국의 두 발이 땅 위에 뜨고, 두 눈은 금방이라도 튀어나올 듯 불거져 핏발이 서 있었다.

"끄으윽……!"

방영국은 두 손으로 여인의 손을 뿌리치려 했다. 그러나 아무리 용을 써도 여인의 손은 쇠뭉치처럼 단단해 도무지 벌어지지 않았다.

여인이 말했다.

"요아편을 훔쳤을 리는 없고… 천 노괴의 제자들이냐?"

"끅… 사, 사부님을 어떻게……?"

"홍! 내 그럴 줄 알았다. 어찌 된 게 제자라는 것들도 하나같이 사부를 닮아 이리도 못났누? 쯧쯧!"

얼핏 젊어 보이는 여인의 말은 뜻밖에도 노회한 고수를 연상케 했다. 여인은 혀를 차며 멀리 나가떨어진 하원광과 송인병에게 방영국을 던졌다.

송인병에게 사제를 맡기고 하원광이 한발 앞으로 나섰다. 도저히 넘을 수 없는 벽을 본 터라, 처음의 기세는 간데없고 잔뜩 주눅이 들어 있었다.

"사부님을 아십니까?"

"살아 있는 줄도 몰랐는데 안다고 할 수 있겠느냐?"

여인은 차갑게 말하고 팔을 휘둘렀다. 붉은빛이 번쩍이더니 팔을 휘감고 있던 요아편이 갈기갈기 찢어져 땅에 떨어졌다. 하원광은 그 광경을 멍하니 보다가 퍼뜩 떠오르는 것이 있어 물었다.

"혹시 지금 그 공력은 마가혈공(摩珂血功)?"

대답은 돌아오지 않았지만 여인의 차가운 눈이 모든 걸 말해주고 있었다. 하원광은 즉시 그 자리에서 오체투지(五體投止)하며 외쳤다.

"못난 후배가 감히 선배님을 몰라 뵙고 무례를 저질렀습니다! 부디 목숨만은 살려주십시오!"

하늘 높은 줄 모르고 설친다는 천악오살, 그중에서도 첫째인 하원광이 바닥에 머리를 찧어가며 목숨을 구걸한다. 눈으로 보고서도 믿지 못할 광경에 놀란 구경꾼들은 두려움도 잊고 수군거리기 시작했다.

여인은 팔짱을 끼고 바닥에 바짝 엎드린 하원광들을 보며 중얼거렸다.

"귀찮은 일을 피하고자 했거늘, 어찌 더 귀찮아진단 말인가? 이럴 줄 알았다면 구태여 머리를 물들이지 말 걸 그랬구나."

여인은 다시 한 번 긴 머리카락에서 물을 짜냈다. 검은 물이 바닥에 떨어지며 머리카락 일부가 붉은빛을 드러냈다.

"적발마녀!"

구경꾼 중 누군가 탄식하듯 외쳤다. 비에 젖은 채 객잔에 들어서서 천악오살을 손쉽게 제압한 여인은 바로 적발마녀 추영영이었던 것이다.

추영영은 항주를 빠져나오며 머리를 검게 물들였다. 적발마녀 추영영은 천하에 몇몇을 제외하고는 적수가 없을 정도의 절정고수다. 그러나 무림을 장악하다시피 한 무림맹이 작정하고 달려든다면 개인에 불과한 그녀가 어찌 당해낼 수 있겠는가!

하여 추영영은 임시방편으로 머리를 검게 물들였다. 이제 껏 해온 대로 천축의 유가 수법을 이용, 아예 골격을 바꿀 수 도 있었지만 한 번 원래 몸으로 돌아오니 도저히 작은 몸으로 바꾸기가 싫었던 것이다.

그러나 머리색만 바꾼다고 그녀가 원하는 만큼 편해진 것 은 아니었다. 애초에 추영영은 이국적인 외모를 소유한 미녀 이니만큼 그 존재감이란 머리색에 좌우될 것이 아니었다. 지 금만 해도 자신을 알아보지 못하는 천악오살에게 희롱을 당 하지 않았나.

그러던 차에 자신을 알아본 자가 있으니, 추영영은 고개를 돌려 그와 눈을 맞췄다. 평범한 장년인인 사내는 추영영과 시 선이 마주치자 하얗게 질린 얼굴로 제 입을 막았다. 사신이라 도 본 양, 온몸을 사시나무 떨듯 떠는 모습이 안쓰러울 지경 이었다.

그러나 추영영은 사내를 향해 빙긋 웃어주었다.

겉보기와 달리 노년에 접어든 추영영이지만 그 역시 여인 이라, 심사가 복잡하기란 십대 소녀와 다를 바가 없었다. 자 신을 감추기 위해 머리를 까맣게 물들였지만, 또 그렇다고 자 신을 못 알아보는 사람들이 원망스러웠던 것이다.

아무리 십 년을 넘게 모습을 감추고 강호를 떠나 있었다지 만 적발마녀의 명성(무공이 아니라 미모에 관한)이 어찌 이 지경이 되었느냐며 탄식을 금치 못했던 추영영이다. 그러던 차에 뒤늦게나마 자신을 알아본 자가 나타났으니 절로 호의가 피어나며 미소를 보낸 것이다. 물론 미소를 받은 당사자가 그 것을 호의로 받아들였느냐는 별개의 문제지만.

추영영은 다시 고개를 돌려 바닥에 엎드린 세 사람을 향해 말했다.

"천살곡주(天殺谷主), 그 늙은이가 제자도 아주 뭐같이 키 워냈구나. 쯧쯧."

천살곡주는 오래전 명성을 날리던 사파의 고수다. 하나 절 정에 오른 무공과 달리 심계가 졸렬하고 간사한 구석이 있어 서 사파무림에서도 크게 인정받지 못하던 인물이었다.

그런 세간의 평가에 한 치도 어긋남 없이, 천살곡주는 마종 과의 항쟁에서 꽁무니를 빼고는 자취를 감추었다. 생사가 불 분명하여 사람들의 머릿속에서 사라진 지 오래라, 지금도 추 영영이 천살곡주란 말을 꺼냈으나 듣고도 기억하는 이가 아 무도 없었던 것이다.

"……."

천악오살 세 사람은 고개도 들지 못하고 추영영의 처분을 기다렸다. 추영영은 그런 세 사람을 내려다보며 말했다.

"두 놈의 목숨값은 쳐주지. 당장 꺼져라."

추영영의 말이 떨어지기 무섭게 하원광들은 자리에서 일

어나 몸을 돌렸다. 염라대왕의 면전에서 무죄 선고라도 받은 격이라, 체면을 차리거나 뒤도 돌아볼 틈이 없었다.

문을 뚫을 기세로 달려가던 하원광들이 순간 걸음을 멈췄다. 언제부터 들어와 있었을까? 웬 인영이 유령처럼 문 앞을 가로막고 서 있었던 것이다.

"비켜라!"

앞장서서 도망치던 하원광이 소리치며 대도를 높이 들었다. 그 또한 요아편과 마찬가지로 천살곡주가 즐겨 쓰던 기병, 단혼도룡인(斷魂屠龍刃)이었다.

높이 올라간 단혼도룡인이 빛을 내며 인영의 머리 위로 내려꽂혔다. 앞을 가로막은 것이 사람이 아니라 거대한 산일지라도 두 쪽으로 쪼개고 얼른 이 자리를 뜨겠다는 절박함이 느껴지는 일격이었다.

그러나 칼날이 떨어지기도 전에, 푸른빛이 번쩍이며 하원광의 몸을 횡으로 갈랐다.

푸슈숙!

갈라진 가슴에서 피를 뿜어내며 하원광의 거구가 뒤로 넘어갔다. 인영으로부터 발하여진 푸른빛은 사라지지 않고 허공에 궤적을 남기며 송인병과 방영국을 갈랐다.

"끄아악!"

송인병은 비명을 지르며 무릎을 꿇었다. 팔꿈치로부터 두

치쯤 아래가 잘려 나간 왼팔을 부여잡는 그와 대조적으로 방영국은 비명조차 지르지 못하고 하원광의 시신 위로 포개져 쓰러졌다.

인영은 고통스러워하는 송인병을 밟고 앞으로 나서며 모습을 드러냈다. 비에 젖어 길게 늘어뜨린 장발, 그 사이로 번뜩이는 눈빛에서 귀기마저 느껴지는 미남자였다.

그를 본 추영영의 얼굴이 가볍게 일그러졌다. 그런 추영영을 앞에 두고도 미남자는 태연자약한 얼굴로 말을 걸어왔다.

"뜻하지 않은 선물이군. 잘 받았소, 추 선배."

"이놈……!"

추영영은 신음하듯 말을 내뱉으며 미남자를 노려봤다. 미남자는 번뜩이던 귀기를 거짓말처럼 거두고 빙그레 웃으며 재차 말했다.

"천악오살을 잡은 것도 모자라서 사문까지 밝혀내셨으니, 내 맹주께 고하여 큰 상을 내리도록 힘쓰리다."

능글맞게 웃으며 다가오는 미남자, 바로 번천검랑 원가량이었다.

*　　　*　　　*

흑성의 얼굴에 회심의 미소가 흘렀다. 유서현의 맥이 미약해진 것이 손으로 느껴졌기 때문이었다. 어떻게든 살아나겠다며 버둥거리던 사지도 힘없이 늘어진 지 오래였다.

그러나 미소는 거짓말처럼 사라지고 엄중한 분노가 흑성의 얼굴에 가득했다. 잘린 발뒤꿈치로부터 올라온 통증이 유서현에 대한 적의를 일깨운 것이다.

흑성은 다른 손을 가져가 유서현의 얼굴을 감싸 쥐었다. 유서현의 작은 머리는 흑성의 솥뚜껑 같은 손안에 쏙 들어가 보이지 않았다. 그 모습이 마치 인형을 가지고 놀다 싫증 난 어린아이처럼 보였다.

마음 같아서는 정신이 멀쩡한 채로 사지를 찢어발기고 싶다. 하지만 유서현의 무공이 강했고, 심계가 악독하여 도저히 뜻대로 할 자신이 없었다.

"우라질 년! 이대로 죽는 걸 감사해라."

으드득, 이를 갈며 흑성이 중얼거렸다. 이대로 힘을 주면 유서현의 가는 목이 부러지고, 그대로 머리가 뽑혀 나갈 것이다.

퍽!

흑성의 팔 근육이 팽팽해지던 순간, 사당 벽에 구멍이 뚫리며 손 하나가 안으로 쑥 들어왔다.

"흭!"

자신의 것과는 비교도 할 수 없이 작은 일반인의 손이다.

그러나 흑성은 벽을 뚫고 나온 손을 보는 순간 기겁을 하며 뒤로 뛰었다. 머리가 아닌 본능이 위험을 감지한 것이다.

그러나 그보다 먼저 손이 흑성의 팔을 잡았다. 무시무시한 악력이 흑성의 팔을 조였다.

"으아아악!"

흑성은 손을 쫙 펴며 소리 높여 비명을 질렀다. 흑성의 손 아귀에서 벗어난 유서현의 몸이 바닥으로 떨어졌다.

파사삭!

손이 뚫은 작은 구멍으로부터 균열이 시작되더니 곧 벽 일부가 무너졌다. 그 사이로 들어온 그림자가 바닥에 떨어지기 직전의 유서현을 안았다.

질식의 고통으로부터 해방된 유서현은 문득 정신을 차리고 힘겹게 눈을 떴다. 시야는 온통 흐려 아무것도 보이지 않았다. 머리는 어지럽고 아프기만 할 뿐, 단단한 벽에 부딪힌 것처럼 꽉 막혀 도무지 돌아가질 않았다.

그러나 머리가 돌아가지 않아도 알 수 있는 것이 있다. 자신을 구한 게 누구인지, 지금 누구의 품에 안겨 있는 것인지는 굳이 생각할 필요도 없었다. 유서현은 보이지 않는 눈으로 허공을 올려다보며 말했다.

"…아저씨."

소녀의 가는 목소리가 이극의 험상궂은 얼굴을 부드럽게

바꾸었다.

3

이극은 안도의 한숨을 쉬었다.

너무 오랫동안 숨을 쉬지 못하면 목숨은 보전해도 머리에 손상을 입는다. 그리되면 겉으로는 멀쩡해 보여도 걷거나 말하는 등 아주 기본적인 행동에 장애가 생기는 경우를 이극은 적지 않게 봐왔다.

유서현을 안고 소녀가 눈을 뜨기까지, 그 틈은 극히 찰나에 불과한 시간이었지만 이극에게는 억겁과도 같이 길게 느껴졌다. 그가 봐왔던 경우처럼 유서현도 행여나 잘못되지나 않을까 하는 걱정이 태산처럼 가슴을 짓누른 것이다. 그 어떤 대적을 앞에 두더라도 느껴보지 못할 절대적인 공포가 감옥이 되어 머릿속 시간을 가두어 버린 탓이다.

그러나 이극이 공력을 주입하자마자 유서현은 눈을 떴고, 그를 알아봤으며 말까지 했다. 걱정했던 모든 것이 봄볕 아래 눈처럼 순식간에 녹아 사라지는 것이었다.

"다행이야."

이극은 짧게 말했다. 유서현은 꿈을 꾸는 얼굴로 말했다.

"와줄 줄… 알았어요."

유서현의 말이 어이가 없어 이극은 얼굴을 찌푸리며,

"이건 또 무슨 자신감이야? 내가 도사야? 아가씨 있는 곳을 내가 어떻게 알고 찾아올 줄 알아?"

하고 쏘아붙였지만 유서현은 제 할 말만 하고 다시 정신을 잃었다. 눈을 감은 얼굴은 아름답기도 하거니와 솜털이 눈에 들어와 포대기에 싸인 아기처럼 편안해 보여 도무지 방금 죽음의 문턱에서 되돌아온 이라고 상상조차 할 수 없었다.

다만 가늘고 긴 목에 찍힌 검붉은 멍이 유서현의 위기가 현실이었음을 증명하고 있었다.

유서현의 흰 살결에 대비되어 멍이 더욱 도드라졌다. 이극은 조심스럽게 유서현을 바닥에 내려놓고 고개를 돌렸다.

"헉!"

이극의 시선을 받은 흑성이 저도 모르게 놀라 소리를 내뱉었다. 부드럽게 미소 짓던 이극이 돌변하여 차가운 얼굴을 내보인 것이다. 인상을 쓰거나 일그러뜨리지 않았지만 오히려 표정 없는 이극의 시선이 얼어붙은 쇠처럼 흑성에게 달라붙어 살점을 뜯어내는 것만 같았다.

덜덜덜. 다리가 사시나무처럼 떨린다. 오직 강함을 추구하여 만들어진 흑성의 육체가 머리보다 먼저 힘의 고하를 알아챈 것이다.

물론 단순한 힘의 고하가 아니다. 그 위에 덧씌워진 적의,

충만한 살기가 야생에 가까운 흑성의 육신을 반응케 한 것이다.

'내, 내, 내가 왜 이러는 거지?'

통제를 벗어난 육신에 당황하면서도 흑성은 이극의 시선을 정면으로 받았다. 본능이 알아챈 이극과의 간극을 피 끓는 치기가 무시하는 형국이었다.

이극은 날카로운 눈으로 흑성의 아래위를 훑었다. 선열대의 거처에서 잠깐 봤을 때에도 느꼈지만 소년의 몸은 절대로 본연의 것이 아니었다.

흑성의 체구가 단순히 거대해서가 아니다. 머리의 두 배는 될 법한 두꺼운 목과 부풀어 오른 근육, 웬만한 철을 능가하는 강도의 손톱은 무공의 수련으로 얻을 수 있는 범위를 훌쩍 뛰어넘은 것이었다. 그런 무공이 있다면 차라리 마공이라 불러야 옳을 것이라는 게 이극의 판단이었다.

"마종의 잔당이냐?"

잔뜩 긴장해 있던 흑성은 이극의 말에 화들짝 놀라 뒷걸음질 쳤다. 그러나 곧 다리를 멈추고 억지로 말을 내뱉었다.

"저놈을 데리고 있었으면 대충 알 텐데?"

"혼공이 보낸 놈이군. 네놈도 마인인가 하는 괴물의 일종인가 보구나."

이극은 한쪽 입가를 슬며시 올리며 말했다. 눈앞의 소년은 그 자체로 고약한 냄새를 풀풀 풍기고 있어, 지난날 석옥에서 보았던 마인과 닮았음을 알아볼 수 있었다.

그런데 흑성의 대답이 의외였다.

"혼공? 내 앞에서 그놈을 부르지 마라! 다시 한 번 부르면 사지를 찢어발겨 줄 테다!"

두려움에 사지가 떨리는 와중에도 흑성은 성을 내며 이극을 향해 으르렁거렸다. 그 모습을 본 이극은 어처구니가 없어 피식 웃고는, 다시 흑성을 향해 말했다.

"혼공의 수하가 아니면 네놈은 대체 뭐냐? 저 아이를 왜 납치하려는 거지?"

챙!

흑성은 두 손에서 돋아난 손톱을 두드려 소리를 냈다. 과장된 몸짓과 시끄러운 소리가 도리어 잔뜩 위축된 흑성의 심리를 적나라하게 드러냈다. 흑성은 날카로운 이빨을 드러내며 강하게 외쳤다.

"미친놈! 묻는 말에 내가 일일이 답해줄 것 같으냐?"

흑성이 계속 으르렁거리며 대화를 거부하자 이극은 짧게 한숨을 쉬었다. 그리고 손으로 땀에 젖은 머리를 몇 차례 털고 흑성을 향해 말했다.

"상관없지. 입을 열게 할 방법이 말만 있는 건 아니니까."

이극의 눈이 살기로 번뜩였다.

막 도착했을 때 유서현을 향한 걱정과 공포에 짓눌려 다른 생각은 하지도 못했던 이극이다. 그런데 유서현의 무사를 확인하고 나니 걱정과 공포가 사라진 빈자리를 흑성을 향한 분노가 빠르게 채웠던 것이다.

당장 뛰쳐나가려는 분노를 붙들어놓은 것은 흑성에 대한 얼마간의 의문이었다. 혼공이 보낸 마인이 아니라면 대체 왜, 어떤 이유로 소유를 탈취하려 했는지가 문제였다. 더구나 이극이 착각했던 이유, 혼공의 본거지에서 봤던 마인과 비슷한 느낌을 흑성에게도 받았던 것이 아무래도 마음에 걸렸다.

하나 이제 그것은 아무래도 좋았다. 대화가 결렬된 이상, 흑성에게 자비를 베풀 이유가 없었다. 이제 억지로 마음속에 꾹꾹 눌러 담았던 분노를 마음껏 방출할 차례였다.

크아아악!

지붕이 무너져라 소리를 지르며 달려든 쪽은 흑성이었다. 집채만 한 호랑이가 날아들듯 거대한 그림자가 이극을 덮쳐 왔다.

"흥!"

이극은 코웃음을 치고 손을 앞으로 뻗었다. 쏜살같이 달려들던 흑성의 몸이 이극의 손에 닿자 빠르게 그 방향을 바꾸었다. 이극을 덮치는 속도 그대로 바닥에 처박힌 것이다.

쿵!

육중한 소리를 내며 바닥이 움푹 파였다. 순식간에 벌어진 일에 정신 못 차리는 흑성의 배를 이극이 걷어찼다. 수백 근이 넘는 흑성의 몸이 공깃돌처럼 가볍게 날아가는, 실로 경이로운 장면이었다.

"이익!"

잘 단련된 근육으로 구성되어 군살이라고는 한 점도 찾아볼 수 없는 단단한 배가 움푹 들어갔다. 그 고통에 흑성은 이를 악물며 허공에서 몸을 비틀었다.

자세를 바로 해서 착지하며 흑성은 이극의 위치를 확인했다. 그런데 조금 전까지만 해도 이극이 있던 자리가 텅 비어 있었다. 어느새 다가온 이극이 손바닥으로 흑성의 어깨를 쳤다. 정이 박힌 듯 끔찍한 통증이 살 속 깊숙이 파고들었다.

"이까짓 것!"

흑성은 이를 악물고 도리어 당한 어깨를 휘둘렀다. 바람 소리를 내며 머리통만 한 주먹이 허공을 갈랐다.

'맷집 하나는 대단하군.'

이극은 단 몇 차례 타격만으로 흑성의 피부가 비정상적으로 두껍고 단단해 외공을 전문으로 익힌 고수보다 낫다는 사실을 파악하고 있었다. 그러면서도 흑성이 갖춘 공력이 일류내가 고수와 비교해도 전혀 뒤떨어지지 않으니 일반적인 무학 고수를 상대하는 식으로 싸웠다가는 틀림없이 낭패를 볼 일이었다.

붕— 흑성이 휘두른 주먹의 풍압에 이극의 머리카락이 휘 말려 날았다. 그 바람을 역행하여 이극은 몸을 굽히고 흑성의 품으로 파고들었다.

퍽!

이극의 발등이 최단거리를 날아 흑성의 발목을 후렸다. 유 서현의 일검이 상처를 입힌 그 발목이었다.

"큭!"

살이 베여 벌어진 곳이다. 흑성의 살갗이 아무리 두꺼워도, 설령 호신강기를 둘렀다 한들 참아낼 리가 없었다. 과연 이극 의 예상대로 흑성이 신음을 토하며 한쪽 무릎을 굽혔다.

무릎을 굽히면서도 흑성은 굴하지 않고 두 주먹을 휘둘렀 다. 그러나 이극은 날아드는 주먹을 가볍게 쳐내고, 발을 들 어 흑성의 무릎을 강하게 찍었다. 콰직! 소리를 내며 흑성의 무릎 뼈가 부서졌다.

"끄아아악!"

비명이 사당 안을 뒤흔들었다. 흑성은 고통을 참지 못하고 무릎을 부여잡은 채 바닥을 구르려 했다. 그러나 이극의 발이 흑성이 구르려는 방향을 차단했다.

이극은 무표정한 얼굴로 주먹을 들었다. 그리고 구르지도 못해 고통이 배가된 흑성의 얼굴에 주먹을 꽂았다. 무공의 초

222 창룡혼

식이 아니라 단순한 주먹질이었지만, 한 발 한 발에 실린 무게는 결코 가볍지 않았다.

"커헉! 그, 그만! 그만!"

부서진 무릎과 얼굴에 꽂히는 주먹세례를 감당치 못하고 흑성의 입에서 그만이라는 소리가 나왔다. 그러나 이극은 멈추지 않고 주먹질을 계속했다. 아직은 소년티를 벗지 못한 흑성의 얼굴이 피투성이가 됐고, 두어 개 흰 이빨이 입 밖으로 튀었다.

몇 대나 때렸을까? 흑성의 얼굴이 만신창이가 될 무렵, 어느 목소리가 이극의 주먹을 멈추게 했다.

"그쯤 하시죠."

여인 특유의 나긋나긋한, 그러면서도 단호함이 서린 목소리였다. 이극이 돌아보니 눈 아래부터 발끝까지 온몸 대부분을 흑의로 감싼 여인이 서 있었다.

여인은 날카로운 안광을 빛내며 말했다.

"그래 보여도 아직 어린아이입니다. 그 정도면 충분히 알아들었을 거예요."

"죽고 죽이는 싸움에 나이가 어디 있소? 그리고 양상군자처럼 몰래 오신 분이 할 말은 아닌 것 같소만."

흑의여인, 황이령의 미간에 살짝 주름이 잡혔다. 이극이 말로는 자신에게 장단을 맞춰주는 것 같았으나 얼굴과 눈은 여전히 무심하여 도무지 속을 읽을 수가 없었다.

황이령은 손가락으로 피곤죽이 된 흑성을 가리켰다.

"저 아이가 아직 철이 없어 저지른 일이니까 부디 헤아려 주시지요. 죽은 이도 없는데 목숨으로 값을 치르는 건 좀……."

황이령은 두 눈을 초승달처럼 구부리며 고개를 갸웃거렸다. 하고 싶은 말이 있는데 생각이 안 나는 양 안타까워하는 모양새가 코와 입을 덮은 두건 위로도 확연히 드러났다. 사내라면 누구나 내가 돕겠노라 나설 만큼 고혹적인 분위기가 흘러넘쳤다.

그러나 이극의 눈은 여전히 얼음장 같아 여인의 교태는커녕 바늘 끝도 들어갈 틈이 없어 보였다.

"…불공평하지 않나요?"

퍽!

대답 대신 이극의 발이 흑성의 아랫배를 찼다. 이제 비명을 지를 힘도 없는지 흑성은 소리 없이 몸을 뒤틀었다.

황이령은 결국, 눈웃음을 풀고 이극을 쏘아보며 말했다.

"그만하세요."

"그쪽 먼저."

말이 짧았지만 이극이 무엇을 원하는지는 명백했다. 황이령은 제 발아래 누워 있는 유서현을 내려다보며 대답했다.

"같이하죠."

이극은 대답 대신 황이령을 노려봤다.

분명 흑성을 상대하면서 이극은 드물게 화가 머리끝까지 올랐었다. 하지만 그렇다 해도 자신의 이목을 속이고 접근하여 유서현을 확보하기란 웬만한 고수가 아니고서는 불가능한 일이다.

그리 생각하며 보자 이극은 여인에게서도 발밑에 엎드려 있는 소년과 같은 기운을 느낄 수 있었다. 그것은 혼공의 본거지에서 만났던 마인의 잔향이기도 했다.

소년과 여인, 마인 사이에서 공통된 기운이 있음은 부정할 수 없는 사실이었다. 하나 혼공의 마인과 달리 소년과 여인은 이지를 갖추고 있어 대화가 가능했고, 희로애락이 분명한 게 보통 사람과 다를 바 없었다. 그런 점들이 이극의 머릿속을 어지럽혔다.

'아니지. 지금 중요한 건 그런 게 아니야.'

이극은 머릿속을 어지럽히는 온갖 상념을 지웠다. 그에게 있어 가장 중요한 것, 만사를 젖혀두고 앞세워야 할 것은 유서현이었다.

"……!"

대답을 기다리던 황이령이 눈을 크게 떴다. 그 어떤 신호도 없이 이극이 흑성을 버려둔 채 성큼 걸음을 내디딘 것이다.

이극은 흑성도, 황이령도 신경 쓰지 않고 유서현을 향해 곧장 걸어갔다. 유서현의 앞에 서 있던 황이령은 잠시 당황하다 곧 정신을 차리고 풀쩍 뛰어 흑성에게 다가갔다.

"괜찮아? 설 수 있겠어?"

미약한 신음을 내며 웅크리고 있는 흑성에게 황이령이 속삭였다. 흑성은 황이령을 붙들고 자리에서 일어났다.

"끄윽……."

이를 악물고 일어났지만 그게 한계인 듯, 흑성은 이내 힘을 잃고 황이령에게 기댔다. 황이령은 안타까운 눈으로 흑성을 부축하며 말했다.

"괜찮아?"

흑성은 뭐라 웅얼거렸지만 입안이 엉망인지 소리가 뭉개져 말로 나오지 않았다. 황이령은 등을 두드리며 안심시켰다.

"알았으니까 말은 하지 마."

일단 흑성을 확보한 황이령의 눈이 다른 곳을 향했다. 그러나 그녀의 시선이 가 닿은 곳에는 이미 유서현을 안은 이극이 서 있었다.

"그 아이까지 데려가시겠다? 욕심이 과하시네요."

죽은 듯이 눈을 감고 있는 소년, 소유를 보며 황이령이 비아냥거렸다. 이극은 조금도 동요치 않고 대답했다.

"목숨 하나에 목숨 하나. 욕심을 부리는 건 그쪽이지."

"…좋아요. 어차피 손도 없으니까."

황이령은 자유로운 한 손을 들어 항복 선언을 했다. 그리고 제 몸의 두 배가 넘는 흑성을 부축한 채 사당을 빠져나갔다.

쏴아아아—

언제부터였을까? 밖에는 장대비가 쏟아지고 있었다. 이극은 빗속으로 사라지는 두 사람을 바라보다가 고개를 돌렸다. 두 팔로 안고 있던 유서현이 가늘게 눈을 뜬 것이다.

"소유는요?"

눈을 뜬 유서현의 입에서 나온 말은 소유의 안위였다. 이극은 짧게 대답하고 다른 말을 했다.

"여기 있어. 일어설 수 있겠어?"

유서현은 고개를 끄덕였다. 이극은 조심스럽게 유서현을 바닥에 내려놔 두 발로 서게 하고, 대신 소유를 안아 들었다.

'사내놈이 뭐 이렇게 가벼워?'

작고 어리다지만 소유의 무게는 생각보다 가벼웠다. 새처럼 뼛속이 비어 있는 게 아닐까 의심스러울 정도였다. 벽에 기대어 소유를 확인한 유서현의 얼굴에 화색이 돌았다.

"뺏기지 않았군요."

긴장이 풀렸는지 유서현은 그 자리에 풀썩 주저앉았다. 유서현은 벽을 짚고 일어나려 했지만 어째서인지 다리에 힘이 들어가지 않았다.

"이게… 왜 이러지?"

유서현은 애써 웃으며 다시 일어나고자 했다. 그러나 흑성과 싸우며 입은 건 내상이 아니었는지 아무리 시도해도 일어날 수가 없었다. 이극은 소유를 다시 바닥에 내려놓고 유서현을 다독였다.

"너무 애쓸 필요 없어. 어차피 비도 오는데 조금 쉬었다 가지, 뭐."

이극의 말처럼 부서진 벽 사이로 굵은 빗줄기가 보였다. 날도 어두워졌고 비까지 내려 한 치 앞도 보이지 않는데다, 일단 나간다 해도 돌아갈 곳이 마땅치 않았다.

"후……."

유서현은 한숨을 길게 내쉬고 일어나기를 포기했다.

부서진 벽 너머 비의 장막과 규칙적으로 들려오는 빗소리가 소녀의 집중력을 흐트러뜨리고 긴장을 이완시켰다. 유서현은 저도 모르게 눈을 감고 몸을 기울였다.

유서현의 몸이 기울어진 곳에는 이극이 있었다. 바닥에 앉은 이극은 유서현에게 어깨를 내어주고 곁에 누인 소유를 바라봤다. 처음 봤을 때에도, 먼지와 상처투성이인 지금도 소유는 여전히 이 세상 사람이 아닌 듯 보는 이극으로 하여금 기이한 감흥을 일으키고 있었다.

'저 가는 팔다리가 마신의 그릇이라고?'

소유를 가리켜 마신의 그릇이라던 초무열의 음성이 귓가에 맴돌았다. 그러나 아무리 봐도 소유의 신체는 마신을 담기에 적합해 보이지 않는다.

"하긴… 네가 마신이든 아니든 나하고는 상관없는 일이지. 마신보다 사람이 더 무서운 세상인걸."

잠든 소유에게 말을 걸듯 중얼거리며, 이극은 비로소 긴장을 풀고 벽에 기댔다. 설사 저 몸에 마신이 깃들어 중원을 피바다로 만든다 한들 뭐가 그리 두렵겠는가? 진실로 두려운 것은 그리되도록 만든 사람일 텐데.

"곽추운……."

이극은 목소리를 낮춰 곽추운의 이름을 불렀다. 열 마신보다 두려운 것이 곽추운이라는 한 인간이었다.

마신의 그릇이라는 저 소유는 유순흠이 모든 것을 버리고 혼공에게서 훔쳐내 온 자다. 혼공이야 마종의 잔당이니 마신의 그릇을 만드는 일이 이상하지 않다. 하지만 곽추운은 어떠한가?

곽추운은 유순흠과 선열대라는 끈으로 마종의 잔당을 지원하고 또 조종하였다. 혼공의 본거지와 규합한 인력, 마인을 만들기 위한 자재와 시험체, 그 모두가 곽추운의 지원으로 이루어진 것이다. 당연히 연구의 성과도 모두 곽추운에게 보고가 들어갔을 것이다. 아니, 그 또한 선열대의 역할이었으리라.

'곽추운은 혼공이 마신의 그릇을 가지고 있다는 걸 알고 있었을까?'

생각이 그에 미치자 불현듯 오한이 일었다. 이극은 몸서리를 쳤지만 한 번 엄습한 한기는 쉬이 가시지 않았다.

"으음……."

그때 어깨에 기대고 있던 유서현이 고개를 움직이며 자세를 고쳤다. 유서현의 머리카락이 스치고 지나간 볼에 따스한 기운이 일어, 이극의 전신을 점령한 한기를 몰아내는 것이었다.

손발에 열기가 도는 것을 느끼며 이극은 눈동자를 굴려 유서현을 바라봤다. 곤히 잠든 유서현을 깨울까 두려워 고개를 움직이지 못하니 보이는 것이라고는 흐트러진 앞머리와 콧등이 전부였다.

하나 지금은 그것만으로도 충분하다.

자신에게 모든 걸 맡기고 잠든 유서현의 존재가, 도리어 이극을 편안하게 만들고 있었다.

어느새 스며든 비 내음이 혹성이 흘린 피비린내를 지우고 사당 안에 가득했다. 이극은 소유를 끌어당겨 오른팔로 안고 왼팔로는 유서현의 어깨를 안은 채 눈을 감았다.

유서현의 온기가 빗소리를 지우고 어둠을 밝히고 있었다.

第六章

마신의 그릇

蒼龍魂
창룡혼

1

비는 하룻밤이 지나고도 그칠 줄 몰랐다. 그래도 날이 밝아 사위를 분간할 만큼은 되자 이극은 유서헌을 일으켜 가까운 객잔으로 이동했다.

기세가 다소 누그러들긴 했어도 빗줄기는 여전히 거셌다. 잠깐 걸었을 뿐인데 이극도 유서헌도 물에 빠진 생쥐 꼴이라, 방을 잡기도 전에 유서헌은 점소이에게 목욕물을 데워달라 부탁했다.

지붕 아래에서 비를 피했다고는 하나 버려진 사당의 맨바닥에서 밤을 보냈으니 온몸이 뻐근하다. 그런 몸을 뜨거운 물에 담그고 나니 온 근육은 물론 머릿속까지 녹아내리는 양 기분이 좋았다.

목 아래는 전부 탕 속에 담그고 있던 유서현이 한쪽 팔을 수면 위로 꺼냈다. 밀폐된 욕실 속 수증기가 자욱한 가운데 유서현은 자신의 팔을 얼굴 가까이 가져다 댔다.

희고 가는 여염집 처자의 그것과 확연히 다른, 잘 발달한 근육이 자리 잡은 팔이다. 몇 가닥 아물지 않은 상처와 지워지지 않는 흉터들은 오히려 자랑으로 남을 기억이다. 그것은 유서현이 여인이기에 앞서 무인이기 때문이다.

자신의 팔을 바라보던 유서현은 문득 못마땅한 얼굴로 눈을 감았다. 그리고 잠겨 있던 머리카락을 욕탕 밖으로 꺼내고 고개를 젖혔다.

무인에게 상흔은 상찬의 대상이지, 결코 감추거나 꺼려야 할 게 아니다. 사내라면 당연하고 또 마땅한 일이거늘 굳이 말을 더하는 까닭은 유서현이 여인이기 때문이리라.

'갑자기 내가 왜 이런 생각을 하지?'

제 몸의 상처를 한두 번 본 것도 아니건만, 새삼스레 여인이니 무인이니 하는 생각을 왜 하는 건지 자신도 이해할 수가 없었다. 소녀는 언제나 자신을 무인이라고 생각했고, 또 앞으로도 그럴 것이라 여겼지 다른 고민을 할 줄은 몰랐다.

더구나 이 상처들은 하루 이틀 사이 생긴 것이 아니다. 이

전부터 존재했던 것이 오늘에서야 눈에 띄고 또 신경이 쓰이는 게 너무나도 이상한 기분이었다. 심지어 지금 보이는 팔다리의 상처가 부끄럽고 못나 보이기까지 하는 자신의 눈을 유서현은 순순히 받아들일 수가 없었다.

촤악―

머릿속을 어지럽히는 생각들을 씻고 싶었는지 유서현은 고개를 숙여 몸을 둥글게 말고 물속에 잠겼다.

어둡고 뜨거운 물속은 어머니의 품처럼 안락했다. 유서현은 숨이 다할 때까지 그 자세 그대로 물에 잠겨 있었다.

"푸하!"

꽤 오랜 시간이 흐르고 나서야 유서현은 물 밖으로 고개를 내밀었다. 그러나 마른 폐에 숨을 들이밀고 나서도 갖가지 잡념은 사라지지 않고 남아 있었다.

"이게 다 그 녀석 때문이야. 왜 그런 말도 안 되를 소리를 해서 날 괴롭히는 거야? 뭐? 내가 아저씨를 좋아한다고?"

낡은 사당에서, 소유는 마치 기정사실인 양 유서현이 이극을 좋아하고 있다 말했다. 그 말도 안 된다며 부정했던 말이 지워지지 않고 남아 유서현을 괴롭히는 것이다.

"오빠보다 연배도 위인 아저씨를 내가 좋아한다니, 그게 말이 돼? 참나, 어린 녀석이 못 하는 말이 없어. 깨어나면 혼쭐을 좀 내줘야지."

물에 몸을 담그고 주저리주저리 혼잣말을 하던 유서현이 문득 입을 멈췄다. 어제 소유가 한 말은 유서현이 이극을 좋아하고 있다는 게 다가 아니었다.

목욕물의 온기 때문인지 달아올랐던 얼굴이 급속히 굳어졌다. 유서현은 물 밖으로 나와 서둘러 물기를 닦았다.

유서현이 목욕을 하는 사이 이극은 소유를 돌보고 있었다. 겉보기에 큰 이상이 없어 보이는 소유였지만 전날부터 내내 눈을 뜨지 못했다.

역시 비에 젖은지라 몸의 물기를 닦고 마른 옷으로 갈아입힌 뒤 이극은 소유를 침상에 눕혔다.

이극은 가만히 서서 소유를 내려다보다 손을 뻗었다. 손가락을 세워 몇 군데 혈도를 짚었지만, 그럴 때마다 소유의 안에서 반탄력이 일어 이극의 내공을 되돌려 보냈다. 혼절한 이를 깨우는 혈도들을 짚었건만, 소유를 깨우기는커녕 짜릿한 기운이 되돌아와 바로 손가락을 떼게 하는 것이었다.

무공을 익히고 내공을 수련한 이라면 누구나 어느 정도의 호신내력이 있어, 의식하지 않아도 외부의 충격에 반응하고는 한다. 그러나 어디를 봐도 무공은 물론 발길질 하나 제대로 배우지 못했을 소유가 그만한 내공을 수련했으리라고는 믿을 수 없었다. 더구나 이극의 손가락을 짜릿하게 만든 힘은 무공 수련으로 얻을 수 있는 내공과는 다소 궤를 달리하는, 상당히 이질적인 기운이었다.

그 후로도 몇 차례 시도가 무위로 돌아가자 이극은 소유를 깨우길 포기했다. 선열대의 비밀 거처에서 돌이 된 듯 움직이지 못했던 일을 떠올려 보면 소유가 깨어난들 딱히 수가 있는 것도 아니었다.

그렇게 깨우길 포기하고 물러나는데, 누굴 놀리는 것도 아니고 이극이 의자에 앉자마자 소유가 눈을 떴다. 기다렸다는 듯이 방문이 열리며 유서현이 들어왔다.

유서현은 다짜고짜 침상으로 다가가 소유를 일으켜 앉혔다. 그리고 침상이 맞닿은 벽에 소유를 밀어붙이며 눈을 부릅뜨고 말했다.

"똑바로 말해. 어제 그 말 대체 뭐야?"

그토록 깊이 잠들어 있었으면서도 소유는 깨어 있던 사람처럼 아무렇지도 않게 대꾸했다.

"어제 그 말?"

"그래! 기억이 안 나나? 그럼 내게 해줄까?"

유서현은 무서운 얼굴로 협박 아닌 협박을 했다. 그러자 소유는 무슨 말인지 알았다는 듯이 대답했다.

"아, 그거? 당신이 저자를 조… 읍!"

유서현은 황급히 소유의 입을 막고 다른 손으로 멱살을 잡아 벽에 밀어붙이며 속삭였다.

"너 미쳤어? 내가 분명히 아니라고 했잖아. 왜 자꾸 말도 안 되는 소리를 꺼내고 그래? 닥치고 묻는 말에나 대답해. 알았어?"

"읍읍……."

입이 막힌 소유는 말도 못 꺼내고 고개만 끄덕였다. 유서현은 소유에게서 떨어져 나와 침상 곁에 서서 다시 물었다.

"네가 어제 했던 말. 우리 오빠에 대해서 한 말 말이야."

"내가 무슨 말을 했었지?"

소유는 고개를 갸웃거렸다. 유서현은 답답함을 참지 못하고 소유가 했던 말을 그대로 반복했다.

" '이제 틀렸으니까 괜한 짓은 하지 않았으면 좋겠어. 해봤자 당신만 다칠 테니까.' "

"……."

"토씨 하나 안 틀리고 그대로 기억하고 있어. 이거 분명히 네가 한 말이야. 맞아, 아니야. 똑바로 말해."

"뭐, 그렇게 말한 것도 같네. 근데 그게 뭐?"

"이제 틀렸다는 거. 이거 무슨 소리야? 우리 오빠가 뭐가 틀렸다는 거고, 괜한 짓이라는 건 또 뭐야? 내가 하려는 게 뭔지 뭘 안다고 네가 아는 척을 하는 건데?"

얼렁뚱땅 넘어가려던 소유의 얼굴이 곧 일그러졌다. 정면으로 눈을 맞추고 대답을 요구하는 유서현의 기세가 대쪽 같았다. 유서현의 시선을 자꾸 피하던 소유는 끝내 두 손을 들었다.

"알았어. 알았으니까 좀 떨어져 줄래? 당신이 내 사람이긴 하지만 아직은 일러. 너무 가까워도 부담스러울 때가 있으니깐 말이야."

"내가 그 말 하지 말랬지?"

"하랬다가 말랬다가, 여자란 왜들 하나같이 변덕스러운 걸까?"

"너……!"

"알았어, 알았다고."

자칫 잘못하다가는 주먹이 올라올 기세다. 소유는 웃는 낯으로 유서현을 진정시키고 말했다.

"당신 오빠는 당신을 구한다고 혼공을 찾아갔지만 돌아오지 않았지? 분명 당신을 구하려다가 일이 잘못되어서 스스로 잡힌 걸 거야. 어때, 내 말이 맞지?"

말 대신 유서현은 고개를 끄덕였다.

"그래서 한 소리야. 혼공이란 자, 믿을 수 없고 믿어서도 안 되는 작자야. 무슨 약조를 어떻게 했는지는 몰라도 당신 오빠는 온전하지 못할 거야. 그래서 틀렸다고 한 거야."

"아니야!"

유서현은 신경질적으로 외쳤다. 오빠인 유순흠을 혼공의 손안에 남겨놓고 돌아선 후부터 내내 품고 있던, 그러나 차마 소리 내어 말할 수 없었던 생각을 소유의 입을 통해 듣게 된 것이다.

"혼공은 너와 오빠를 교환하자고 했어. 오빠가 목숨을 걸고, 모든 걸 버리고 혼공의 손에서 구해낸 너야. 난 네가 누군지 모르지만 혼공에게 있어 무척 중요한 존재라는 건 알아. 네가 내 손에 있는 한 혼공은 오빠에게 함부로 손 못 대."

말이 끝나고도 소유는 한 박자 쉬었다. 유서현의 입술이 열리지 않는 것을 확인하고 나서야 소유는 비로소 반문했다.

"그럼 당신은 나를 오빠와 교환할 거야?"

소유의 질문은 곧게 세운 창처럼 정면으로 찔러 들어왔다. 유서현은 단호히 고개를 저으며 말했다.

"설마 내가 그러겠니? 넌 오빠가 목숨을 걸고 혼공에게서 구해낸 아이야. 너는 내가 지켜!"

"그럼 당신네 오빠는 어떻게 구할 건데?"

"그건… 그건 다 생각이 있으니까. 세세한 것까지 네가 알 필요는 없잖아?"

"어쨌든 나와 교환할 생각은 없는 거군. 그럼 당신은 혼공을 속일 작정이라는 건데, 그러면서 혼공은 당신과 한 약속을 지킬 거라고 믿는 거야? 왜 그렇게 순진해?"

소유의 말이 꼬챙이처럼 유서현의 가슴을 후벼팠다. 유서현은 재빨리 머리를 굴려봤지만 어떻게 생각해도 그럴듯한 답을 찾을 수가 없었다.

"그게… 그러니까…….""

소유를 일으켜 세우고 밀어붙여 가며 말을 강요하던 기세는 간데없었다. 유서현이 서너 살 연하의 소년에게 말로 당하지 못하고 곤경에 처하자 이극이 나섰다.

"그만들 해."

이극은 유서현을 붙잡고 뒤로 물린 뒤 둘 사이에 끼어들었다. 그리고 양쪽을 번갈아 보며 말했다.

"혼공이 어떻게 나올지는 그때 가봐야 알 수 있지, 여기서 아무리 떠들어봤자 결론도 낼 수 없는 문제야. 둘 다 몸도 성치 않은데 이런 데 헛심 써서야 되겠어?"

소유는 여유로운 얼굴로 수긍한다며 고개를 끄덕였다. 이극은 몸을 돌려 유서현의 양어깨를 붙잡고 말했다.

"아가씨 오라비는 괜찮아. 반드시 괜찮을 거야. 그러니까 허튼 생각 품지 말고 몸이나 잘 추슬러. 내 말 무슨 뜻인지 알겠어?"

대답은 없었지만 딱히 반발하는 눈치도 아니었다. 이극은 부드럽게 유서현을 다독였다.

"그래. 그럼 내려가서 뭐 좀 먹어. 여긴 내가 지키고 있을 테니까."

유서현이 방문을 닫고 나가자 이극은 다시 고개를 돌려 소유를 바라봤다. 그 흉험하게 일그러진 얼굴이 마치 귀신과 같아 조금 전까지 유서현을 대하던 것과는 영 딴판이었다.

소유는 짐짓 무섭다는 표정을 지었다.

"무섭잖아. 그러지 마."

그러나 이극은 그 표정 그대로 다가가 침상 위에 앉은 소유를 위에서 내려다보며 말했다.

"마신의 그릇이랬지?"

"다들 그러더군."

기껏해야 열서너 살에 불과한 소유는 누구보다 여유로운 태도로 이극의 말을 받아넘겼다. 그러나 아이가 어른 흉내를 내는 것처럼 어색하거나 건방져 보이지 않는 게 기이했다.

연배를 따지고 행동거지를 달리하는 것은 사람이 사람을 대할 때에나 갖추어야 할 덕목이다. 나이가 곱절도 넘어 보이는 이극에게 예사말 하는 소유가 자연스러워 보인다면, 그것이야말로 사람이 아니라는 증거일 것이다.

'아니면 내 지식이 편견이 되었거나. 둘 중 하나겠지.'

마신의 그릇이라는, 소유의 정체를 미리 듣지 않았어도 평범한 소년으로 보이지는 않았을 것이다. 그래도 이극은 다른 가능성을 버리지 않으며 입을 열었다.

"몇 가지 물어봐도 될까?"

"얼마든지."

"네가 마신의 그릇이라면 마신은 지금 어디 있는 거지?"

"몰라."

"모른다?"

"다들 날더러 마신의 그릇이라니까 나도 그런 줄 아는 거지. 난 아는 게 없어."

소유는 눈을 말똥말똥 뜨고 순진한 표정을 지으며 말했다. 그러나 이극은 소용없다는 듯 팔짱을 끼고 차갑게 대꾸했다.

"그럼 다른 걸 물어보지. 혼공이 아가씨네 오라비를 가만 놔두지 않을 거라는 네 말. 정말 네가 말한 대로 혼공의 성정을 헤아린 예측이냐, 아니면 그냥 아는 거냐."

"무슨 소릴 하는 건지 모르겠는데?"

"넌 어제 그 커다란 놈이 들이닥치는 것도 알고 있었어. 사전에 모의가 된 것도 아니었지? 난 너희가 서로 초면인 것처럼 얘기했던 걸 기억하고 있어."

"……"

"아가씨한테도 앞일을 안다는 투로 얘기했다지? 아가씨야 헛소리라고 치부하고 넘겨 버렸지만 난 아니야. 네가 그렇다면 그런 거겠지. 마신을 담아야 할 몸이라면 그 정도 능력은 갖춰야 격이 맞을 테니까."

순진한 척, 또래의 아이들 같은 얼굴을 가장하던 소유의 눈빛이 바뀌었다. 소유는 한 손으로 은빛의 긴 머리카락을 세게 쥐며 말했다.

"무슨 말이 하고 싶은 거야?"

"별로 무슨 말이 하고 싶어서 그런 건 아니야. 다만 아가씨 네 오라비가 지금 어떻게 되었는지 알고 싶을 뿐이지. 물론 너의 그 '안다'는 것이 네 말대로 추측에 불과하다면 별 소용없는 얘기겠지만."

그러면서 이극은 슬쩍 소유의 안색을 살폈다. 소유는 여전히 이 세상의 것이 아닌 듯 이질적인 존재감을 뿌리고 있었지만 인형 같던 얼굴 구석에 분명 당황하는 기색이 떠올랐다.

소유는 잠시 당황해하며 이극을 노려보다가 말했다.

"전혀 모를 소리만 하는군. 난 그만두겠어."

이극은 물러서지 않고 소유에게 한발 다가갔다.

"커다란 성성이 같은 놈과 그 여자. 그들은 너와 무슨 관계냐. 왜 널 데려가려고 했지? 아니, 왜냐고 물을 필요는 없겠지. 넌 마신의 그릇이니까. 한데 그럼 아무도 몰랐던 너의 위치를 놈들은 어떻게 알았고, 놈들이 널 빼앗으러 올 거라는 걸 너는 어떻게 알았지? 그것도 다 나름의 근거를 가지고 예측한 건지, 아니면 그저 그렇게 되었기 때문에 알게 된 건지. 내가 궁금한 건 그거야."

2

이극은 사나운 눈으로 소유를 내려다보며 대답을 강요했다. 소유는 잠시 말을 않고 이극을 올려다봤다. 대답이 없자 이극이 먼저 말했다.

"왜, 어제처럼 날 아무것도 못 하게 만드시려고?"

"할 수만 있다면."

굳게 다물고 있던 소유의 입이 갑자기 열렸다. 이극의 도발에 넘어간 것이다. 소유의 얼굴에 아차 하는 후회가 떠올랐고 이극은 슬며시 미소를 지었다.

"역시. 어제 그 수작은 언제든지 마음대로 할 수 있는 게 아니었군."

할 수만 있다면. 짧은 말이었지만 그 속에서 이극은 자신이 원하던 많은 것을 얻을 수 있었다.

선열대의 거처에서 소유는 알 수 없는 수법으로 사람들을 움직이지 못하게 만들었다. 이극도 그중 하나로, 석상이라도 된 듯 멈춰서 한 발짝도 움직일 수 없었던 것이다. 이극이 궁금해하는 부분은 그 수법이 소유가 마음 내키는 대로 발동하고 해제할 수 있느냐 하는 점이었다.

만약 그렇다면 문제 될 것이 없다. 그러나 반대의 경우라면 어떤가?

반대의 경우, 즉석에서 발동과 해제가 자유롭지 않다면 사람들을 옭아매는 수법, 즉 어떤 종류의 결계는 미리 준비가 필요하다는 말이 된다. 예컨대 무후의 팔진도처럼, 결계를 발동시키는 법진이 방 안에 준비되어 있었으리라는 게 이극의 생각이었다.

하나 소유의 육체는 또래에 비해서도 약한 편이다. 결계를 발동시켜 선열대원들을 묶어놓고 도망치더라도 얼마 못 가 붙잡힐 게 뻔했다. 더구나 이극과 초무열은 소유가 방을 나가자마자 움직일 수 있었다. 이는 한 번 발동한 결계라도 소유가 있어야 유지된다는 뜻이다. 소유가 단독으로 도망치기 위해 미리 법진을 준비했음은 앞뒤가 맞지 않는다.

"넌 놈들이 널 빼앗으러 오리라는 걸 알고 있었어. 아무런 언질이나 신호 없이도. 심지어 누군지도 모르는 자들이지만."

"그게 뭐 어쨌다는 거지?"

"믿을 수 없지만 너는 뭔가… 사람들이 보지 못하는 것을 볼 수 있다는 게 내 결론이다. 하긴 마신의 그릇이라는 것부터가 믿기 힘든 일이니 그걸 수긍한다면 이건 아무것도 아니지."

"……."

소유는 입을 굳게 다물고 이극을 노려봤다. 소년이 말이 없자 이극은 손을 뻗었다.. 이극의 커다란 손안에 소유의 가는 어깨가 들어왔다.

"아가씨네 오라비가 틀렸다는 말은 어느 쪽이냐. 혼공의 성정을 헤아린 예측이냐, 아니면 네 힘으로 안 것이냐."

"그게 왜 궁금한 건데?"

여전히 소유는 대답 대신 되묻기를 반복했다. 이극은 소유의 어깨를 잡은 손에 힘을 주며 말했다.

"전자냐 후자냐에 따라 선택을 달리해야 하니까."

소유의 뼈는 가늘고 약했다. 조금만 더 힘을 줘도 부러질 것 같았는데 지금 정도로도 소유에게는 아픔이 클 것이다. 그러나 소유는 내색하지 않고 태연한 얼굴로 말했다.

"선택이라… 당신 정도의 고수도 두려운 게 있나? 나한테 당신만큼의 힘이 있었다면 뭐든지 하고 싶은 대로 했을 텐데."

최선의 결과를 내기 위해 인간은 선택을 한다. 그러나 당사자에게 주어진 환경과 조건에 따라 선택의 폭은 달라진다. 힘이 있다면 그만큼 선택의 폭이 커지고, 없다면 없는 만큼 좁아지게 마련이다.

그러나 폭이 넓어지거나 줄어들 뿐이지, 선택하지 않아도 되는 것은 아니다. 힘이 있건 없건 사람은 누구나 선택을 강요받는다. 힘 있는 자는 있는 대로, 없는 자는 없는 대로 항상 고민하고 갈등하는 것이다.

소유의 대답에 따라 바뀔 이극의 선택지는 두 가지.

전자, 소유의 말이 단순한 예측에 불과하다면 이극은 유서현과 함께 혼공의 거처로 가서 유순흠을 구출할 것이다. 유순흠은 무사할 수도, 혹은 소유의 말대로 틀렸을 수도 있다. 그러나 구출하기 전까지는 무사하다는 믿음을 버리지 않을 것이다. 이 경우 믿음은 이극이 아니라 유서현의 몫이겠지만 그렇다 하더라도 이극은 유서현의 믿음을 끝까지 지켜주고 싶었다.

이극이 두려워하는 지점은 후자, 소년이 가진 신비로운 힘으로 유순흠의 상태를 보았을 경우였다. 이극은 직관적으로 소유가 말하는 '틀렸다' 라는 표현이 무엇을 의미하는지 알 수 있었다.

중원무림 정복이라는 대업의 반 보 앞에서 좌절하고 무너진 마종의 생존자. 그런 혼공에게 마인의 그릇이라는 존재가 얼마나 큰 의미를 가질지는 굳이 따져볼 필요도 없다. 그런 소유를 빼앗은 유순흠에게 죽음은 차라리 관대한 용서이리라. 오랜 세월 마인을 만들기 위해 쌓아올린 실패의 역사. 그 가운데 유순흠을 단죄할 수단쯤은 무수히 많을 것이다.

그리고 그 결과는 실로 끔찍하고 비참하여 눈 뜨고 볼 수 없는 모습이리라.

"그 꼴을 아가씨에게 보일 수는 없으니… 그럴 땐 내가 홀로 가서 처리해야겠지."

이극은 소유의 어깨를 누르며 말했다. 소유는 얼굴을 살짝 찡그렸다.

"허풍을 떨 것 같지는 않은데, 혼공의 거처에 마인이 몇이나 있는지 모르나?"

이극이 눈으로 본 마인만 수십이다. 그렇다는 것은 실제로 보유한 마인의 수는 그 두 배를 넘는다는 이야기다. 그 정도만 해도 무림맹 지부 한둘은 가볍게 처리할 만한 전력이다. 그런데 이극이 홀로 처리한다고 하니 누가 들어도 어이없어 할 발언이었다.

역시나 어처구니없어서 말을 잃은 소유에게 이극은 가볍게 말했다.

"네가 말했잖아. 하고 싶은 대로 할 수 있다고."

"……."

글로 봤으면 미치광이로 몰리기 딱 좋은 발언이다. 그러나 이극에게서는 광기도, 허풍도 찾아볼 수 없었다.

이극의 담담한 얼굴을 물끄러미 올려다보던 소유가 입을 열었다.

"역시 당신이 문제였군."

"뭐?"

뜬금없는 소리에 이극이 반문했다. 소유는 고개를 저으며 말했다.

"대답해 주고 싶은데 나도 잘 모르겠어서 대답할 수가 없어. 나도 지금 여기 있어서는 안 되는데⋯ 너무 많은 게 뒤틀렸어. 이제는 내가 아는 것도 알 수가 없게 되어버린 거야."

"무슨 소린지 알아듣게 말을 해야⋯⋯!"

다그치던 이극이 말을 그쳤다. 다급히 뛰어 들어온 유서현이 이극의 말을 잘라먹은 것이다.

"아저씨!"

이극은 얼른 소유의 어깨에서 손을 떼고 유서현을 돌아봤다.

"벌써 다 먹었어? 밥을 마셨나?"

경직된 공기를 지우기 위해 실없는 소리를 했지만 유서현은 귓등으로도 듣지 않았다. 소녀의 얼굴에 떠오른 조급함을 보고서야 이극은 생각을 고쳐먹었다.

"무슨 일이라도 생겼어?"

"사람들이 말하는 걸 들었는데, 남궁세가가 사람을 풀어 성내에 있는 객잔을 두루 훑고 있대요. 여기도 곧 남궁세가의 사람들이 들이닥칠지 모르는데 계속 있어도 될까요?"

"남궁세가가? 설마 우리를 찾겠다고 그러는 건가?"

이극은 합비에 들어온 직후 만났던 남궁현겸이라는 청년을 떠올렸다. 차기 가주니 어쩌니 하는 말은 곧이곧대로 믿기 힘들었지만 적어도 남궁세가의 일원이기는 할 것이다. 유서현이 듣고 온 말이 사실이라면 정말 명문의 이름이 무색하게 치졸하기 짝이 없는 말이었다.

"어쩌죠?"

"아직 확실한 건 아니니까 너무 걱정하진 마."

유서현이 듣고 온 말만 가지고 섣불리 판단할 수는 없었다. 이극은 우선 유서현을 안심시키고 창밖을 내다봤다. 빗줄기가 가는 것이 곧 그칠 것 같았다.

"남궁세가가 찾는 게 우리라면 객잔부터 뒤지겠지? 확실한 건 아니어도 혹시 모르니까 여기는 나가는 게 좋겠다. 좀 이르지만 왔던 곳으로 돌아가 보자고."

*　　　　*　　　　*

하늘에 구멍이라도 뚫린 듯 쏟아지던 빗줄기도 날이 새자 가늘어져, 이제는 안개처럼 부슬부슬 떨어지고 있었다. 안개비에 묻혀 사방이 고요한 세상이었다.

그러나 눈앞에 드러난 정경은 안개비가 만든 고요와 그다지 어울리지 않는 것이었다. 허옇게 뿌리를 드러낸 고목들은 비틀거리는 취객인 양 기울어져 있었고, 수백 년 자리를 지키고 있었을 바위들이 구르며 만든 흔적이 곳곳에 선명했다.

산을 넘어가는 유일한 길이 이렇듯 간밤의 폭우로 인해 엉망이 되었다. 산 위에 있다가 빗물에 씻겨 내려와 쌓인 토사의 양도 만만치 않아 사람은 물론 짐승도 쉬이 다니지 못할 것으로 보였다.

하나 이렇듯 엉망이 된 산길을 평지처럼 걷는 인영이 있었다. 한 번 걸음으로 족히 수장 거리를 넘는 보폭도 보폭이거니와 그 속도 또한 말을 탄 듯 빨라, 안개비가 인영의 주변에서만 센 바람을 타고 수직으로 날아 흩어지는 것이었다.

한참을 날듯이 걷던 인영이 문득 걸음을 멈췄다. 호리호리한 몸의 인영은 뒤를 돌아보며 쓰고 있던 갓을 살며시 들었다. 그제야 인영의 붉은 머리카락과 흰 얼굴이 드러났다.

"아, 진짜… 야, 애송이! 지금 뭐하자는 수작이야?"

아름다운 얼굴을 일그러뜨리며 추영영이 일갈했다. 그에 응하듯 폭우에 꺾인 나뭇가지들을 헤치고 한 인영이 나타났다. 원가량이었다.

"수작이라니요?"

원가량은 빙긋 웃으며 추영영을 향해 한 걸음 다가갔다. 그러자 추영영이 흠칫 놀라며 한 걸음 뒤로 물러났다.

그 모습을 보며 원가량은 피식 헛웃음을 터뜨렸다.

"천하의 적발마녀를 뒷걸음치게 만들다니, 십 년은 자랑거리로 써먹을 만한 일이군."

"네가 정녕코 죽고 싶은 게로구나."

싸늘히 중얼거리는 추영영의 주변에 붉은 기운이 연기처럼 피어올랐다. 과거 추영영을 사파의 거두로 이끈 독문절기, 혈지선의 공력이었다.

원가량은 난처한 표정을 지으며 추영영을 만류했다.

"추 선배, 이러지 마십시오. 내 어제도 말씀드리지 않았습니까? 선배를 어떻게 하려고 쫓는 건 절대 아니라고 말입니다."

"나도 어제 경고했을 텐데? 더는 나를 쫓지 말라고 말이야."

추영영은 표독스럽게 외치며 손가락을 튕겼다.

슈슈슉!

추영영의 손가락으로부터 세 가닥 붉은 기운이 화살처럼 쏘아져 나갔다. 원가량은 어쩔 수 없이 검을 들어 혈지선을 막으며 말했다.

"본인 하실 말씀만 하고 제 말은 듣지도 않았으니 그러지요! 제발 대화 좀 나눕시다, 선배!"

원가량이 자신의 공격을 쉽게 막아내며 말을 건네니, 추영영은 더 발끈하여 몸을 날렸다. 추영영의 신형이 십여 장을 날아 원가량을 덮쳤다.

"네놈과 대화를 나눌 시간도, 이유도 없다. 내 말을 무시하고 쫓아왔으니 여기서 죽어라."

추영영의 목소리가 노래하듯 원가량의 귓가에 속삭였다. 원가량은 순간 목덜미에 돋는 소름을 인지하며 속으로 되뇌었다.

'과연 적발마녀의 명성이 헛되지 않았구나!'

그러나 원가량도 감탄은 하되 이대로 밀려줄 마음은 추호도 없었다.

원가량이 약관의 나이로 처음 강호에 나왔을 때, 추영영은 이미 사파의 거두로 손꼽히는 절정고수였다. 하나 십 년이 훌쩍 지난 지금, 적발마녀의 이름은 빛바랬지만 번천검랑의 명성은 강호에 우뚝 서 있다.

그럼에도 추영영이 자신을 여전히 십수 년 전 애송이로 취급하니 원가량도 욱하는 마음이 이는 게 당연했다.

"하압!"

빠르게 다가오는 추영영의 붉은 손가락을 보며 원가량이 낮은 기합 소리를 냈다. 원가량의 애검, 벽린이 푸른 잔광을 남기며 추영영의 혈지선을 베었다.

쉬익!

음험한 한기가 안개비를 뚫고 추영영을 엄습했다. 동시에 금속성을 내며 허공에 붉고 푸른 섬광이 수차례 폭발하며 돌풍을 일으켰다.

파앗!

안개처럼 내리던 빗방울이 거대한 원을 그리며 사방으로 퍼져 나갔다. 그렇게 형성된 반구형(半球形)의 공간을 추영영과 원가량의 살기가 가득 채우고 있었다.

아주 잠깐, 물기가 사라졌던 공간을 다시금 안개비가 메웠다. 추영영은 체내에 침투한 벽마구유검의 음기를 몰아내며 원가량을 노려봤다.

'이놈이 하늘 높은 줄 모르고 날뛰기만 하던 그 애송이가 맞기나 한가? 세월이 흐르기는 많이도 흘렀구나!'

원가량을 보는 추영영의 눈에 경악이, 그리고 뒤이어 회한이 떠올랐다.

약관의 애송이가 자신과 겨루어 부족함 없는 절정고수가 되는 그 세월 동안 자신은 무엇을 했단 말인가? 친구의 전인을 지켜본 시간이 헛되다고 여기는 것은 아니다. 하지만 한 점 후회가 없다고 할 수도 없는 것이 사람의 마음 아니던가.

물러난 추영영이 말도 없이 서 있자 원가량은 먼저 검을 거두었다. 잠시 생각에 잠겼던 추영영은 그 모습을 보고 눈썹을 치켜뜨며 말했다.

"또 무슨 수작을 부리는 게냐?"

"어찌 생각하실지 모르겠지만 저는 싸울 생각이 없습니다. 그저 한마디 대화를 청할 뿐인데 이마저도 안 되겠습니까?"

원가량은 벽린을 검집에 넣고 두 손바닥을 내보이며 하소연했다. 여인처럼 어여쁜 사내가 억울함을 토로하는 모습이 가련하고 또 애틋하니 계집이라면 열에 아홉이 아니라 백에 아흔아홉은 가슴이 뛰고 눈이 동하리라.

공교롭게도 추영영은 그 아흔아홉에 속하지 않는 보기 드문 여인이었다. 하지만 배분을 논하여도 한참 아래인 후배가 검을 거두고 비무장 태세로 대화를 청하는데 계속 살수를 뿌릴 수도 없는 노릇이었다.

추영영의 몸을 감싸던 혈지선의 붉은 공력이 사라졌다. 원가량이 기꺼워하며 다가서자 추영영은 손을 내밀어 그를 멈춰 세웠다.

"잠깐! 움직이지 마. 다가오지 말고 거기 멈춰 있어. 그렇지 않으면 대화도 없다."

추영영은 원가량이 가까이 있는 것을 견딜 수가 없었다. 원가량이 다가오자 물러난 것도 그를 두려워해서가 아니라 도무지 참을 수가 없었던 것이었다.

추영영은 원가량과 같이 얼굴이 고운 사내를 극도로 싫어했는데, 이는 편식과 같아 마땅히 근거가 있는 것은 아니었다.

"여부가 있겠습니까."

어쨌든 원가량은 대화가 성사되었다는 것만으로 좋다며 포권의 예를 취했다. 추영영은 그런 원가량을 노려보다가, 검지를 세웠다. 손가락 끝에 혈지선의 붉은 공력이 동그랗게 맺히며 은은한 빛을 뿌렸다.

"허튼수작 부렸다가는 그 즉시 이마에 구멍이 뚫릴 줄 알아라."

"또, 또. 대체 선배 눈엔 제가 뭘로 보이는 건지 모르겠군요. 제가 항상 수작이나 부리는 자로 보이십니까?"

"당연하지. 네놈은 곽추운의 개가 아니더냐. 나나 다른 이들이 그놈을 믿었다가 어떤 꼴을 당했는지 너도 충분히 알지 않느냐?"

추영영은 두 눈을 부릅뜨며 말했다. 손가락 끝에 맺힌 혈지선의 공력이 추영영의 감정 변화에 영향을 받았는지 몇 개나 되는 돌기가 솟아났다 들어가기를 반복했다.

원가량은 고개를 끄덕이며 대답했다.

"개라… 뭐, 아주 틀린 말은 아니군요. 부정하진 않겠습니다."

원가량이 순순히 수긍하고 나오자 되려 추영영의 기분이 언짢았다. 물론 상대가 몸을 낮추어서 미안해졌다든가 제 말이 심했다며 자책할 만큼 멍청하거나 순진한 것은 아니었다. 다만 상대가 지나치게 저자세로 나올 때에는 반드시 그만큼의 이득을 취할 수 있다는 계산이 서 있다는, 경험상 터득한 진리 중 하나를 떠올렸기 때문이었다.

"제가 선배를 쫓는 이유는 어떤 사람을 만나기 위해서입니다. 이는 맹주와는 아무런 관계도 없는, 오로지 제 개인적인 용무입니다. 이렇게 본영을 떠나온 것도 휴가를 청해 받은 덕이고 말입니다."

"개인적인 용무라고?"

"그렇습니다. 어디까지나 제 개인적인 용무로. 실은 말입니다, 저는……."

원가량이 말을 잇지 않자 추영영이 붉은 눈썹을 꿈틀거렸다. 원가량은 웃으며 과장된 몸짓으로 경극의 배우가 연기를 하듯이 말했다.

"유 소저를 사모하고 있습니다. 제 모든 것을 다 바쳐, 혼과 백이 닳고 닳도록 말입니다."

3

"뭐?"

원가량의 입에서 나온 말은 추영영으로선 죽었다 깨어나도 예상치 못할 그런 말이었다. 추영영의 얼굴이 그 어느 때보다 무섭게 일그러지는 데도 원가량은 제 말에 취하여 그를 보지 못하고 말했다.

"알고 있습니다. 유 소저가 순결한 한 송이 꽃이라면 저는 과거 혈천광랑이라는 말까지 들었던 남자. 지금은 선배의 말마따나 맹주의 개가 되어 더러운 뒤치다꺼리를 도맡아 하고 있으니 유 소저와는 결단코 어울리는 사내가 아니라는 것을 말입니다! 하나 이 원 모, 맹세컨대 유 소저가 없으면 더 이상 살아갈 수 없는 몸이 되어버렸습니다. 마치 이 심장을 그녀가 가져간 듯 살아도 산 몸이 아니게 되어버렸단 말입니다. 이 심정을 아시겠습니까?"

"미친놈."

추영영은 원가량의 말을 가볍게 씹어주고 냉랭히 몸을 돌렸다. 그리고 한 걸음을 내딛는데 원가량이 그 앞을 가로막았다.

"저를 미쳤다고 욕하셔도 좋습니다. 하지만 저는 유 소저를 꼭 다시 한 번 만나야 합니다. 절 좀 도와주십시오."

원가량은 허리를 낮추고 울상을 하며 추영영에게 다가갔다. 손이라도 잡고 애원할 기세라, 추영영은 기겁을 하며 뒤로 물러섰다.

"미쳤다, 미쳤다 말만 들었는데 이거 진짜 제대로 미친놈일세? 뭐? 사모? 연모? 네놈이 그 아이한테 한 짓이 있는데 그딴 소리가 나오냐?"

"그거야 다 맹주가 꾸민 일이죠. 아시지 않습니까? 무슨 일이든 다 맹주의 지시를 따른 거지, 제가 어디 제 뜻대로 움직이는 일이 있겠습니까? 선배도 아시잖습니까."

"내가 뭐라고 느이 놈들 사정을 알겠냐? 그리고 지금이야 그런 구별이 희미해졌다지만 본디 너나 나나 사파의 인물이다. 그 아이는 성정이 곧고 정정당당하니 누가 봐도 정파의 대협이 될 그릇인데 어찌 언감생심 너 따위가 넘본단 말이냐? 네가 미쳐도 단단히 미쳤구나!"

"당연히 미쳤지요. 그렇지 않고서야 제가 선배에게 유 소저의 행방을 수소문하고, 만나게 해달라고 애걸복걸을 할 수 있었겠습니까?"

"애걸복걸을 해?"

"이제부터 하려고요."

원가량은 재빨리 제 말을 바꾸고 최대한 불쌍한 표정을 지으며 허리를 굽혔다.

"부디 제가 유 소저를 만나 이 마음을 전할 기회를 가질 수 있도록 도와주십시오. 제발, 이렇게 간청합니다."

원가량이 울린 여인을 줄 세우면 가히 만리장성과도 자웅을 겨룰 것이다. 그런 원가량이 여인의 마음을 얻는 것도 아니고 그저 한 번 보자고 이리도 자신을 낮추다니, 도무지 믿기 힘든 광경이었다.

그러나 그마저도 부족하다고 생각해서일까? 원가량은 애써 미소를 지으며 다음과 같이 덧붙였다.

"사람 하나 살리는 셈치고요."

천하의 원가량이 이렇게까지 비굴하게 나오니 추영영도 계속 밀어낼 수만은 없었다. 추영영은 고개를 저으며 말했다.

"믿을 수는 없지만 네 뜻이 그렇다니 그런 줄 알고 넘어가지. 하지만 그러면 네놈이 알아서 찾을 것이지, 왜 나를 쫓는 게냐? 나도 그 아이가 어디서 무얼 하고 있는지 궁금하다만 도통 알 길이 없어서 고민이거늘."

추영영이 다소 누그러진 투로 이야기하니 원가량은 반색을 하며 말했다.

"유 소저의 행방을 아시면 좋겠지만 모르셔도 상관없습니다. 선배님도 유 소저를 만나고자 하신다면, 오히려 제가 도움을 드릴 수도 있지 않겠습니까?"

"도움을 주겠다고?"

"본 맹의 눈과 귀가 중원 곳곳에 퍼져 있습니다. 제가 비록 휴가를 청해 나온 몸이기는 하나 엄연히 맹주의 좌호법인데, 사람 몇몇 부리는 것쯤은 어려운 일이 아니지요."

추영영이 사람 속을 들여다보는 능력은 없지만 곽추운이 이극과 유서현, 두 사람을 어찌 생각하고 있는지는 잘 알고 있다. 그런데 원가량이 곽추운의 힘을 이용해 두 사람을 찾겠다고 하니 그 말을 곧이곧대로 믿는다는 것은 천하에 짝을 찾기 힘든 멍청한 일이다. 더구나 원가량이 처음에는 유서현을 만나고 싶어 자신을 쫓아왔다고 하더니, 이제는 말을 바꾸어 무림맹의 힘으로 유서현을 찾아주겠다고 한다. 앞뒤가 맞지 않고 뒤죽박죽이니 도무지 신뢰가 가질 않았다.

하나 무림맹의 정보력을 빌려주겠다는 원가량의 제안은 매력적이다. 추영영의 무공이 아무리 강하다 한들 이극과 유서현이 지금 어디 있는지 알아내기란 쉬운 일이 아니니 말이다.

추영영이 항주를 벗어나서 제일 먼저 한 일도 돈을 받고 사람을 찾아주는 자들을 수배한 것이었지만, 과거 그녀가 알고 있던 군소문파는 죄다 무림맹의 일부가 되었거나 혹은 자멸한 지 오래였다.

곽추운의 명성을 양분 삼아 자라난 무림맹은 제 이름 그대로, 전 무림을 집어삼키고 제 일부로 만들었다.

추영영은 생각을 정리하고 원가량을 돌아봤다. 허리를 구부린 채 추영영의 대답을 기다리던 원가량의 두 눈에 반가운 기색이 역력했다.

"하나만 물어보자. 나는 그 아이가 지금 어디에 있는지 모르는데, 그럼 네놈이 나를 뒤쫓을 이유가 없지 않느냐? 그 잘난 무림맹 정보력인지 뭔지로 혼자 찾으면 그만이지, 나한테 매달리는 건 또 무슨 수작이냐."

'또, 또 그놈의 수작! 할망구가 의심만 많아서는!'

속으로는 욕을 퍼부으면서도 원가량은 여전히 웃는 낯으로 공손히 대답했다.

"무슨 생각을 하시는지 대충 짐작은 가지만, 절대 그럴 일은 없으니 안심하십시오. 제가 선배님을 모시려는 건 다 그럴 만한 이유가 있어서입니다."

"이유? 그게 뭔데?"

이제야 미끼를 물었다는 듯, 원가량은 득의만만한 미소를 지으며 말했다.

"그전에 먼저 답을 해주서야지요. 유 소저를 찾는 데 제 힘을 빌리실 겁니까, 말 겁니까?"

'이놈 봐라?'

원가량의 능청스러운 한마디에 두 사람의 입장이 순식간에 역전되어, 추영영이 도리어 원가량의 도움을 받아야 하는 형국이 되었다. 어처구니가 없는 것을 떠나서 원가량이 자신을 능멸했다는 생각이 앞서자 가라앉았던 살심이 절로 고개를 치켜세웠다. 손가락 끝에 맺혀 있던 혈지선의 붉은 공력이 화살처럼 쏘아져 나갔다.

슈슈슉!

대화를 나누던 두 사람의 거리가 가까워, 원가량은 검을 들어 막을 엄두도 못 내고 몸을 날렸다. 혈지선의 강기 중 하나가 원가량의 머리칼 몇 가닥을 자르고 지나갔다.

"선배!"

원가량의 부름을 귓등으로 흘리고 추영영은 공력을 돋우어 가능한 한 빠른 속도로 달려나갔다.

자신이 눈을 부릅뜨고 있는 한 원가량도 함부로 허튼 짓을 하지는 못할 것이니 빼먹을 것만 빼먹으면 되는 일이 아니겠는가, 라는 마음이 들기는 했다. 그러나 원가량이 능청스레 자신을 우위로 놓고 이야기를 하려 드는 것을 보자 추영영은 새삼 경각심이 일어난 것이다.

'이놈이나 곽추운이나 다 한통속이다. 하마터면 세 치 혀에 넘어갈 뻔했구나!'

가능하다면 목숨을 끊어놓는 편이 깔끔할 테지만 지금의 원가량은 추영영이 기억하는 애송이와는 전혀 다른 고수였다. 두 사람이 싸운다면 최소 수백 초가 지나야 승부가 갈릴 것이고, 승리를 장담할 수도 없는 수준이었다.

하여, 일단 떼어놓고 보자는 심산으로 빠르게 뛰는 추영영을 원가량의 목소리가 쫓아왔다.

"추 선배! 같이 갑시다! 같이 좀 가자구요!"

*   *   *

두둑— 두둑—

굵은 빗방울이 처마를 때리며 규칙적인 소리를 냈다. 유서현과 소유는 낡은 처마 밑에서 빗소리를 들으며 나란히 서 있었다.

이극은 두 사람을 남겨두고 홀로 선열대가 숨어 있던 방을 찾아갔다. 어제 그 소동이 있었던 만큼 홀로 가보는 것이 안전하다고 판단했던 것이다.

두 사람의 앞에는 걷힐 줄 모르는 비의 장막이 드리워 있었다. 한 발짝만 앞으로 나서면 금세 온몸이 젖어버리고 말 것이다. 물론 객잔을 나와 예까지 마차를 타고 온 건 아니었으니 새삼 더 젖을 일도 없었지만.

쏴아아—

거세게 내리는 비의 장막은 시야뿐만 아니라 소리마저 차단해, 어쩐지 유서현은 자신과 소유가 있는 처마 밑이 외부와 단절되어 완벽히 고립된 공간처럼 느껴졌다.

"으음……."

그래서일까, 작은 신음소리도 귓가를 가득 메울 만큼 크게 들려왔다. 소유의 입에서 나온 소리였다.

몸을 떨고 있는 소유의 모습은, 그마저도 산 사람이 아닌 듯 신비로웠다. 은빛 머리카락은 빗물을 잔뜩 머금었음에도 불구하고 빛을 잃지 않았으며 본래 핏기 없던 얼굴은 체온을 빼앗긴 탓인지 더욱 창백했다.

유서현은 저도 모르게 손을 뻗어 소유의 어깨를 끌어안고 속삭였다.

"춥니?"

소유는 고개를 저었다. 그러나 푸른색이 감도는 입술만 봐도 그것이 허세에 불과하다는 것을 알 수 있었다. 유서현은 더욱 가까이 소유를 끌어안았다.

"괜찮아질 거야. 걱정하지 마."

품에서 더욱 크게 느껴지는 소유의 떨림이, 유서현은 안타까워 견딜 수가 없었다. 공력을 주입해 한기를 몰아내면 좋으련만, 그럴 때마다 소유의 몸 안에 있는 알 수 없는 힘이 외부의 공력을 거부하고 되돌리기 일쑤였다.

'이게 마신과 관련된 힘······.'

소유의 정체가 혼공이 만들어낸, 마신을 담기 위한 그릇임을 유서현도 이극을 통해 알고 있었다. 마신이라는 게 실제로 존재하는 것인지, 또 존재한다면 되살리는 게 가능한 것인지 유서현으로서는 알 수 없는 일이었다.

마종의 부활이니 마신의 그릇이니 하는 것들이 유서현은 도무지 실감이 나지 않았다. 하지만 지금 이 순간 품에서 느껴지는 소유의 떨림만큼은 의심의 여지가 없는 현실이었다.

"마신의 그릇··· 이라고 했지?"

소유는 말없이 고개를 끄덕였다. 유서현은 그런 소유를 바라보다 혼잣말처럼 중얼거렸다.

"오빠는 널 왜 데리고 나왔던 걸까?"

마신의 그릇인 소유를 굳이 혼공에게서 훔쳐낸 유순흠은 그 길로 곽추운마저 배신하여 쫓기는 신세가 되었다. 유순흠은 자신이 선택했고 행하는 일이 어떤 결과를 불러올 것인지 잘 알고 있었을 것이다.

권력도 힘도 없는 시골 무가의 자제가 맹주 직속 기관의 대주로 올라섰다면 그는 감히 상상할 수도 없는 양의 피와 땀과 눈물을 흘렸을 것이다. 청춘을 다 바쳐 얻어낸 무림맹 대주의 자리를 걷어차면서까지 소유를 데리고 나온 이유가 무엇인지 궁금해하는 것은 어찌 보면 너무나도 당연한 일이었다.

"…그 사람은."

대답을 바라지 않고 한 말에 소유의 입이 열렸다.

다소 떨리긴 했으나 목소리에 힘이 있었다. 맞닿은 살을 통해 전해지는 유서현의 체온이 소유의 한기를 어느 정도 물리친 듯했다.

두 사람을 가둬놓은 빗소리를 지우고, 소유의 목소리가 유서현의 귓가에 들어왔다.

"나를 혼공에게서 떨어뜨려 놓도록 정해져 있었어. 그래, 그건 달리 설명할 수 없는 일이지. 애초에 그리되도록 정해져 있었으니까. 그래. 그게 운명이라는 거겠지."

"운명… 이라고?"

"물론 그 사람은 본인 스스로 판단하고 결정한 일이라고 생각했을 거야. 뭐, 그렇게 생각하는 게 편하긴 하겠지."

유서현은 뱃속 깊은 곳으로부터 울컥 하며 뜨거운 무언가가 치밀어 오르는 것을 느꼈다.

모든 것을 바쳐 일궈낸 무림맹주 직속 기관의 장이라는 자리를 버리고, 그로 인해 닥쳐올 모든 결과를 기꺼이 감수하고 유순흠은 소유를 빼돌렸다. 그렇다면 마땅히 그에 상응하는 이유가 있을 것이다. 그 모든 것을 버리고도 지켜야 할 어떤 가치가 분명 존재할 것이라는 게 오빠를 향한 소녀의 믿음이었다.

그런데 지금 소유는 유순흠이 겪었을 갈등과 고뇌, 감내해야 했던 아픔을 깨끗이 지워 버렸다. 그저 운명이라는 간단한 말로 유순흠이라는 존재의 의지를 깡그리 부정한 것이다.

"넌 어떻게… 그렇게 말할 수 있니?"

유서현은 떨리는 목소리로 물었다. 그러나 소유는 아무렇지도 않다는 듯, 말라붙은 눈으로 대답했다.

"네 오빠는 운명이 부여한 역할에 충실했을 뿐인데, 그걸 가지고 무슨 말을 더할까? 물론 온힘을 기울여 수행한 것은 알고 있어. 그래서 뭐? 내 입으로 노고를 치하한다는 말을 듣고 싶은 건가?"

"닥쳐!"

유서현은 신경질적으로 소리치며 소유를 떼어놓았다. 유
서현은 소유의 어깨를 잡고 강하게 흔들었다.

"우리 오빠 모든 걸 버리고 널 데려왔어. 분명 그럴 만한
이유가 있고, 그럴 가치가 있다고 믿어서 한 일일 거야. 그런
데 뭐? 역할에 충실했을 뿐이라고?"

유서현의 팔 안에서 소유는 종이로 만든 인형처럼 힘없이
흔들렸다. 그러나 소유는 흔들림 없는 목소리로 대답했다.

"흥분하지 마. 그렇다고 네 오빠가 돌아오는 건 아니니까.
네 오빠는 소임을 다했어. 원한다면 치하하지. 본인은 듣지
못하겠지만 대신 네가 들어주면 되니까."

"뭐라고?"

"아, 하나 더 있군. 내 사람과 만나게 해준 것. 이건 정말 뜻
밖의 선물이었어. 본래 마신이 되고 나서야 만나야 할 너를
이렇게 일찍 만나게 되었으니 개인적으로 감사해야 할 일이
지. 그래, 감사하고 있어."

고맙다는 말을 하는 소유의 무표정한 얼굴을 유서현은 견
딜 수가 없었다. 그 얼굴을 한 대 후려치고 싶은 충동을 간신
히 참으며 유서현은 흔들던 팔을 멈췄다.

"어째서 이런 널… 오빠는……."

분노를 넘어 서글픈 감정이 목 끝까지 차올랐다. 유서현은 간신히 눈물을 참고 소유를 놓아주었다. 그러자 소유는 도리어 한 발 다가가 유서현의 팔을 만지며 말했다.

"인간이란 이다지도 가련하고 애달픈 존재로구나. 내 사람, 가엾기도 하지."

유서현은 소유의 손을 강하게 뿌리쳤다. 소유는 뒤로 물러나며 두 손을 들고 말했다.

"그래, 그만하지."

몇 걸음 물러나지 않았지만 소유의 몸은 어느새 처마 끝, 비의 장막을 등지고 서 있었다. 소유는 쓸쓸한 미소를 지으며 손을 흔들었다.

"다시 만나면 나는 내가 아니게 될 거야. 하지만 그야말로 진정한 나일 테니까 너무 걱정하지 마."

"…뭐? 무슨 소리를 하는 거야?"

"늦었지만 이만 갈 시간이 되었으니까."

촤아악!

소유의 말이 끝나기 무섭게 누군가가 비의 장막을 젖히고 처마 밑으로 뛰어들었다. 들이치는 빗방울을 맞으며 유서현은 검을 뽑았다.

第七章 불순물

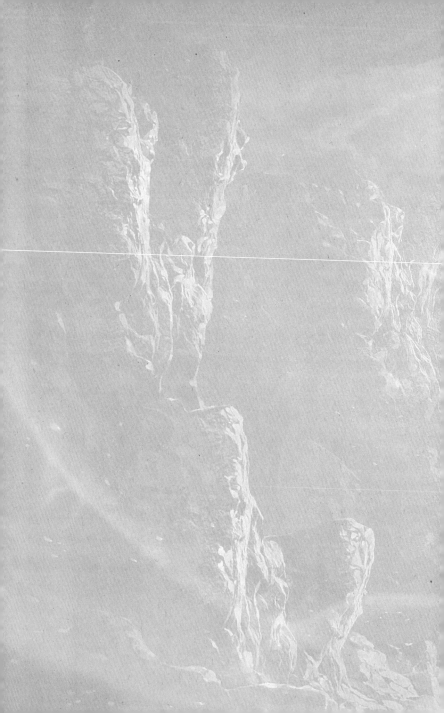

蒼
龍
魂 창룡혼

1

유서현은 재빨리 팔을 뻗어 소유를 잡아당겼다. 소유를 제 뒤로 숨기며 유서현은 검을 휘둘렀다. 검은 빠르게 날아 흑의 인을 베었다.

흑의인의 몸놀림도 보통이 아니었다. 흑의인은 몸을 돌려 유서현의 검을 피하며 벽에 바싹 붙었다. 유서현의 검이 재차 이를 번뜩이며 흑의인을 향해 날아가는 순간, 또 한 사람이 처마 밑으로 비를 뚫고 뛰어들었다.

유서현의 검이 허공에 멈췄다. 뒤늦게 뛰어든 자는 이극이 었던 것이다.

"뭐 하는 짓이야?"

이극은 비에 젖은 머리와 어깨를 털며 유서현에게 소리 질렀다. 유서현이 다시 보니 먼저 뛰어든 흑의인의 낯이 익었다. 선열대의 일원인 조능설이었다.

다짜고짜 검을 들이대서 놀랐는지 조능설의 얼굴색이 과히 좋지 않았다. 그녀의 창백한 안색을 보니 유서현은 미안한 마음이 들어 검을 검집에 넣고 다가가 용서를 구했다.

"조 언니, 놀라게 해서 정말 죄송해요. 제가 신경이 날카로워져서 얼굴도 제대로 확인하지 못했어요. 다른 분들은요? 양 아저씨와 왕 아저씨는 괜찮으신가요? 의원에는 가셨고요?"

그런데 조능설의 대답이 묘했다.

"언니? 저를 언니라고 불러주는 거예요?"

조금 떨리는 목소리로 묻는 조능설을 보며 유서현은 고개를 갸웃거렸다.

"저보다 연배가 위니까 언니라고 부르는 게 당연하죠. 왜, 뭐가 이상한가요?"

"아니, 아니에요."

조능설은 얼굴을 붉히며 세게 고개를 저었다. 유서현은 무언가 이상하다는 생각이 들었지만 곧 주의를 돌려 이극을 향해 물었다.

"어떻게 된 거예요? 다른 분들은 어떻게 됐고 조 언니만 같이 오신 거죠? 무슨 일이라도 생겼나요?"

이극은 바로 대답하는 대신 조능설과 눈을 맞췄다. 시선을 타고 무언의 대화가 오간 뒤 조능설이 고개를 끄덕이자 비로소 이극의 입도 열렸다.

"무슨 일이 생기긴 생겼지. 어떻게 된 일인지 모르겠지만 일단 남궁세가가 사람을 풀어서 우리를 찾는 건 허튼소리가 아닌 것 같아."

"역시 그때 그자의 짓이군요."

그자라 함은 객잔에서 추파를 던져 왔던 사내, 남궁현겸을 가리킴이다. 유서현은 비록 나이는 어렸으나 성숙한 외모로 강호에 나와 사내들의 노골적인 시선을 받아왔기 때문에 그런 면에서는 어느 정도 면역이 되어 있었다. 그러나 남궁현겸처럼 단순한 추파가 아니라 자신의 배경과 신분을 앞세워 접근하고 또 유서현이 제 뜻대로 따라와 주지 않자 해코지를 하려 드는 경우는 또 처음이었다. 좋지 않은 쪽으로, 남궁현겸의 얼굴과 이름을 유서현은 똑똑히 기억하고 있었다.

그러나 유서현의 예상은 보기 좋게 빗나갔다. 수배령을 내리고 사람을 풀어 이극과 유서현을 찾는 자는 남궁현겸이 아니라 그의 사촌인 남궁상겸이었다.

양화규와 왕수림은 흑성에게 당해 목숨이 경각에 달린 상태였다. 공교롭게도 초무열과 조능설이 두 사람을 데리고 간 의원에 남궁상겸이 직접 휘하 무사들을 이끌고 찾아왔다. 황이령의 말이 남궁상겸을 움직인 것이다.

양화규와 왕수림은 중태였고 치료를 받았으나 아직 의식이 돌아오지 않은 상황이었다. 두 사람을 버려두고 갈 수는 없는 노릇이었으니 초무열은 자신이 남고 대신 조능설을 도망치게 했다. 어쩔 수 없이 의원을 빠져나온 조능설은 그들의 거처로 돌아갔고, 그곳에서 이극을 만난 것이었다.

"남궁세가가 어떻게 알고 당신들을 찾아왔을까요?"

황이령이 남궁상겸에게 귀띔을 해줬을 리 모르는 이극이 물었다. 그러나 모르기는 조능설도 마찬가지였다.

"저도 모르겠어요. 그나저나 남궁세가가 부상자를 핍박하지는 않을 테니 두 사람보다는 초 부대주님이 걱정이에요. 우리가 합비에 머무르고 있는 걸 어떻게 설명해야 할는지……."

선열대는 맹주 직속의 비밀 기관으로, 공식적으로는 존재하지 않는 자들이다. 더구나 지금은 맹주를 배신하였으니 하늘 아래 어디에서도 발붙일 곳이 없었다. 그런 처지에 맹주와 대립각을 세우고 있는 남궁세가의 손에 떨어졌으니 향후 어떤 일을 당하게 될지 예상조차 할 수 없었다.

"그거야 초 부대주가 어떻게 잘 둘러대겠지. 당신들 존재가 밝혀지면 남궁세가로선 좋으면 좋았지 나쁠 게 없잖소? 적어도 맹주에게 잡힌 것보다는 나을 테니 너무 걱정하지 마시구려."

이극은 말꼬리를 흐리는 조능설을 위로했다. 그리고 고개를 돌려 유서현의 뒤에 숨은 소유를 보았다.

놀랍게도 소유의 그린 듯 고운 얼굴이 무섭게 일그러져 있었다. 유서현도 이극의 시선을 따라 고개를 돌리고 흠칫 놀라 소유로부터 몇 발걸음 물러났다.

무기질 같던 눈 안에 불꽃이 일었다. 소유는 입술을 깨물며 말했다.

"왜 여기서 너희가 오는 거지? 어째서? 대체 왜!"

격한 분노가 실린 외침이 소유의 입에서 터져 나와 빗속을 뚫고 사방으로 퍼졌다. 소년의 작은 몸에서 나오리라고는 상상하기 힘들 정도의 고함이었다.

이극을 비롯한 세 사람은 소유의 반응을 선뜻 이해할 수 없어 멍하니 바라볼 수밖에 없었다. 특히 소유를 돌봐왔던 조능설은 어쩌나 놀랐는지 손으로 입을 가리고 있었다.

이윽고 소유의 눈 속에 피어올랐던 불꽃이 가라앉았다. 격정이 지나간 자리에는 모든 것을 얼려 버릴 듯 차가운 한기가 감돌고 있었다. 그 차가운 눈이 향한 곳에는 이극이 있었다.

"너……!"

"나?"

이극은 저도 모르게 손가락으로 자신을 가리키며 반문했다. 이극을 노려보는 소유의 입에서 눈빛만큼이나 차가운 목소리가 흘러나왔다.

"그래, 너. 너 때문에 엉망진창이 되고 있어. 마땅히 있어야 할 모든 게 제자리를 잃고 뒤죽박죽이 되어버렸다고! 운명이 왜 자꾸 일그러지나 했더니 너라는 불순물이 끼어들었기 때문이었어! 그래, 이제야 확실해졌군!"

"불순물?"

"그래. 네놈은 나와 내 사람의 운명에 끼어든 불순물이다! 자꾸 우리의 운명에 끼어들어 훼방을 놓다니, 용서할 수 없어. 다른 자들은 몰라도 네놈만큼은 내 직접 죽여 버릴 것이야!"

소유는 이극의 어깨에도 미치지 못하는 왜소한 체구의 소년이다. 그렇게 작은 아이가 저주에 가까운 폭언을 퍼붓고 있는데, 한마디 한마디 꾹꾹 눌러가며 내뱉는 말마다 살기가 실려 있어 함부로 대할 수가 없었다.

말을 마친 소유는 크게 숨을 들이마시더니, 사자후와 같은 고함을 내질렀다.

"어디서 꾸물거리고 있는 것이냐! 나는 여기 있다! 여기에서 너희를 기다리고 있단 말이다!"

쩌렁쩌렁한 말소리가 사방으로 울려 퍼졌다. 이극은 다급히 다가가 소유의 어깨를 잡았다.

"어쩌자는 거야! 남궁세가 사람들이 사방에 풀려 있을 텐데!"

"놔라!"

소유는 거칠게 몸을 비틀었다. 그러나 이극은 소유가 빠져나가지 못하도록 손에 힘을 줬다. 이극의 손아귀 힘에 고통을 느꼈는지 소유의 얼굴이 일그러졌다.

"아저씨!"

고통스러워하는 소유를 보고 유서현이 이극을 말렸다. 그때 비의 장막 저편으로부터 다수의 발소리가 들려왔다. 빠르게 커지는 발소리는 그들이 향하는 곳이 어디인지 명확히 알려주고 있었다.

"젠장!"

이극은 짧게 내뱉고 밀치듯이 소유를 유서현에게 안겼다.

"아가씨네 오라비가 데리고 온 놈이니까 아가씨가 책임지고 지켜. 우리 이대로 합비를 나갈 거니까. 할 수 있지?"

이극은 유서현의 대답도 듣지 않고 조능설을 향해 말했다.

"그쪽도 일단 우리와 함께 갑시다. 다른 사람들이 걱정되긴 하겠지만 그건 그네들이 알아서 할 일이고. 우리는 따로 할 일이 있지 않소. 안 그런가?"

"……."

조능설은 바로 대답하지 못하고 입을 다물었다. 그러나 그 사이 발소리는 굳이 주의를 기울이지 않아도 귓가에 들릴 정도까지 커져서 주저할 틈이 없었다.

"갑시다. 뒤는 그쪽에게 맡기겠소."

대답을 기다리지 않고 이극은 빗속으로 뛰어들었다. 유서현은 잠시 조능설을 보다 오래 기다리지 못하고 소유를 안은 채 그 뒤를 쫓았다.

그런 유서현에게 끌리듯, 조능설의 몸도 빗속으로 사라졌다.

다소 누그러들던 비는 점심때가 가까워 오면서 다시 굵어졌다. 웬만하면 일을 멈추거나 미뤄둘 터이나 남궁세가의 무사들은 굵은 빗줄기를 몸으로 받아내며 합비 시내를 누비고 있었다.

무사들이라고 해봐야 열 명이 채 안 되는 소규모 집단이었다. 선두에서 집단을 이끌던 자가 걸음을 멈추고 잠시 휴식을 명하자 무사들은 저마다 비를 피할 곳을 찾아 흩어졌다. 흩어졌다고 해도 서로가 시야에 들어오는 곳에서 비를 피하고 있으니, 필요하다면 눈 깜짝할 새 모일 수 있는 거리였다.

남궁상겸은 젖은 머리를 털며 각기 다른 곳에서 몸을 추스르고 있는 휘하 무사들을 바라봤다. 다들 말은 않지만 얼굴에 불만이 가득했다. 시야도 제한받을 만큼 궂은 날씨에 비를 맞으며 돌아다니는 것이 달가울 리 없었다.

아니나 다를까, 누군가 조심스럽게 다가와 말을 걸었다.

"이대로는 소득이 없습니다. 차라리 사대문에 인원을 분산 배치해 빠져나가지 못하도록 조치해 놓고 비가 그치기를 기다리는 게 어떻겠습니까?"

"으음."

조언을 해온 이는 함낙일이라는 자로, 무공이 고강할 뿐만 아니라 인품이 올곧고 의를 숭상하면서도 아랫사람들에게는 너그러운 면이 있어 남궁세가 내에서도 신뢰가 두터운 인물이었다. 마흔이 넘은 나이에도 불구하고 한참 연하인 남궁상겸을 충의로 모시고 따르는 모습은 세가 무사들에게는 귀감이 될 일이었다.

남궁상겸의 입장에서도 함낙일은 고마운 존재였다. 함낙일이 믿고 따르는 모습이 세가 내에서 남궁상겸의 입지를 단단히 해 주는 효과를 불러일으키니 말이다.

그런 함낙일이 당장 수색을 중단하자고 나서니 남궁상겸의 마음이 흔들렸다.

애초에 주변의 반대를 무릅쓰고 고집을 부려 수색조를 꾸린 것이었다.

바로 어제저녁, 남궁상겸은 황이령이라고 제 이름을 밝힌 혹의여인의 말을 듣고 곧바로 세가로 돌아가 가용할 수 있는 인원을 모두 풀어 의원을 수색했다. 남궁상겸 본인도 반신반의했지만 놀랍게도 황이령의 말은 사실이었다. 한 의원에서 수상한 자들을 발견한 것이다.

상처가 깊어 의식을 잃은 두 명과 멀쩡한 한 명까지 남궁상겸은 모두 세 사람을 잡아들였고, 신문을 통해 이들이 비공식적이기는 하나 무림맹원이라는 진술을 받아냈다. 무엇을 목적으로 같은 무림맹 동도인 남궁세가에게도 비밀로 하고 합비에 와 있느냐는 물음에 답을 구할 순 없었으나 그 목적이 무엇인지 짐작치 못할 이는 아무도 없었다. 남궁세가의 일거수일투족을 감시, 보고하는 것 외에 무슨 이유가 더 있겠는가?

속는 셈치고 황이령의 말을 믿어본 것치고는 남궁상겸이 거둔 소득이 꽤 컸다. 맹주는 물론 다소 싸늘한 시선으로 남궁상겸을 바라보던 몇몇 장로도 칭찬을 아끼지 않았던 것이다.

그러나 모두가 공을 칭송하고 간자를 파견한 맹주에게 분통을 터뜨리는 와중에도 남궁상겸 한 사람만큼은 풀 길 없는 의혹에 머리를 싸매고 있었다.

합비의 안주인이라고 할 수 있는 남궁세가도 놓쳤던 자들이다. 황이령이라는 여인은 어떻게 이들이 암약하고 있음을 알았던 것일까? 또 잡힌 자들 가운데 부상자 두 사람의 상처는 흑성이라는 거구의 소년에게 당한 것이다. 다른 사람은 몰라도 흑성의 손톱과 직접 검을 맞댔던 남궁상겸으로선 그들의 상처를 보는 순간 즉시 확신할 수 있었던 사안이다.

마지막으로 남궁상겸이 나타난 직후 흑성으로부터 한 소년을 빼앗아 도망친 소녀까지.

이 모든 알 수 없는 사실이 남궁상겸의 머릿속에서 작은 소용돌이를 일으키고 있었다. 어느 하나 확실한 것 없는 의혹의 조각들은 아무리 애를 써도 아귀가 맞지 않아, 끝내 하나의 큰 그림이 되지 못하고 끝없이 남궁상겸의 머릿속을 돌고 또 돌고 있었던 것이다.

때문에 남궁상겸은 의원에서 도주하였던 여인을 잡겠노라며 인원을 차출, 수색조를 꾸리고 나선 것이었다. 한데 밤새 잦아들었던 비가 다시 거세지고 점심때가 다 되도록 별다른 소득이 없는 상황에서 함낙일이 철수를 종용하니 남궁상겸도 흔들리지 않을 수 없었다.

"비가 그칠 기미는 없나."

남궁상겸은 처마 밑으로 목을 빼 하늘을 올려다봤다. 어두운 하늘은 밤과 같아 도무지 비가 그칠 기미는 보이지 않았다.

"쉽사리 그칠 비는 아닙니다."

함낙일의 말이 무거워 남궁상겸은 자기도 모르게 큰 숨을 내쉬며 담벼락에 몸을 기댔다.

합비가 어디 수십 호 모아 만든 촌락도 아니고 수십만 인구가 부대끼는 대도시인데 그 안에서 도망친 여인 하나를 찾기란 결코 쉬운 일이 아니다. 남궁세가의 전력을 기울인다면 또 모를까, 애초에 남궁상겸에 독단으로 강행한 수색이다. 십여 명 단위의 인원에 그칠 줄 모르는 비까지 감안하면 불가능이라 해도 과언이 아닌 것이다.

"으음……."

"수색의 명확한 목적도 모른 채 밤을 새고 또 반나절이 넘도록 빗속을 돌아다닌 녀석들입니다. 결단을 내려주십시오."

그렇게 말하는 함낙일의 눈도 붉은 핏발이 서 있었다. 남궁상겸은 잠시 그 눈을 바라보다 말했다.

"현겸의 수색조에서 따로 연락 온 건 없었나?"

"별다른 연락은 받지 못했습니다."

뜻밖에도 아침이 되자 남궁현겸이 따로 수색조를 꾸려 나섰다는 연락이 있었다.

평소에는 어영부영 사촌 형의 뒤에 숨어서 놀 궁리만 하던 녀석이 돕겠다며 나서니 반갑기도 했지만 그보다 다른 꿍꿍

이가 있는 건 아닌지 걱정이 앞서는 게 사실이었다. 더구나 지금 합비 성내에는 도망친 여인만 있는 게 아니다. 혹성과 황이령이라는, 정체도 목적도 모르는 자들이 암약하고 있지 않은가?

생각이 그에 미치자 남궁상겸이 물었다.

"현겸이 수색조에 어떤 자들을 선발하여 데리고 다니는지 혹시 아나?"

"죄송합니다. 아직 파악하지 못했습니다."

곤혹스러운 표정으로 함낙일이 고개를 숙였다. 남궁상겸은 쓴웃음을 지으며 말했다.

"그대를 곤란하게 했군. 미안하네."

지난밤 내내, 그리고 점심때가 되는 지금까지 조금도 쉬지 않고 남궁상겸을 보좌해 온 함낙일이다. 남궁상겸이 모르는 일을 함낙일이라고 알 리가 없으니, 애초에 되도 않는 질문을 한 것이다.

그럼에도 주저 없이 잘못했다며 용서를 구하는 함낙일의 태도가 남궁상겸의 마음을 뒤흔들었다. 과연 자신에게 이만한 인물의 충성을 받을 자격이 있느냐는 의문이었다.

같은 성을 가지고, 가주의 무한한 신뢰를 받는다 해도, 남궁세가에서 남궁상겸은 어디까지나 이방인에 지나지 않았다. 지금의 확고한 위치도 따지고 보면 가주인 남궁호의 비호 아래에서만 가능한 것이었다. 시간이 흐르고 가주의 힘이 쇠퇴하면 남궁상겸의 위치도 따라서 흔들릴 것이다. 남궁상겸의 능력이 뛰어나면 뛰어날수록 그간 쌓아올린 신뢰와 위치가 무너지는 속도도 빠를 것이다. 그를 탐탁찮게 여기는 세가의 장로들과 차기 가주가 될 남궁현겸의 성품을 안다면 누구나 쉽게 예상할 수 있는 일이다.

함낙일은 빼어난 무공의 소유자이며 남궁세가에 대한 충성심은 누구에게도 뒤지지 않는 충신이기도 하다. 남궁세가의 입장에서는 놓쳐서는 안 될 귀중한 인재이다. 그러나 지금처럼 남궁상겸에 대한 충성심을 계속 내비친다면, 세가에서의 그의 미래가 지금처럼 굳건하리란 보장은 어디에도 없는 것이다.

그리된다면 함낙일 개인은 물론 남궁세가로서도 큰 상처를 입게 되리라.

생각은 다시 돌아가 사촌을 향했다.

남궁현겸은 아직 흑성이나 황이령의 존재를 모른다. 아니, 남궁세가 전체가 모르고 있다. 남궁상겸이 그 둘에 대하여 입을 다물었기 때문이다.

흑성이나 황이령의 무공—이라고 하기에는 다소 괴이한 점이 없지 않으나—은 강호 일류고수의 경지를 이미 뛰어넘은 터. 무림맹의 후기지수들 가운데에서도 첫 번째로 꼽히는 남궁상겸조차 우위를 점할 수 있는 수준이 아니었다.

합비를 제집처럼 여기며 껄끄러운 이를 멀리하고 입안의 혀처럼 구는 자를 곁에 두는 남궁현겸이다. 변변한 인물을 수색조에 데려왔을 리 없으니, 만에 하나 그 둘과 조우한다면 썩 좋은 꼴은 못 볼 것이다.

"윽……!"

두 사람, 흑성과 황이령을 떠올리자 어깨의 통증이 되살아났다. 남궁상겸은 왼쪽 어깨를 주무르며 새삼 자신의 행동을 되짚어봤다.

'나는 왜 그들의 존재를 숨긴 걸까?'

몇 번이고 생각했지만 시원한 대답은 돌아오지 않았다. 다만 황이령의 두 눈이 눈앞에 떠올랐을 뿐이었다.

팔다리는 물론 손가락 끝까지 온통 검은 천으로 휘감은 황이령의 신체 중 겉으로 드러난 부분은 두 눈뿐이었다. 끝이 살짝 올라갔으나 사나운 인상은 아니다. 아주 크지도, 실 같이 작지도 않은 적당한 크기에 유난히 큰 검은자위 속에는 사람을 끌어당기는 묘한 기운이 서려 있었다.

복면을 벗으면 본명 상당한 미인일 것이다. 남궁상겸은 스스로 바보 같다는 것을 알면서도 그리 믿고 싶었다. 어쩌면 이 수색의 목적도 의원에서 도주한 여인이 아니라 황이령일지도 모른다. 남궁상겸은 마음속 내밀한 곳의 목소리에 절로 고개를 끄덕였다.

"공자님."

"아!"

함낙일의 굵은 목소리가 밑도 끝도 없는 상념 속에서 남궁
상겸을 끄집어 올렸다. 남궁상겸은 퍼뜩 정신을 차리고 함낙
일을 돌아봤다.

"괜찮으십니까?"

함낙일의 걱정에 남궁상겸은 말없이 고개를 끄덕였다. 수
하들을 방치하고 정체도 모르는 여인에 빠져 있었다니, 감히
말로써 대답할 염치가 없었다.

"기세가 조금은 죽었군요."

함낙일이 처마 밖으로 손을 내밀며 말했다. 그칠 기미까지
는 아니었지만 창살 같던 굵기가 어느새 실처럼 가늘어진 게
눈에 들어왔다.

그 순간 함낙일이 팔을 거두어들이고 남궁상겸과 시선을
마주했다.

"들리십니까?"

멀리서, 은은한 금속성 마찰음이 빗소리를 뚫고 귓가에 들
어왔다. 남궁상겸의 얼굴이 굳어졌다. 그 표정 변화만으로 남
궁상겸의 의중을 읽은 함낙일은 흩어져서 비를 피하고 있던
수색조들을 불러 모았다.

2

마흔 자루의 검이 그린 거대한 원. 그 가운데에 네 사람이 갇혀 있었으니, 바로 이극과 유서현, 소유와 조능설이었다. 최대한 좁은 길을 골라 조심스럽게 나아갔으나 각기 다른 방향으로 접근해 온 마흔 명의 검객이 이들을 공터로 몰아 포위망을 형성하는 데 성공한 것이다.

"나 참. 이 사람들은 또 어디서 솟아났어?"

이극은 혀를 차며 주변을 둘러봤다.

세차게 내리는 빗속에서도 마흔 자루 검은 조금의 미동도 없이 이극들을 노리고 있었다. 날카로운 검극으로부터 전해지는 검기는 이들이 얼마나 단련된 고수인지를 대변하고 있었다. 마흔 명 모두가 상당한 경지에 올라 있음을, 이극은 물론 유서현도 본능적으로 알 수 있었다.

굳건한 포위망 한쪽이 움직이더니 누군가가 모습을 드러냈다. 머리에 붕대를 감은 청년의 얼굴이 눈에 익었다. 유서현이 먼저 기억해 내고 중얼거렸다.

"어제 그 사람……?"

"아하! 그 껄떡쇠!"

이극도 따라서 생각이 났는지 박수를 쳤다. 그러나 거기까지, 두 사람은 서로 마주 보며 누가 먼저랄 것도 없이 물었다.

"이름이 뭐였죠?"

"남궁세가 사람이라고 했으니 남궁씨겠지?"

청년, 남궁현겸의 눈에 불꽃이 튀었다.

무림에서도 손꼽히는 명문, 대남궁세가의 적자이며 일찌 감치 차기 가주로 낙점된 남궁현겸이다. 그가 어디 가서 이런 대접을 받아봤겠는가?

평상시라면 무지렁이 촌것들이 몰라본다며 어이없어 하는 정도로 넘어갈 수도 있었을 것이다. 하나 상대는 이미 한 번 자신을 무시한 전력이 있는 자들이다. 남궁현겸은 이극과 유 서현이 일부러 자신을 능멸한다고 여길 수밖에 없었다.

두 사람으로선 억울하기 짝이 없는 노릇이다. 두 사람은 진 심으로 남궁현겸의 이름을 기억하지 못하고 있었으니까 말이 다.

남궁현겸은 불같이 화를 내며 소리쳤다.

"이 연놈들이 끝까지 나를 능멸하려 드는구나! 내 아까까 지만 해도 자비를 베풀어주려는 마음이 있었거늘! 나를 능멸 한 죄, 죽음으로 갚아라!"

뜻하지 않게 남궁현겸을 자극한 이극의 얼굴에 곤란한 표 정이 역력했다. 남궁현겸 개인이 아니라 그가 가지고 있는 남 궁이라는 두 글자가 아무래도 부담스러울 수밖에 없었다.

그리고 남궁이라는 이름은 지금 그들을 둘러싼 마흔 명의 고수로 그 힘을 증명하고 있었다. 포위망을 형성하고 있는 마흔 명의 검객 중 일류고수 아닌 자가 없었다. 마흔 개 검봉에서 쏘아져 폐부를 찌르는 검기가 그를 증명하고 있었다.

"어쩌죠?"

소유를 단단히 붙잡고 있던 유서현이 다가와 물었다. 그러나 이극이라고 항상 뾰족한 수를 낼 수 있을 리가 없다. 이극은 솔직히 대답했다.

"글쎄, 어떻게 하면 좋을지 나도 잘 모르겠네. 남궁세가, 남궁세가 하는 게 다 이유가 있군. 언제 이런 고수들을 키워 낸 거야?"

한 번 눈길을 준 것만으로 이극은 이들이 남궁세가가 키워낸 재원임을 알 수 있었다. 하지만 이렇게 많은 수의 고수를, 그것도 누구 하나 모자라거나 넘치는 이 없이 균일한 경지에 오르도록 키워내기란 지극히 어려운 일이었다.

어차피 사문의 비전(秘典)을 익히는 자는 한정되어 있다. 핵심이 되는 구성원을 제외한 일반 문도에게 가르칠 수 있는 무공은 한계가 있을 수밖에 없다. 그러나 그 일반 문도의 역량이야말로 핵심 고수와 함께 세력을 떠받치는 두 개의 기둥 중 하나라 해도 과언이 아니다.

지금 이극들을 포위하고 있는 마흔 명의 검객은 분명 개개인의 무위도 고수의 반열에 들 정도였지만 남궁세가의 이름을 내걸 수 있는 인물들과는 차이가 있었다. 그러나 오히려 균일한 역량의 검객들이 합심하여 구성한 검진의 위력은 어설프게 몇 사람 더 강한 고수가 낀 것과는 비교할 수 없었다.

더구나 지금은 합비를 무사히 빠져나가는 것이 우선 과제지, 생사의 결투를 할 때가 아니다. 유서현과 소유, 조능설을 아울러 빠져나가야 하는 현 상황에서는 눈앞의 검객들이 한둘의 절정고수보다 까다로운 상대였다.

"제가 잡히겠어요."

뒤에서 두 사람을 보던 조능설이 나섰다. 남궁현겸과 이극, 유서현 사이에 무슨 일이 있었는지 모르는 조능설로서는 이들이 자신을 잡기 위해 나섰다고밖에 생각할 수 없었다.

"그쪽이 아니라 우리를 잡으러 온 것 같소만?"

이극은 고개를 저으며 대답했다. 길길이 날뛰는 남궁현겸을 보니 조능설이 나선다고 문제가 해결될 것 같지 않았다.

남궁현겸은 빗속에서 어쩔 줄 몰라 하는 이극과 유서현을 보며 파안대소를 터뜨렸다. 구겨질 대로 구겨졌던 자존심이 그나마 회복되는 것 같았다.

"크하하하하! 특별히 알려줄까? 우리 남궁세가가 자랑하는 팔무련(八武聯), 그중에서도 최강이라고 꼽을 수 있는 자들이 바로 이 창검단(蒼劍團)이라는 사실을 말이다! 뭐, 이제와서 알아봤자 한참 늦었지만 말이다!"

남궁현겸은 한바탕 말을 퍼붓고 창검단에게 공격 지시를 내렸다. 그런데 남궁현겸의 지시에도 불구하고 창검단은 검진을 유지한 채 미동도 하지 않는 것이었다.

"뭣들 하는 게야! 당장 치지 않고!"

몇 번을 소리쳐 봤지만 검진은 움직이지 않았다. 어찌나 화가 났는지 남궁현겸의 관자놀이에 핏줄이 튀어나온 순간, 한 장년인이 다가왔다. 마흔 명 검객을 이끄는 창검단의 단주, 사공천이라는 고수였다.

"창검단주! 왜 간자를 잡고도 움직이질 않는 거요!"

남궁현겸은 두 눈을 부라리며 힐난하듯 말했다. 사공천은 굳은 표정으로 대답했다.

"공자님! 저자들이 간자가 확실합니까?"

"그게 무슨 소리요?"

"저를 비롯한 창검단 사십 검수는 상 공자님이 미처 잡아들이지 못한 간자를 잡고자 공자님을 따르고 있습니다. 제가 알기로 상 공자님이 놓친 간자는 여인으로 한 사람이라 하였는데, 저들은 한 사람이 아니지 않습니까?"

사공천의 말에 남궁현겸의 얼굴이 굳어졌다.

애초에 남궁현겸은 남궁상겸을 돕고자 창검단을 움직인 게 아니었다. 놓친 간자를 잡기 위해 수색조를 꾸린다는 명분만 취했을 뿐, 실제 그의 목적은 이극과 유서현을 제 손으로 잡아(창검단을 동원하는 시점에서 이미 제 손으로 잡는 것이 아니게 되었지만) 무너진 자존심을 세우는 것이었다.

그런데 이극과 유서현을 찾아 포위함으로써 창검단을 움직이기 위해 둘러댔던 간자의 생포도 함께 성공했으니 일석이조가 아니라 소 뒷걸음질 치다 쥐 밟은 격이었다.

하지만 애초에 조능설의 용모파기는 선열대를 직접 잡아들였던 남궁상겸과 그를 도왔던 몇몇만 알 뿐이었다. 설명을 듣기는 하였으나 말만으로 사람을 알아보기가 그리 쉬운 일은 아니다. 비까지 내려 시야를 가리니 이들은 조능설을 보고도 자신이 지금 누구를 잡고 있는지 모르는 상태였다.

결정적으로 그들의 눈을 가린 것은 사공천을 대하는 남궁현겸의 태도였다. 누가 봐도 지금 상황은 남궁현겸이 개인의 원한을 풀기 위해 창검단을 움직인 것이다.

창검단은 남궁세가를 위해 움직이는 긍지 높은 검객 집단이다. 설사 가주여도 사사로이 창검단을 운용한다면 문제가 될 소지가 역력했다.

남궁현겸은 굳은 얼굴로 사공천에게 말했다.

"간자가 한 사람이든 열 사람이든, 그게 무슨 상관이오! 내가 잡으라고 하면 잡는 것이 당신들이 할 일 아니었소?"

"아닙니다."

"뭐라?"

단칼에 자신의 말이 부정당하자 남궁현겸은 거의 씹어 먹을 듯한 눈으로 사공천을 노려봤다.

그러나 사공천은 한 자루 검과 같은 사내다. 남궁현겸이 아니라 가주인 남궁호가 물어도 아닌 것은 아니라 대답할 수밖에 없는 사람이다. 애초에 성정이 그렇게 생겨먹었고, 또 그래서 창검단의 단주로 발탁된 것이다.

"창검단이 할 일은 가주의 명을 받들고 세가를 위하는 것이지, 어느 한 사람의 욕심을 채우는 것이 아닙니다. 따라서 저들이 간자인지 아닌지를 판단하여 결정할 일이지, 그러한 과정 없이 공자님의 말만 따르는 것은 불가합니다."

사공천의 말은 반박의 여지가 없는 정론이었다. 남궁현겸의 꽉 쥔 주먹이 부들부들 심하게 떨렸다. 할 수 있는 말은 고작해야 이런 것이었다.

"나는 차기 가주요! 그래서 나를 따라온 것 아니었소?"

"남궁세가를 위협하는 맹주의 간자를 잡기 위해서이지, 공자님이 차기 가주여서가 아닙니다."

"뭐? 지금 제정신으로 하는 말이냐?"

나름대로 사공천의 나이와 직위를 배려했던 하오체도 사라졌다. 그러나 사공천은 태연히 대답했다.

"제정신이라서 드리는 말씀입니다."

"네가… 네가 감히 나를 이기려 드는 것이냐? 남궁세가는 내 것이다! 네가 감히 나와 척을 지고도 세가에서 계속 행세할 수 있을 것 같으냐!"

기어코 남궁현겸의 입에서 막말이 나오자 창검단 검객들의 눈빛이 흔들렸다. 사공천의 미간에 내 천자 주름이 잡혔다. 사공천은 한층 낮은 목소리로 경고하듯 말했다.

"제가 고작 행세나 하자고 세가를 위해 일하는 줄 아십니까? 그 말씀 당장 취소하십시오. 아무리 공자님이라도 방금 그 말씀은 절대 그냥 넘어갈 수 없습니다."

대쪽 같은 기상과 검날 같은 예기를 감추지 않으니 그 기세에 눌려 남궁현겸은 저도 모르게 뒷걸음질 쳤다.

남궁현겸은 가주의 적자며 차기 가주로 이미 정해져 있는 자다. 그 결정만 철석같이 믿고 무공 수련이나 세가의 대소사를 등한시하기 일쑤요, 남궁이라는 성씨의 위세만 등에 업고 다니며 상인들의 등골을 빼먹고 계집을 희롱하는 데에만 열중이었다.

남궁세가의 망나니 공자님은 세가를 넘어 합비 일대에서 모르는 이가 없을 정도로 유명한 이야기였다.

하나 이 정도일 줄은 몰랐다. 사공천은 어쩐지 이런 자에게 열을 냈다는 사실이 한심하여 절로 혀를 찼다.

"쯧쯧……."

고작 억눌렀던 기세를 방출했을 뿐이다. 그런데도 놀라서 뒷걸음질을 쳤으니 그 모습이 얼마나 우스웠을까? 검진을 형성하고 있으면서도 남궁현겸의 언행에 주의를 기울이고 있던 단원들 틈에서는 희미한 비웃음소리도 들려왔다. 그 소리를 들은 남궁현겸이 세게 소리쳤다.

"이익……! 누구냐! 방금 나를 비웃은 놈이 누구냔 말이다! 당장 나와! 나오란 말이야!"

남궁현겸이 분노하여 소리쳤다. 아무리 못났다 해도 남궁현겸은 그들의 윗사람이다. 비웃음 자체는 옳지 못한 일이라 사공천이 고개를 숙이며 말했다.

"저들이 잠시 실수를 저질렀으니 공자님께서 너그러이 용서해 주십시오."

"용서? 개가 주인을 비웃었는데 용서라는 말이 나오나?"

"개라니요? 말씀이 지나치십니다. 상 공자님이셨다면……!"

자식과 같은 단원들이 졸지에 개 취급을 당했으니 사공천도 감정이 다소 격앙되었다. 그러나 어떤 상황에서도 해서는 안 될 말이 있었는데, 지금은 사공천이 입에 올린 이름이 바로 그것이었다.

사공천은 하던 말을 끊고 입을 다물었다. 하지만 한 번 내뱉은 말을 주워 담을 수는 없었다.

사공천이 사촌 형을 입에 올리는 순간 남궁현겸은 그나마 잡고 있던 이성의 끈을 모두 놓아버렸다. 남궁현겸은 도끼눈을 뜨고 사공천을 노려보며 말했다.

"그래, 이제야 본심이 나오시는구만? 그래, 능력도 뭣도 없는 내가 지휘한답시고 앞에서 설치니 그걸 두고 보기가 얼마나 고까웠겠어? 그래도 내가 남궁 씨라고 불평도 못 하고 아주 답답해 죽었겠네. 안 그래?"

사공천은 고개를 저으며 남궁현겸을 달랬다.

"공자님, 너무 흥분하지 마십시오."

"닥쳐! 네가 감히 주인을 가르치려 들어? 기껏해야 일개 단장이 나를?"

"아니, 그것은 오해입니다……!"

끝까지 말로 달래던 사공천이 눈을 부릅떴다. 별안간 남궁현겸이 검을 뽑은 것이다. 창졸지간에 벌어진 일이나 피할 수도 없어, 어쩔 수 없이 사공천도 검을 뽑았다.

카앙!

검과 검이 부딪치며 공기 중에 날카로운 파문을 그렸다. 사공천과 검을 마주하며 대치한 상태에서 남궁현겸이 비릿한 웃음을 지으며 말했다.

"나에게 검을 들이댄다는 것은 곧 세가를 향해 검을 들이대는 것과 같지. 네놈의 알량한 충성심도 고작 이 수준밖에 안 되나 보지?"

"공자님, 흥분을 가라앉히고 차분히 생각해 보십시오. 단
원들 앞에서 부끄럽지도 않으십니까?"

"끝까지 나를 훈계할 셈이냐!"

남궁현겸은 크게 소리치며 사공천의 검을 내려쳤다. 캉! 카
앙! 금속성 소리가 빗방울을 베고 사방으로 퍼져 나갔다.

3

뜻밖의 전개에 놀라기는 창검단보다 이극들이 더했다. 유
서현은 고개를 갸웃거리며 이극에게 물었다.

"갑자기 왜들 저러는 거죠?"

이극은 고개를 저었다. 남궁세가의 내밀한 사정을 어느 정
도 알아야 남궁현겸의 돌발행동을 이해할 수 있지, 단순히 방
금 두 사람의 대화만으로 유추하기는 한계가 있었다.

그러나 두 사람이 싸우는 이유 자체는 이극의 관심사가 아
니었다. 이극의 신경은 온통 그들을 둘러싼 창검단의 검진에
쏠려 있었다.

창검단의 검진은 여전히 견고했지만 처음과 비교하면 분
명 미세한 균열이 있었다. 하나 어디까지나 균열일 뿐이지,
검진 자체는 여전히 이극들을 단단히 감싸고 있었다.

더구나 이들은 조능설을 알아보지도 못해 경솔히 움직였다가는 오히려 일을 그르칠 염려가 있었다.

그렇게 이극이 초조한 눈으로 자신들을 둘러싼 검진과 일방적인 싸움을 계속하는 두 사람을 보고 있는데, 잦아든 빗줄기를 뚫고 한 무리의 사내가 다가왔다. 남궁상겸이 이끄는 수색조였다.

"이게 무슨 일인가!"

남궁상겸은 목청이 터지게 외치며 두 사람 사이를 파고들어 양편으로 떼어놓았다. 그리고 남궁현겸과 사공천을 번갈아 보며 물었다.

"이게 대체 무슨 일인가! 왜 두 사람이 검을 맞대고 있는 것이야! 검진은 왜 펼쳤고!"

"현 공자님께 직접 들으십시오."

짧게 말하고 사공천은 입을 다물었다. 사공천의 굳게 닫힌 입을 보는 남궁상겸의 머릿속에 자연히 이런 생각이 떠올랐다.

'현겸이 또 무슨 실수를 했구나.'

남궁현겸은 아직도 분이 가시지 않았는지 검을 든 채로 씩씩거리고 있었다. 남궁상겸은 사촌동생에게 다가가 어깨에 손을 얹고 말했다.

"무슨 일인지 모르지만 일단 검은 넣어둬라. 같은 식구끼

리 칼부림을 해서야 쓰겠느냐?"

"형님은 좋겠어."

"뭐?"

거친 숨소리에 섞여 툭 던진 말이 남궁상겸을 때렸다. 남궁현겸이 눈을 치켜뜨며 소리쳤다.

"세가 안팎으로 형님을 추종하는 자가 저렇게 많으니 참 좋겠단 말이야! 차기 가주라는 놈이 이렇게 못나서 아랫것들 하나 제대로 못 다루는 걸 보니 아주 날아갈 것 같지? 그래, 어디 마음대로 해봐! 반쪽짜리 주제에 대남궁세가를 차지하려고 들어? 장로님들이 그 꼴을 가만히 두고 보실 것 같아?"

짝!

주체하지 못하고 말을 토해내던 남궁현겸의 얼굴이 휙 돌아갔다. 남궁상겸이 참지 못하고 그의 따귀를 올려붙인 것이다.

"……!"

맞은 남궁현겸보다 때린 남궁상겸의 얼굴이 더 가관이었다. 남궁상겸은 스스로도 믿을 수 없었는지 제 손을 한참 보다가 퍼뜩 정신을 차리고 말했다.

"현아, 이건……."

"됐어!"

충격을 받은 것은 남궁현겸도 마찬가지였다.

항상 거대한 벽처럼 버티고 서서 자신을 좌절케 했던 남궁상겸이다. 하지만 아무리 심한 말을 퍼부어도 그저 웃는 얼굴로 자신을 위해주었던 것도 남궁상겸이었다. 그랬던 사촌 형에게 처음으로 손찌검을 당했으니 그 충격이 이만저만이 아니었다.

남궁현겸은 붙잡는 남궁상겸의 팔을 거칠게 뿌리치고 몸을 돌렸다. 그리고는 창검단의 검진을 헤치고 들어가 이극의 앞에 서더니 그를 노려보며 소리쳤다.

"다 필요 없어! 이 연놈들은 내가 죽인다! 손가락 하나 까딱했다가는 다 죽여 버릴 거야!"

"현아!"

남궁상겸은 황급히 사촌동생을 부르며 그에게 다가가려 했다. 그때, 검진에 둘러싸인 자들 가운데 조능설의 얼굴이 눈에 들어왔다.

남궁상겸은 걸음을 멈추고 다급히 사공천을 돌아봤다.

"단주! 어서 검진을 발동시키시오!"

"예? 하지만 안에는 현 공자님이……."

"어서!"

남궁상겸은 버럭 소리를 지르고 몸을 날렸다. 그러나 이극의 판단과 행동이 그보다 반 발짝 앞섰다.

파바박!

눈 깜짝할 새 이극의 주먹이 남궁현겸을 강타했다. 한 발은 얼굴에, 또 한 발은 배에 꽂은 이극은 남궁현겸의 팔을 비틀며 등 뒤를 점했다. 팔을 제압당하면서 남궁현겸이 떨어뜨린 검은 발등으로 받아 유서현에게 날렸다.

"모두 멈춰!"

"멈춰!"

검진이 발동하기 직전, 두 개의 다른 목소리가 같은 말을 외쳤다. 심후한 내공을 실은 음파는 서로 똬리를 꼬아 한 줄의 궤적을 그리며 모두의 귀를 뚫고 지나갔다.

"크헉!"

놀랍게도 막 움직이기 시작했던 검진이 단주의 명 없이 멈췄다. 몇몇 코와 귀에서 피를 흘리며 비틀거리는 자도 있었다. 이극과 남궁상겸의 외침이 한 데 어울리며 뜻하지 않은 음공(音功)으로 작용한 것이다.

마흔 명 검객이 그려놓은 일그러진 원 안에서 이극은 남궁현겸의 목을 감은 채 소리쳤다.

"검진을 풀어! 어서!"

사공천은 주어진 임무를 완수하는 데 있어 탁월한 자다. 하나 예상치 못한 상황, 판단을 내려야 하는 위치에서는 그 능력을 온전히 발휘하지 못하는 유형이었다.

지금도 사공천은 어찌할 바를 모르고 남궁상겸을 바라봤

다. 남궁상겸은 고개를 끄덕였다.

"검진을 푸시오."

비로소 사공천은 단원들을 움직였다. 이극들을 둘러싼 원이 풀어지며 단원들이 사공천의 뒤에서 오와 열을 맞추어 섰다.

"일단 다들 검부터 버리고. 꼭 검이 아니어도 무기나 암기가 있으면 제자리에 버려."

이극의 말이 이어지자 사공천의 얼굴에 노기가 서렸다. 창검단원 모두가 그랬다. 검객이 스스로 검을 버리는 것보다 치욕스러운 일이 무엇이겠는가?

"공자님……."

사공천은 남궁상겸을 불렀다. 남궁상겸은 괴로운 얼굴로 대답했다.

"검을 버리시오."

남궁상겸의 명이 떨어지자 사공천도 더 버티지 못하고 검을 땅바닥에 떨어뜨렸다. 사공천을 따라 창검단원도 모두 제 검을 버렸다.

그 모습을 본 이극은 턱짓으로 남궁상겸을 가리키며 말했다.

"그쪽이랑 같이 온 치들도 똑같이 시켜. 어서."

남궁상겸의 시선이 함낙일을 향했다. 함낙일은 입술을 깨물며 고개를 저었다.

"현이는 세가의 미래일세. 시키는 대로 하게나."

함낙일은 무겁게 고개를 숙이고 곧 가지고 있던 무기들을 바닥에 버렸다. 수색조도 마찬가지로 무기를 바닥에 버렸다.

오십 명에 가까운 인원이 버린 무기만도 상당한 수였다. 이극은 무기를 버린 자들을 백 보 뒤로 물러나게 했다. 사공천과 함낙일은 따르기를 주저했지만 이번에도 남궁상겸이 재차 지시를 내렸다. 창검단은 대열을 유지한 그대로 백 보를 물러났고 함낙일과 수색조도 그들을 따라 움직였다.

위협이 되는 요소를 멀찍이 치우자 비로소 숨통이 트였다. 이극은 숨을 크게 쉬고 눈짓으로 유서현들을 불렀다. 그리고 물러나지 않은 채 이극을 노려보고 있던 남궁상겸에게 말했다.

"보아하니 당신도 남궁세가에서 힘 좀 쓰나 본데, 가서 가주에게 내 말을 전하시오. 차기 가주님은 우선 잡아간 사람들부터 돌려받고 나서 내가 안전하다는 확신이 들 때 풀어드리겠다고 말이오."

"……."

"연락을 취할 방도는 차후 알려 드리지. 그럼."

이극은 팔로 남궁현겸의 목을 감은 채 남궁상겸으로부터 멀어지기 시작했다. 언제라도 마음만 먹으면 목을 부러뜨리겠다는 경고였으니, 감히 말을 붙일 엄두도 낼 수 없었다.

그때 남궁상겸의 눈에 빛이 번쩍였다.

남궁현겸을 데리고 멀어지는 자들 가운데 소녀와, 소녀가 붙잡고 있는 소년이 눈에 들어온 것이다. 남궁상겸은 저 소녀와 소년을 본 기억이 있었다. 바로 어제의 일이었다.

"잠깐! 기다리시오!"

남궁상겸은 멀어진 이극들을 향해 뛰었다. 이극의 눈에 경계의 빛이 떠올랐고 목을 감은 팔에 힘이 들어갔다. 입도 제대로 열 수 없는 남궁현겸은 하얗게 질린 얼굴로 고통을 호소했다.

남궁상겸은 원을 그리며 돌아 이극들의 앞을 가로막고 섰다. 그리고 숨을 크게 들이마신 뒤 말했다.

"그 녀석을 풀어주시오."

"당신을 어떻게 믿고?"

이극은 가당치도 않은 소리라며 일축했다. 그러나 남궁상겸은 굴하지 않고 대답했다.

"내가 대신 인질이 되겠소."

『창룡혼』 5권에 계속…

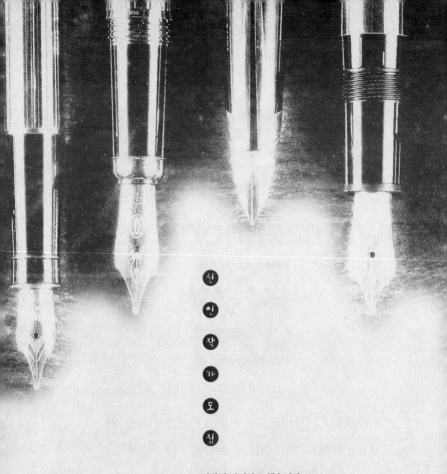

신
인
작
가
모
집

시작이 반이라고 했습니다.
작가의 길에 대한 보이지 않는 벽을 과감히 깨뜨리십시오!
청어람은 작가 지망생 여러분들의
멋진 방향타가 되어드리겠습니다.

저희 도서출판 청어람에서는
소설 신인 작가분들을 모집합니다.
판타지와 무협을 사랑하시는 분들의 많은 참여를 바랍니다.
소정의 원고(A4용지 150매)를 메일이나 우편으로 보내주시면
검토 후 출판 여부를 알려드리겠습니다.

주소:경기도 부천시 원미구 심곡2동 163-2 서경B/D 2F 우편번호 420-822
TEL:032-656-4452 · **FAX**:032-656-4453
http://**www.chungeoram.com**
e-mail:chungeoram@chungeoram.com

마 in 화산

FANTASTIC ORIENTAL HEROES
용훈 新무협 판타지 소설

무림공적, 천살마군 염세악!
검신 한호에게 잡혀 화산에 갇힌 지 백 년.

와신상담… 절치부심… 복수무한…

세월은 이 모든 것을 잊게 하고
세상마저 그를 잊게 만들었다.
하지만.

"허면 어르신 함자가 어찌 되시는지……"
우연한 만남, 자신도 모르게 튀어나온 원수의 이름.
"그게… 한, 한호일세."

허무함의 끝에서 예기치 않게 꼬인 행로.
화산파 안[in]의 절세마인, 염세악의 선택!

요람 新무협 판타지 소설 · FANTASTIC ORIENTAL HEROES

귀환병사

국내 최대 장르문학 사이트를 휩쓴 화제작!
여름의 더위를 깨뜨리려 차가운 북방에서 그가 온다.

『귀환병사』

열다섯 나이에 북방으로 끌려갔던 사내, 진무린
십오 년의 징집을 마치고 돌아오다.

하지만 그를 기다린 것은 고아가 된 두 여동생, 어머니의 편지였다.
그리고 주어진 기연, 삼륜공……

"잃어버린 행복을 내 손으로 되찾겠다!"

진무린의 손에 들린 **창**이 다시금 활개친다.
그의 삶은 **뜨거운 투쟁**이다!

FUSION FANTASTIC STORY

죽은 자들의 왕

페리도스 퓨전 판타지 소설

공전절후! 쾌감작렬!
청어람이 선보이는 판타지의 신기원!

『죽은 자들의 왕』

대륙 최고의 어쌔신 길드 블랙 클라우드.
어느 날 내려진 섬멸 명령으로 인하여 하루아침에 멸망했다.

그러나……

"오랜만이다, 동생아."

어릴 적 헤어진 동생을 찾아 국경을 넘은 그레이너.
그러나 동생은 죽음의 위기를 겪고,
이제 동생의 모습으로 새로 태어난 그레이너가
모든 음모를 파헤치며 나아간다.

사라졌다 여겨진 전설이 끝나지 않고,
이제 대륙을 뒤흔드는 폭풍이 되리라!

임영기 新무협 판타지 소설

FANTASTIC ORIENTAL HEROES

무정도
情刀

『만능서생』,『무적군림』의 작가 임영기.
2013년 가을, 그의 새로운 이야기가 시작된다!

"오른 손목에 흑청사(黑靑蛇) 문신이 있는 자를
찾아 죽여라!"

열다섯, 누나의 유언을 따라 천하방랑을 시작했다.

천지무쌍쾌(天地無雙快)
고금제일도(古今第一刀)
삼라만상비(森羅萬象飛)

쾌도비!

그의 무정한 칼날이 무림에 드리워진다.

Book Publishing CHUNGEORAM

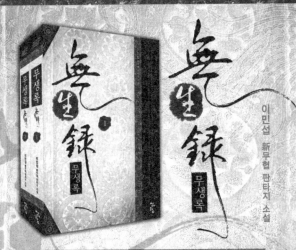

FUSION FANTASTIC STORY
천성민 장편 소설

짐승의 규칙

『무결도왕』 『다크로드 블리츠』
천성민 작가의 신간!

짐승의 규칙

살아야만 했다.
나를 위해 희생당한 부모님을 위해.
복수를 위해.

죽여야만 했다.
내가 살기 위해 타인의 목숨을.

그렇게……
나는 짐승이 되었다.

Book Publishing CHUNGEORAM

FANTASY FRONTIER SPIRIT

이충민 판타지 장편 소설

Mighty Warrior
영웅병사

복수를 다짐한 소년 병사.
붉은 제국을 향해 깃발을 세운다.

「영웅병사」

평온한 유년 시절을 보내던 비첼.
어느 날, 붉은 제국의 깃발 아래에 사랑하는 가족을 빼앗기고 만다.

"도끼… 도끼라면 다룰 줄 압니다."

병사가 되고자 참가한 전쟁에서 소년은 점점 영웅이 되어 간다!

쓰러져가는 아버지의 등을 억하며,
아직 어린 소년으로서 도끼를 들고 붉은 제국과 싸우 위해 일어선다.

제국과의 전쟁에 스스로 뛰어든 소년.
병사, 비첼 악센트.
이것이 영웅 탄생의 시작이다!

Book Publishing CHUNGEORAM

유일이어딘 지유추구
WWW.chungeoram.com